HARALD PFLUG

Schwarzmaler

KARLSRUHE 1945 In der Karlsruher Oststadt wird eine Leiche entdeckt. Der Ettlinger Stadtrat Schüssele ist mit einem Jagdmesser erstochen worden. Die unter Personalmangel leidende Karlsruher Militärpolizei setzt Captain Edwards und dessen Scouts auf den Fall an, um sie Ermittlungen durchführen zu lassen. Eine Spur führt die US-Soldaten zu einem Kohlenhändler und dessen Bruder, dem Direktor des Hotel Erbprinz in Ettlingen. Ein abgestürztes Flugzeug, Unmengen an Kohlen und eine Entführung bringen zusätzlich Unruhe in den Fall und in das anscheinend überforderte Scout-Team. Auch Querelen untereinander und Kompetenzgerangel behindern die Ermittlungen der Scouts. Erst mithilfe eines jungen Hawaiianers, einer seltsamen Lieferliste und einem geliehenen US-Panzer kommt mehr und mehr Bewegung in die Ermittlungen. Doch können sie den Brandstifter finden, der Karlsruhe mit einem Feuer nach dem anderen heimsucht?

Harald Pflug, geboren 1967, lebt mit seiner Familie in Karlsruhe. Seit einigen Jahren beschäftigt er sich intensiv mit der Geschichte des Oberrheins und der badischen Metropole. »Schwarzmaler« ist sein dritter zeitgeschichtlicher Kriminalroman im Gmeiner-Verlag.

Bisherige Veröffentlichungen im Gmeiner-Verlag:
Versteckerles (2013)
Tschoklet (2011)

HARALD PFLUG

Schwarzmaler

Kriminalroman

GMEINER SPANNUNG

Personen und Handlung sind frei erfunden.
Ähnlichkeiten mit lebenden oder toten Personen
sind rein zufällig und nicht beabsichtigt.

Besuchen Sie uns im Internet:
www.gmeiner-verlag.de

Im Ehnried 5, 88605 Meßkirch
Telefon 07575/2095-0
info@gmeiner-verlag.de

1. Auflage 2015

Lektorat: Sven Lang
Herstellung: Mirjam Hecht
Umschlaggestaltung: U.O.R.G. Lutz Eberle, Stuttgart
unter Verwendung eines Fotos von:
© SZ Photo / Süddeutsche Zeitung Photo
Druck: GGP Media GmbH, Pößneck
Printed in Germany
ISBN 978-3-8392-1699-6

Für meine Familie und unsere besten Freunde

Ein kluger Mann macht nicht alle Fehler selbst.
Er gibt auch anderen eine Chance.
(Winston Churchill)

PROLOG

Ein grauer, wolkenverhangener Himmel hing über der Karlsruher Oststadt mit ihren allgegenwärtigen Trümmerbergen und hohlen Hausfassaden. Ein eisiger Wind fegte das letzte Laub des vergangenen Herbstes durch die Straßen. Durch die Schuttberge der Gerwigstraße hindurch konnte Albert Semmelmann die riesige Dunstglocke aus Dampf und Abgasen erkennen, die ständig von den Öfen und Schornsteinen der Gaskokerei am Schlachthof aufstieg.

Auf das vor ihm liegende Gelände der Molkereizentrale hatten einige Tage zuvor ein paar Lastwagen mehrere große Haufen mit Steinkohle gekippt. Diese lagen nun, zwar hinter einem Zaun, doch trotzdem einladend wie auf dem Präsentierteller, vor ihm. Ein paar leere Eisenbahnwaggons säumten den Ostteil des Geländes und boten ihm, wie jeden Abend, Schutz vor neugierigen Augen.

Jede Handvoll Kohlen war in diesen Tagen willkommen, bot sie doch die Möglichkeit zu heizen und etwas zu kochen, falls noch Lebensmittel da waren.

Albert schaute sich ein letztes Mal um, konzentrierte sich und kletterte, flink wie eine Katze, über den Zaun der Molkerei, wo er in den dunklen Schatten der teilweise verfallenen Lagergebäude verschwand und sich in der Nähe seines Stammplatzes, einem hölzernen Turm mit einem verbeulten Blechbehälter darauf, versteckte.

Sein Unterschlupf lag günstig. Die Wachen patrouillierten nichts ahnend an ihm vorbei und während er darauf wartete, dass sie hinter den Lagern verschwanden, begann er, die mitgebrachten Fäustlinge anzuziehen.

Erst als er sich sicher war, dass ihn niemand sehen konnte, rannte er geduckt hinüber zu dem im Schatten der angrenzenden Häuser liegenden Kohleberg, erklomm ihn und begann die Kohlestücke durch seine Beine hindurch, ähnlich wie ein grabender Hund, nach hinten Richtung Zaun zu werfen. Die auf dem Fußweg wartenden Begleiter hatten bereits einige Decken darüber gehängt, um den Lärm der anfliegenden Kohlen zu vermindern. Gleichzeitig zogen viele Kinderhände den Brennstoff unter dem Zaun hindurch, wo die Menschen ihn in ihren Taschen verschwinden ließen.

Fünf Minuten hatte der Mann jeweils Zeit, um seinen Diebstahl durchzuführen, dann musste er sich wieder in dem Turm verstecken. Die ganze Aktion würde normalerweise ein paar Stunden dauern und ihm und den Leuten vor dem Zaun einige Zentner Kohlen bescheren. Bis jetzt war immer alles gut gegangen. Einer der Männer auf dem Gehweg sah auf die Uhr, klopfte seinen Absatz auf den Boden und die Decke verschwand in Windeseile von dem Zaun.

Albert rannte die knapp zwanzig Meter praktisch lautlos zurück zu dem Holzverschlag, nicht einmal eine Minute später waren die Wachleute wieder da. Diese bemerkten ihn jedoch nicht.

Der Schuppen, der den Wasserbehälter stützte, war ideal. Er hatte tagsüber schon Kinder darin Räuber und

Gendarm spielen sehen, während die umliegenden Bauern ihre Milch ablieferten.

Wenn er hier saß, roch es nach faulendem Holz und feuchter Erde. Die Zeit, bis das Fundament nachgeben würde, musste mit nächtlichem Kohlendiebstahl genutzt werden.

Heute war es jedoch anders. Ein feiner, süßlicher Hauch von Parfüm und Leder vermischte sich mit dem erdigen Odem der Umgebung. Einer inneren Eingebung folgend stand Albert auf, statt in dem Versteck hocken zu bleiben, und begab sich über die Leiter in dem Verschlag auf die nächsthöhere Ebene. Dort bemerkte er einen großen unförmigen Gegenstand, der auf dem Bretterboden lag. Als er ihn in Windeseile abtastete, erschrak er. Der vermutete Sack entpuppte sich als ein dicker menschlicher Körper, in dessen Brust ein langes Messer steckte. Kälte hatte den Leichnam einigermaßen konserviert, sodass die Verwesung noch nicht weit fortgeschritten war. Gerade als er wieder von der Ebene heruntersteigen und den Toten sich selbst überlassen wollte, hörte er ein Ächzen im Gebälk, gefolgt von einem lang anhaltenden Knarren. Albert merkte, wie die ganze Holzkonstruktion in Schräglage geriet.

Ehe er sich versah, brach alles um ihn herum zusammen, der leere Blechbehälter fiel scheppernd herunter und das Stützgestell legte sich der Länge nach direkt vor die Füße der erschrockenen Wachmänner. Als diese den Kohledieb im Schein der Taschenlampen erkannten, sahen sie, wie dieser sich krampfhaft am Griff des Messers im Leichnam festhielt und die Männer mit einem schiefen Grinsen anstarrte.

MONTAG, 26. NOVEMBER 1945, 15.30 UHR

»Nehmen Sie Platz, meine Herren«, schnarrte der Kasernenkommandeur der Blackhawk-Kaserne in Knielingen, Lieutenant Colonel Theodor Armstead, und setzte für den Bruchteil einer Sekunde ein Lächeln auf. Der rothaarige, untersetzte Mann mit dem großen Feuermal am Hals wirkte gereizt. Seine bleichen Hände umkrallten den Rand des Rednerpults, sodass die Knöchel weiß hervortraten. Kurz zuvor hatte er ein kleines Buch aus seiner Uniformjacke hervorgezogen und darin geblättert. »Ich heiße Sie herzlich willkommen zu unserem Quartalsbriefing in meinem Büro. Da wir nicht riskieren möchten, dass uns mal wieder alle im Kasino zuhören«, er grinste in die Runde, »müssen Sie heute Nachmittag auf Ihren geliebten Kaffee und Ihre Zigarette verzichten.« Diese Bemerkung ließ die Zuhörer angesäuerte Blicke tauschen. »Ich möchte Ihnen kurz unsere weitere Vorgehensweise in den nächsten drei Monaten erörtern. Diese wird geprägt sein von, sagen wir mal *Noteinsätzen* für die Bevölkerung und einer stetigen Weiterentwicklung unseres Standortes Karlsruhe. Wie Ihnen sicherlich nicht entgangen sein dürfte, stehen wir vor einem frühen Wintereinbruch«, sagte er und unterbrach sich, um seine Brille zu putzen. »Punkt 1: Um dem hiesigen Heizproblem in der Bevölkerung vorzubeugen, haben wir bei dem übergeordneten District Command erreicht, dass uns innerhalb der nächsten zwei Wochen aus dem Hafen in Mannheim Züge mit dreißigtausend Tonnen Kohle, verteilt auf fünf Dampfzugfahrten, beliefern werden. Das Haupteisenbahnnetz in der US-Zone ist dank der Hilfe der Military Railway Service Division wieder zu achtzig Prozent befahrbar. Es ist geplant, pro Tour sechstausend Tonnen aus Mannheim zu holen. Mein Stab und ich haben die logistischen Gegebenheiten und das Verladeschema im Mannheimer Hafen geprüft.« Der Offizier stützte sich auf sein Rednerpult und sah die Zuhörer wohlwollend an. Dann erhob er seine Stimme. »Es müsste machbar sein, die Tour an einem Tag zweimal zu schaffen, entsprechende Ausfälle sind natürlich eingeplant. Die erste Tour haben wir für Sonntag, den 2. Dezember geplant, die zweite am Sonntag darauf. Das ist möglich, da an diesem Tag mit einem verminderten Zivilverkehr zu rechnen ist. Und dabei zähle ich auf Sie, meine Herren. Die Kohlen und Briketts werden zu fünfzig Prozent bei der Gaskokerei an der Durlacher Allee gelagert, die andere Hälfte kommt in den Rheinhafen. Mitte Dezember bekommen wir noch einmal so viel, sollte das Wetter mitmachen. Es liegt an uns, alles gerecht zu verteilen.« Lautes Gemurmel setzte unter den Offizieren ein. Manche waren sich nicht sicher, ob der Transport ohne Störung verlaufen würde.

»Ruhe, meine Herren!« Armstead pochte mit den Fingern auf das Pult. »Nächsten Sonntag machen wir uns auf den Weg. Wir sehen uns vorab noch einmal am Donnerstag. Planen Sie bitte um fünfzehnhundert ein weiteres Treffen ein.« Die Zuhörer blieben unruhig. »Meine Herren, wir sind noch nicht fertig. Kommen wir zu Punkt zwei. Die seit Längerem bekannte, negative Entwicklung bei den Beseitigungsarbeiten der Rheinbrücke werde ich in den nächsten Wochen forcieren lassen. Es ist geplant, einen der fast eingestürzten Brückenpfeiler aus Gründen der Sicherheit sprengen zu lassen, außerdem sollen große Metallteile mithilfe von unseren und französischen Pionieren aus dem Strom gezogen und an Ort und Stelle zerlegt werden. Punkt drei: die Blackhawks. Aufgrund wichtiger und strategischer Umstrukturierungen innerhalb des europäischen Auftretens der US-Streitkräfte haben wir und das Oberkommando uns entschlossen, zwei Drittel der Panzerbrigade inklusive aller gepanzerten Fahrzeuge von Karlsruhe zurück nach Fort Louis in Washington D. C. zu verlegen. Der Rest bildet ab 1946 das Rückgrat der neuen 1. Constabulary Squadron in Karlsruhe. Gleichzeitig werden die Flüchtlinge in den anderen Kasernentrakt, in die Artillerie-Kaserne in der Moltkestraße, verlegt. Innerhalb unserer Kaserne sollen ab Februar eine Kirche und eine Sporthalle mit Swimmingpool gebaut werden, außerdem wird es ein kleines Theater geben. Im Gebäude der Mannschaftskantine wird eine Snack-Bar eingerichtet, die abends und am Wochenende geöffnet hat. Zusätzliche Parkplätze auf Grünflächen, ein Grillplatz und ein Baseball-Feld sind geplant. Das bereits vorhandene, provisorische Spielfeld, wird ausgebaut und mit roter Asche befüllt, so dass wir schon im Frühling ein Eröffnungsspiel machen können.«

Die Anwesenden applaudierten begeistert. Erneut klopfte Armstead auf die Holzplatte.

»Sir, eine Frage.« Ein Captain von der Instandsetzung erhob sich von seinem Stuhl, die anderen sahen ihn erstaunt an. »Was passiert mit dem Namen der Kaserne? Wenn die Blackhawks weg sind, wie heißen wir dann?«

Der Lieutenant Colonel hatte mit diesem Einwand anscheinend gerechnet. »Danke, Collins, eine gute Frage. Doch auch darüber haben wir uns Gedanken gemacht. Ab 15. Dezember 1945 werden die Mudrakaserne mit den Flüchtlingen und wir, die Pionierkaserne, zu einem Stützpunkt zusammengefasst und offiziell in *Gerszewski Barracks* umbenannt. Des Weiteren ist vorgesehen, Anfang 46 die Forstner-Kaserne in *Smiley Barracks* und die Mackensen-Kaserne am Hauptfriedhof in *Philips Barracks* umzubenennen. Diese Namen sollen an die auf dem Feld der Ehre gefallenen Soldaten erinnern.«

Ein Raunen ging durch die Gruppe der Zuhörer. Der Kommandeur griff währenddessen unter sein Rednerpult, zog ein Glas Wasser hervor und trank es in einem Zug aus. Als er die Blicke der anderen Offiziere bemerkte, beugte er sich nach vorne und flüsterte: »Ich rede mir hier die Zunge fusselig, da kann ich mir auch etwas zu trinken mitbringen.« Er blätterte erneut in dem Buch. »Die restlichen Informationen beziehen sich auf die aktuelle Besetzung in unserer Kaserne. Wir hängen das später am Schwarzen Brett aus. Wie ich bereits erwähnte, wird ein Teil der Blackhawks nach Fort Louis versetzt, dies wird ab dem 10. Dezember erfolgen und Ende März nächsten Jahres logistisch abgeschlossen sein. Die Vorbereitungen laufen bereits. Dafür bekommen wir im Januar von den Constabularies aus dem Sub-Headquarter am Mühlburger Tor ein Platoon mit dreißig Mann in unsere Basis überstellt. Zur Monatsmitte verlegen wir alle Flüchtlinge aus dem abgesperrten Teil in die andere Kaserne. Wenn dies alles abgeschlossen ist, wir rechnen mal so Mitte April, wird hier zum Jahresende 1946 ein Flugabwehr-Artillerie-Bataillon, bestehend aus zwei Kompanien, mit je acht Flugabwehr-Geschützen stationiert sein.« Er räusperte sich erneut. »Zuletzt möchte ich an die noch immer nicht erledigten logistischen Nachwehen des Besuches von General Dwight D. Eisenhower im September erinnern und schlussendlich das Thema Scouts, denn darum hat mich Captain Codellany persönlich gebeten.« Der Lieutenant Colonel holte tief Luft, kritzelte etwas in sein Buch und wandte sich dann an den Leiter der Scouts, Captain John C. Edwards, der die ganze Zeit nur mit halbem Ohr zugehört und gelangweilt karierte Muster auf seinen Notizblock gemalt hatte. »Edwards, in Anbetracht der Tatsache, dass Sie seit Monaten keine Mannschaftsdienstgrade mehr haben, wird sich die Situation insofern ändern, dass wir den in zwei Wochen abgehenden Sergeant durch zwei neue Privates, einen Versorger und einen ehemaligen Polizisten, ersetzen werden. Da Sie oft und viel Kontakt mit der Stadtverwaltung von Karlsruhe haben, werden Sie einen direkten Kontaktmann bei der Stadtverwaltung im Rathaus sowie zwei Ansprechpartner bei dem von den Polen verwalteten Dienstfahrzeuglager der Stadt erhalten. Beide Kontaktmänner sprechen Englisch und werden Tag und Nacht für Sie erreichbar sein. Für die Scouts wird es eine neue Aufgabe geben, deren Priorität wir noch nicht richtig abschätzen können: das

Heizproblem im kommenden Winter. Die Stadtverwaltung wird Sie deswegen kontaktieren.« Der Lieutenant Colonel gab seinem Adjutanten einen Zettel und nickte Captain Edwards wohlwollend zu. Dann bedankte er sich bei den Anwesenden für ihre Geduld und vertagte die Stabsbesprechung augenzwinkernd ins Offizierskasino, wo er Kaffee und Aschenbecher für alle bestellt hatte.

Die zehn Offiziere erhoben sich von ihren Sitzen und begaben sich auf den Flur vor dem Besprechungsraum. Der Adjutant des Lieutenant Colonel, First Lieutenant Mendoza und Captain Codellany von der MP liefen zu Edwards und hielten ihn auf. Mit knappen Worten informierte der Captain ihn über den Kohledieb und den seltsamen Toten in der Oststadt. Er bat Edwards, die Umstände zu untersuchen, die zu dessen Tod geführt hatten.

»Wir haben ein paar Beweisstücke gefunden, dass der Mann vermutlich nicht aus der Oststadt, sondern aus Ettlingen stammte«, informierte ihn der Militärpolizist. »Er schien aufgrund seiner hochwertigen Bekleidung sehr vermögend gewesen zu sein. Der Ausweis, den er bei sich trug, wurde ausgerechnet von der Mordwaffe durchstochen. Wir haben ihn trotzdem schon einmal überprüft: Er gehört einem Mann namens Julius Engel aus Karlsruhe. Was der allerdings mit dem Toten zu tun hatte, wissen wir nicht. Geh in die Asservatenkammer bei der MP und hol dir die Kiste mit den Klamotten. Morgen fahrt ihr bitte nach Ettlingen und versucht, Licht ins Dunkel zu bringen.« Er klopfte ihm freundschaftlich auf die Schulter. »Komm, lass uns einen Kaffee trinken gehen.«

Edwards schüttelte den Kopf. »Nein, ich habe keine Zeit. Ich muss noch ein paar Berichte von unseren letzten Ermittlungsfahrten machen. Sorry, Cody«, er drehte sich um und wollte gerade losmarschieren, da rief der Adjutant des Lieutenant Colonel seinen Namen. »Captain Edwards, hier ist die Liste ihrer Personalveränderung. Soll ich Ihnen von Armstead geben. Die Polen haben sich vor ein paar Tagen vorgestellt. Nette Leute. Der Deutsche ist für die Beschaffung von Heizmaterial der städtischen Einrichtungen zuständig. Ach übrigens, die beiden Soldaten für Ihr Team sind bereits hier angekommen. Freuen Sie sich auf ein paar nette Namen!«

»Warum?« Edwards verzog misstrauisch das Gesicht.

»Ich habe ewig gebraucht, um sie fehlerfrei auszusprechen. Viel Spaß damit!« Mendoza lachte kurz voller Schadenfreude und überreichte ihm den handgeschriebenen Zettel:

PFC Pietro Farina, Militärpolizist
Private Sammy Ka'hale Veelapinat, Versorger
Stadtverwaltung Karlsruhe, Dezernat 15 Heizmaterial, Herr Albert Schöller, Apparat -4100
Motor Pool der Stadt Karlsruhe, Lorenzstrasse: Wladislaw Brzeczyszykiewicz und Helfer Krzysztof Wroszieścylak, Apparat -5401

DIENSTAG, 27. NOVEMBER 1945, 8.05 UHR

Der klein gewachsene Soldat mit den braunen Mandelaugen, der sonnengebräunten Haut und den kurzen schwarzen Locken sah seinen neuen Vorgesetzten, Captain Edwards, sichtlich genervt und doch auf eine bestimmte Art amüsiert an.

»Ich habe Ihren Namen leider noch immer nicht verstanden, Private Veela…« Edwards versuchte erneut, seine eigene Handschrift auf dem Zettel vor sich zu entziffern. Er atmete hörbar ein. »Sammy. Sammy Kalala… Kaa… Ich gebe es auf.« Er schüttelte resigniert den Kopf.

»Privade Sammy Ka'hale Veelapinad, Sir. Darf ich es Ihnen aufschreiben?«

»Nein! Was fällt Ihnen ein? Das schaffe ich schon selbst. Also, noch mal.« Edwards knüllte das Formular zusammen und warf es hinter sich in eine Ecke seines Büros, dort wo der Mülleimer stand. Um diesen herum lagen schon ein paar Papierkugeln. Dann öffnete er eine Schublade und zog ein neues unbeschriebenes Formblatt hervor.

»Dienstgrad: Private. Vorname: Sammy«, murmelte er.

»Ja, Sir.«

»Nachname Ke… Ka.«

»Nein, Sir. Zweiter Vorname Ka'hale. Mit einem Okina nach dem ersten A.«

»Ach ja, Okina. Das war der kleine Strich.« Edwards stützte seinen Kopf verzweifelt auf die Hand und fuhr sich mit der anderen durch sein verschwitztes Haar. Im hinteren Teil des Raumes knackte es in dem gusseisernen Radiator. Sein Blick wanderte verstohlen vom Formular auf die danebenstehende Kaffeetasse und den leeren Aschenbecher. Was hätte er darum gegeben, jetzt mit Captain Codellany, dem Vize-Chef der MP in Karlsruhe, einen Kaffee zu trinken und Small Talk zu betreiben. Stattdessen musste er in dem überheizten Office sitzen und die Erfassungsblätter für zwei neue Scout-Mitglieder ausfüllen, die ihm die Stabsstelle gegen seinen Willen und ohne vorherige Information, zugewiesen hatte. Er hatte nicht um Verstärkung gebeten. Aber viel zu spät war vom Stab durchgesickert, dass Sergeant Piece' Dienstzeit in drei Wochen enden würde. Deshalb erhielt er den Nachwuchs. In den letzten Wochen waren die fünf Scouts ein eingeschworenes Team geworden. Sie saßen in dieser Karlsruher Blackhawk-Kaserne fest, mussten der Militärpolizei wegen Personalmangels unter die Arme greifen und zeitweise stupide Schreibarbeiten machen. Doch es tat sich was in der US-Army. An allen Stellen wurde umstrukturiert, reorganisiert, aufgelöst, neu geschaffen und versetzt. Jeden Tag sahen die Scouts neue Gesichter in der Kaserne. In die Einheit der Blackhawks, einer schweren Panzereinheit des 172. Infanterieregiments, war Bewegung gekommen. Tag und Nacht wurden Fahrzeuge umgestellt, Alarmübungen abgehalten und schweres Gerät aus dem Stützpunkt heraus in den angrenzenden Wald des Pionierübungsplatzes verlegt. Fahrzeuge der UNRRA, der UN-Flüchtlingshilfsorganisation, transportierten neue Flüchtlinge in den anderen Teil der Kaserne oder von dort an weitere leer stehende Standorte. An vielen Stellen wurde gebaut, repariert, renoviert. Überall hausten Menschen, die aus dem Osten vor den Russen geflüchtet waren, Vertriebene aus Jugoslawien, Schlesien, Rumänien, Ungarn und Böhmen, heimgekehrte Soldaten auf der Durchreise, ehemalige KZ-Häftlinge und Kriegsgefangene. Es war eng und ungemütlich, die ehemals deutsche Pionierkaserne in Knielingen platzte förmlich aus allen Nähten.

Musste ihm der Stab ausgerechnet jetzt einen Insulaner mit einem Sprachfehler schicken?

»Sir?«

Der Private mit dem seltsamen Namen, der angeblich aus Hawaii stammte, stand noch immer wie angewurzelt vor dem Tisch in Edwards Büro. Die immer wieder falsche Aussprache der Buchstaben T und Z des Hawaiianers irritierte den Offizier.

»Sir, darf ich Ihnen den Namen aufschreiben? Ich sag's auch niemandem, dass Sie … äh, sich verschrieben haben. Mein Name isd edwas komplidsierd.«

Der Captain nickte geistesabwesend und drehte den Zettel um hundertachtzig Grad. »Verdammt, Sie haben recht. Holen Sie sich einen Stuhl und setzen Sie sich mir gegenüber an den Tisch, Private. Seien Sie so nett und füllen Sie den Bogen sauber aus. Bitte! Haben alle auf Hawaii so schwierige Namen?« Edwards betrachtete den jungen Soldaten interessiert. Seine rechte Hand fingerte dabei nervös nach den Zigaretten in seiner Brusttasche, während der Neuankömmling sich eine Sitzgelegenheit heranzog.

»Der isd philippinisch. Mein Dad kommd von den Philippinen, genauer gesagd aus Manila und had damals dord eine Hawaiianerin kennengelernd. Ein paar Monade späder haben sie sich verlobd und sind dsusammen nach Oahu gedsogen.«

Edwards musste lächeln. In seinem Kopf spielte sich gerade ein Film unter Palmen mit Hulamädchen, Ukulelenmusik und Baströckchen ab. So etwas hatte er mal in einer **Newsweek** gesehen. »Sie sind also im Paradies aufgewachsen, Private.«

»Ja. Bis dszu dem Momend, als die Japaner Pearl Harbor angriffen. Daraufhin beschloss ich, dsur Army dsu gehen.« Der Private füllte den Zettel aus und achtete sehr darauf, deutlich zu schreiben.

»Warum nicht zur Marine? Wäre das auf einer Insel nicht nahe liegender gewesen?«

Der Hawaiianer schüttelte entsetzt den Kopf. »Da wollde ich nichd hin. Bei der Navy gibd es du viel Alkohol und Dsigaredden. So viele Nachbarinnen von mir sind auf bedrunkene Seeleude hereingefallen. Nichds für mich.«

»Nachbarn?«

»Ja, Sir.« Der Insulaner machte ein betrübtes Gesicht. »Diese **Haole**, Endschuldigung, die Weißen wollen nur Liebe machen und wieder verschwinden. Sie machen die einheimischen Mädchen bedrunken und …« Er schwieg und sah eine Weile zur Seite. »Endschuldigung, Capdain. Ich habe Heimweh nach Oahu. Meine Kinder und meine Frau warden dord auf mich. Ich mache mir Sorgen um sie.«

Edwards ließ überrascht das brennende Streichholz auf den Tisch fallen. »Sie sind schon verheiratet und haben Kinder?«

»Ja, ich habe drei Kinder mit meiner Frau Pualani. Kuahi, Hulani und Keke Olana. Sie sind dwei, drei und vier. Die Army wollde mich anfangs nichd haben, weil ich denen dsu jung war. Da blieb mir genug Dseid, um eine Familie dsu gründen.« Er lächelte. »Vor neun Monaden had es endlich geklappd.«

Edwards war beeindruckt. Nun verstand er, warum der Insulaner wieder nach Hause wollte. Er selbst hatte damals, 1941 in Cliffdale, Illinois, alle Brücken hinter sich abgebrochen. Seinen Eltern schien es damals egal zu sein, dass er nach der Schulzeit an eine Universität ging und dann als Offizier zur Army. Seine alkoholabhängige Mutter machte sich meist nur über ihn lustig, hatte ständig Besuch von älteren Männern. Sein Vater war als Tagelöhner oft wochenlang unterwegs, das verdiente Geld versoff er meist schon am Abend.

Insgeheim beneidete der Offizier Veelapinat. Doch zu weiteren Gedanken kam er nicht, denn in diesem Moment steckte ein Corporal unaufgefordert seinen Kopf durch die Bürotür.

»Captain Edwards, soeben ist PFC Farina hier eingetroffen. Er wartet draußen im Gang auf Sie.«

Kaum hatte Edwards ein flüchtiges »Danke« gemurmelt, war der Corporal auch schon verschwunden.

»Ich bin ferdig, Sir. Alles ausgefülld.«

»Danke, Private.« Edwards musterte das Formular. Es sah aus, als hätte der Hawaiianer die Daten mit einer

Schablone geschrieben. »Sie waren bei den Versorgern? Entschuldigung, ich vergaß, Sie danach zu fragen. Ihr Nachname hat mich zu sehr verwirrt.«

Veelapinat gab ein Kichern von sich. »Machd nichds, Sir. Sie sind da nichd der Ersde. Ich war bis April 45 in Ford Lee, Virginia dsur Ausbildung und habe bis vorgesdern als Deilebeschaffer für die 902. Heavy Dranspord in Köln gediend.«

Edwards würde sich nur schwer an die Aussprache des Neuen gewöhnen, doch er wollte ungern ein zweites Mal nachfragen.

»Was für Teile haben Sie denn so beschafft?«

»Dsubehör für Pandser, Lasdwagen, Werkdseuge, Werkdaddeinrichdungen.«

»Danke, Private.« Der Offizier hatte genug gehört. »Nehmen Sie Ihre Sachen und gehen Sie in Gebäude 9138. Der zuständige Sergeant der Wache zeigt Ihnen Ihre Stube. Anschließend melden Sie sich bei First Sergeant Vickers im Motor Pool. Der wird sich freuen, wenn er einen Versorger in seinem Team hat. Wegtreten, Private!«

Der Hawaiianer nickte, sprang auf, grüßte Edwards militärisch und verließ den Raum.

Der Captain lehnte sich in seinem Stuhl zurück, seufzte und steckte sich nun die Zigarette an, die er zuvor unbenutzt neben den Aschenbecher gelegt hatte. Wie kam der Stab bloß auf die Idee, ihm diesen Mann zu schicken? Hoffentlich würde der andere Private mehr taugen. Er nahm einen tiefen Zug aus der Zigarette und brüllte: »Farina! Reinkommen!«

Der Private First Class mit dem italienischen Namen, der ›Mehl‹ bedeutete, betrat das Büro genauso ohne anzuklopfen wie kurz zuvor der Corporal. Mit beiden Händen tief in den Hosentaschen, Kaugummi kauend und mit einem schiefen Grinsen im Gesicht, ließ sich der Mann ohne Gruß auf dem Stuhl vor Edwards Schreibtisch nieder und streckte die Beine von sich.

»Ich bin der neue MP, den Sie haben wollten.« Farina formte zwei Blasen aus Kaugummi, ließ sie im Mund verschwinden und knackte sie dort hörbar. Daraufhin strich er sich eine lange schwarze Haarsträhne nach hinten, die ihm unter dem Schiffchen heraus ins Gesicht gefallen war.

Edwards beäugte den vor ihm im Stuhl lümmelnden Private. Der war das glatte Gegenteil des fast schüchternen Hawaiianers. Den Kopf an den Seiten kahl rasiert, lange Haare unter der Kopfbedeckung, eine bräunliche Hautfarbe, eine große Hakennase und ein loses Mundwerk. Der Offizier überlegte kurz, ob er dem jungen Mann erst einmal Manieren beibringen sollte, entschied sich aber dagegen. Dafür war später genug Zeit.

»Ich habe keine Unterstützung von der MP angefordert. Wie kommen Sie darauf?«

»Die bei uns im Stab erzählten, dass die Scouts ohne MP handlungsunfähig wären. Deshalb bin ich jetzt hier. Zumindest bis März. Dann ist finito mit Army.« Er knackte wieder zwei Blasen. »Ich bin Pietro Farina aus Philadelphia. Meine Familie stammt aus Sizilien, ich wurde in Sizilien geboren, capisce?«

»Warum nur bis März, Private?«, wollte der Offizier wissen.

»Ich bin schon seit fast zwei Jahren bei der Army. Meine Zeit ist nächstes Jahr abgelaufen. Ich gehe zurück nach Philly und arbeite im Ristorante meiner Eltern. Ich suche mir eine schöne Frau, nein, die Schönste in Philly und wir machen viele Bambini. Wenn ich alt bin, fahre ich zurück nach Sizilien. Bella isola, Sie verstehen?« Aus seinem Mund ertönten zwei derbe Knacklaute.

»Sizilien, soso. Laut meinen Unterlagen sind Sie die ganze Zeit bei der MP gewesen. Müssten Sie nicht längst Corporal sein?«

Farina grinste. »Ich war es auch schon eine Woche lang. Dann ist mir bei einer Hausdurchsuchung ein Fehler mit einer Deutschen unterlaufen.«

»Haben Sie sie etwa gleich heiraten wollen?«

»Madonna, nicht doch! Sie war höchstens eine Vier!«

»Eine Vier?«

»Mamma mia, Sie verstehen mich nicht! Eins ist hässlich, zehn ist Superfrau, bella donna! Ich habe ihr nur kurz an den Hintern gefasst. Ihr Vater war ein Bankdirektor und hat am nächsten Tag eine Anzeige beim Hauptquartier der siebenten Armeegruppe gemacht«, der Italiener verzog das Gesicht. »Dann wurde ich degradiert. Merda.«

»Also, zukünftig Finger weg von den Frauen. Bei den Scouts werden Sie keine Durchsuchungen ohne anwesenden Offizier machen. Frauen und Alkohol während der Dienstzeit dulde ich nicht, verstanden?«

»Ja, verstanden. Eine Zigarre nach Dienstschluss ist aber erlaubt, Captain?« Farina hatte sich nach vorn gebeugt und sah den Offizier treuherzig an, gleichzeitig knackte er respektlos ein paar weitere Kaugummiblasen.

»Wenn Sie Zigarren haben, von mir aus.«

»Mein Papa schickt mir alle zwei Wochen ein Paket mit Zigarren und Marsalawein aus Sizilien.« Farina leckte sich genießerisch über die Lippen.

»Liegt dort eigentlich nicht auch Neapel?« Edwards war gespannt auf die Antwort des Italieners. Die Hafenstadt vom Festland auf diese Insel zu verlegen, war eine verbale Ohrfeige für Farina.

Dieser explodierte auch fast sofort, wie der Vesuv, an dessen Fuß Neapel lag. »Mamma mia«, rief er laut aus. »Sie haben keine Ahnung, Capitano. Neapel in Sizilia! Madonna! Waren Sie noch nicht in Italien?«

Jetzt lag es an dem Offizier, sich Respekt zu verschaffen. »Ich komme aus der Nähe von Chicago, Farina. Al Capone war dort der Boss«, konterte er und sah den überraschten Italiener finster an. Was machten da schon unwesentliche zweihundertachtzig Meilen Distanz von Cliffdale bis Chicago aus? »Wer nicht mit uns ist, ist gegen uns und wird beseitigt. Capisce?« Er lehnte sich im Stuhl nach hinten und blies Zigarettenrauch in die Luft. Dann erhob er seine rechte Hand, schnippte mit den Fingern und lächelte überlegen.

Pietro Farina schwieg. Er war sich nicht mehr sicher, ob Edwards ihm gerade Unsinn oder die Wahrheit erzählt hatte. Um von der Verlegenheit abzulenken, räusperte er sich und ergriff eilig das Wort: »Captain, muss ich ein Formular für Sie ausfüllen?«

Der Offizier schob ihm ein Blatt und einen Bleistift hin. »Die Familie muss alles über Sie wissen, verstanden Private?«

DIENSTAG, 27. NOVEMBER 1945, 10.42 UHR

Lucien Keller hielt den Atem an. Soeben passierte das, was er bisher nur aus seinen Lehrbüchern und dem theoretischen Unterricht kannte: Der robuste Ein-Zylinder-Renault-Motor fing urplötzlich an zu stottern und die Drehzahl des Propellers wurde langsamer. Ein feiner Ölnebel machte sich in nach oben laufenden Schlieren auf der kleinen Windschutzscheibe breit. Ein Blick auf Höhenmesser und Tankanzeige: elfhundert Meter und halb voll. Doch der starke Südwestwind trieb ihn immer mehr in ein Gebiet ab, wo er eigentlich nicht hin wollte, besser gesagt, nicht hin durfte.

Vor über einer Stunde war er in Nancy gestartet, wollte einen kurzen Abstecher nach Baden-Baden machen, wo sein Vater als stellvertretender Garnisonskommandeur der französischen Streitkräfte diente. Fünfmal war Lucien diese Strecke in den letzten Wochen bereits geflogen, hatte normalerweise nach knapp achtzig Minuten Flugzeit, bei stetem Südwestwind, sicher in Oos landen können. Er konnte seinem Vater die neuesten Kuriernachrichten sowie eine Zeitung von zu Hause mitbringen und einen Kaffee mit ihm trinken.

Doch gerade ging alles schief. Der Motor lief nicht mehr rund und irgendwo war etwas undicht. Vielleicht ein Ventildeckel oder ein Lager, welches heiß lief? Der Pilot klopfte mit dem behandschuhten Zeigefinger gegen die Temperaturanzeige, doch der zitternde Zeiger näherte sich immer weiter dem gefährlichen roten Bereich. Das Flugzeug kämpfte mit den Elementen, den tief hängenden Wolken, dem beginnenden Nebel in den Bergen und dem noch immer sehr stürmischen Südwestwind. Deshalb betätigte Lucien das Ruder und die Fußpedale und setzte eine große Kurve nach links an. Nun war es ihm möglich, einen Blick nach unten auf die neblige Landschaft unter sich zu werfen und die Position einzuschätzen. Verdammt, war das da unten etwa schon Rastatt? Er drückte die Nase des silbernen Caudron C275 Luciole Doppeldeckers sacht nach unten, um unter die Wolkendecke zu kommen. Noch immer starrte er die Ansiedlung unter sich an und suchte nach dem Schloss Favorite und der Murg, den markantesten Punkten. Doch er sah keinen Fluss. Lediglich zahllose zerstörte Gebäude, durch die sich von Süd nach Nordwest ein Rinnsal zog. Baden-Baden? Kehl? Lucien griff hektisch nach der großen Karte in einer der Seitentaschen seines Zweisitzers und versuchte sie auseinanderzufalten. Immer wieder warf er einen Blick auf den Kompass und die Drehzahl. Das dünne Ölrinnsal hatte sich noch verstärkt, durch den Fahrtwind abgerissene Tropfen schlugen gegen seine Brille und die Mütze. Erst jetzt bemerkte der Elsässer die Rauchfahne, die er hinter sich herzog. Noch immer war er im Sinkflug und der Motor ließ beunruhigende Geräusche vernehmen. Von irgendwoher aus dem geschlossenen Triebwerksraum kam ein schrilles Pfeifen. Lucien sah wieder nach unten. Noch immer konnte er weder die Murg noch Reste der sternförmigen Festungsbauten von 1848 ausmachen. Der starke Aufwind ließ das kleine Flugzeug auf über sechshundert Meter ansteigen, mitten hinein in die stürmische Nebelsuppe, sodass der Elsässer die Maschine mit Gewalt hinunterdrücken musste. Unter sich sah er wieder Ruinen und mittendrin einen rechteckigen Platz, auf dem eine kleine Pyramide stand. Davor befand sich ein Trümmerzug mit einer dampfenden Lokomotive davor, der gerade in Richtung einer Schlossruine fuhr. Karlsruhe! Luciens Herz pochte wild. Mein Gott, er war über dreißig Kilometer in die amerikanische Zone abgedriftet, ohne es zu merken! Er drehte die Maschine in eine weitere Rechtskurve, doch das Flugzeug gehorchte seinen Steuerbefehlen nicht mehr wie gewünscht. Das austretende Motorenöl verdeckte ihm mehr und mehr die Sicht und der Kolbenmotor hustete und ruckelte zunehmend lauter.

Er musste sich erinnern! Karlsruhe hatte einen Landeplatz im Nordwesten, eine Autobahn im Osten und einen großen Exerzierplatz im Süden bei Forchheim. Dort, wo auch die französische Zone wieder begann. Dort musste er hin. Doch der Wind drückte ihn weiter in nördliche Richtung, obwohl die Nase nach Nordwesten zeigte. **Merde**, musste der Motor ausgerechnet jetzt kaputtgehen?

Er schlug mit der Faust gegen den Rand der Kanzel, sodass es dort einen großen Riss gab und ein Holm durchbrach. Entsetzt starrte er auf das im Wind flatternde Stück der Aluminiumverkleidung. Lucien drückte die Nase des rauchenden Flugzeugs weiter hinunter, der Höhenmesser zeigte bereits unter einhundert Meter, da erkannte er auf vier Uhr das große Flugfeld, wo sich angeblich auch eine Flugzeugwerft befand. Unter ihm rasten die Trümmer der Stadt, einige zerstörte Kirchen und mehrere Alleestraßen dahin. Menschen, die hier unterwegs waren, starrten nach oben und zeigten mit dem Finger auf ihn. Der Elsässer nahm allen Mut zusammen, zog den Doppeldecker in einer steilen Kurve nach rechts und flog nun mit Rückenwind direkt auf die große Wiese zu. Er musste Gewalt anwenden, um die Flügel zu stabilisieren. Nach Frankreich zurück würde er es auf keinen Fall mehr schaffen. In diesem Moment gab es im Motorraum einen Knall und der austretende Rauch wechselte von Weiß in Schwarz. Der kleine Metallzeiger der Temperaturanzeige, der gerade noch vor dem roten Bereich gestanden hatte, schlug nun gegen den rechten Anschlag. »Dunkelrot«, hatte der Fluglehrer das immer genannt und eine sofortige Landung empfohlen. An ein Aussteigen ohne Fallschirm war nicht zu denken. Lucien Keller tat das einzig Richtige, indem er den Benzinhahn zudrehte und das Steuer mit beiden Händen umkrallte. Innerlich bereitete er sich bereits auf einen Absturz vor.

*

Der Leiter des Motor Pools in der Knielinger Blackhawk-Kaserne, First Sergeant Joey Vickers, trippelte fröstelnd vor der Tür seines Werkstattbüros, in der einen Hand einen Becher mit dampfendem Kaffee und in der anderen eine Zigarette. Um ihn herum standen zahlreiche Militärfahrzeuge aller Art, sauber nebeneinander aufgereiht. Ein untergebener Corporal erzählte gerade Zoten, über die sich alle amüsierten. Als sie plötzlich ein Brummen wahrnahmen, verstummten die Soldaten und sahen neugierig in den grauen Himmel.

»Still!«, rief einer von ihnen. »Das ist doch ein Flugzeug?«

»Ja.« Vickers horchte interessiert. »Einmotorig. Mit Motorschaden.« Sie hörten deutlich die Aussetzer. Auch andere Soldaten, die im Freien zu tun hatten, unterbrachen ihre Arbeit und blickten suchend nach oben. Vickers bemerkte, wie sich an der Giebelseite in einem der benachbarten Unterkunftsgebäude ganz oben ein Fenster öffnete, ein Sergeant seinen Kopf rausstreckte und schrie: »Da hinten ist es. Ich kann etwas erkennen, ein Doppeldecker zieht eine Rauchfahne hinter sich her!« Er deutete in Richtung der Innenstadt, die für die anderen nicht zu sehen war.

»Brennt es, Alan?«, schrie Vickers nach oben.

»Weiß nicht, der Pilot versucht sicherlich auf dem Flugfeld zu landen. Hoffentlich stürzt er nicht vorher ab, er ist schon ziemlich tief. Jetzt ist er hinter den Häusern verschwunden.«

Joey wurde neugierig. »Los Männer, wir nehmen uns einen Jeep und dann fahren wir aufs Flugfeld. Das Flugzeug will ich sehen!« Die vier liefen kurz in die Werkstatt, um Feuerlöscher zu holen und sprangen in das nächstbeste Fahrzeug. Eine Minute später rasten sie davon.

Mit einem dumpfen Schlag aus dem Motorraum blieb der Propeller der Caudron C275 im Fahrtwind zitternd stehen. Lucien schätzte, dass es mindestens noch dreihundert Meter bis zur Grenze des Flugfelds waren. Das Singen der Flügelspanndrähte und das Rauschen des Windes waren nun auf einmal sehr deutlich zu hören, fast bedrohlich still war es um ihn herum. Eine ungewöhnliche Situation. Im Landeanflug ohne Motor. Oder sollte man es ein kontrolliertes Abschmieren nennen?

Die Augen des Franzosen fixierten gebannt den Höhenmesser. Vierzig Meter, dreißig Meter, zwanzig Meter. Die Dächer der letzten Häuser kamen den Rädern schon bedrohlich nahe.

Mein Gott, welcher Idiot hatte drei Pappeln direkt neben einem Flugplatz zugelassen? Linkskurve! Die rechte Flügelspitze rasierte einen Ast. Unter der Maschine rauschte ein Luftschutzbunker vorbei. Stabil halten! Zehn Meter. Lucien zog die Nase des Doppeldeckers etwas nach oben, um noch den letzten Restauftrieb auszunutzen. Die Wiese kam ihm immer näher. Inzwischen quoll ein schwarzer, stinkender Rauch aus den Ritzen der Trennwand zu ihm in die Pilotenkanzel. Der Motor brannte! Die Räder setzten mit einem Ruck auf, die Maschine sprang noch einmal kurz in die Luft und landete endgültig auf dem Boden, rollte über den holprigen Grund und blieb schließlich stehen. Erleichtert erkannte Lucien, dass er die zahlreichen Zugänge zu ausgedehnten Kaninchenbauten in dem sandigen Boden glücklicherweise knapp verfehlt hatte. Lucien schnallte sich ab, riss sich die Pilotenkappe vom Kopf, fummelte den kleinen Feuerlöscher unter dem Sitz hervor und kletterte aus der Kanzel. Behände sprang er erst auf die untere

Tragfläche, dann auf die Wiese. Er kroch unter dem Flügel hindurch nach vorne, was schneller ging, als um ihn herumzulaufen. Mit geübten Handgriffen öffnete er den seitlichen Motordeckel, ließ kurz Qualm entweichen und sprühte den kompletten Inhalt des Löschers in die Öffnung hinein.

Erst jetzt, wo das Feuer aus war, sah er sich das Gelände genauer an. Auf der Wiese wuchs eine Art rötlich-grünes Heidekraut, unterbrochen von ein paar verstreuten Ginsterbüschen am Rande und zahllosen weiteren Kaninchenbauten dazwischen. Die eigentliche Landebahn hatte er um mehrere hundert Meter verfehlt. Am südlichen Horizont standen Häuser und ein paar Hallen. Er erkannte ein Gebäude mit einem verglasten Turm, welches vermutlich die Flugplatzverwaltung war, und auch, dass aus verschiedenen Richtungen Personen auf ihn zuliefen. Der Elsässer kletterte noch einmal zurück zu seinem Pilotensitz, holte die Mappe mit den Papieren und dem französischen Ausweis und erwartete das deutsche oder amerikanische Begrüßungskomitee.

Zuerst erreichte ihn ein riesiger Schäferhund, der mit respektvollem Abstand um ihn und das Flugzeug herumrannte und bellte. Kurz darauf war sein Besitzer, eine junge Frau mit Kopftuch, da und verlangte von dem Hund mit einem lautem »Koba, Platz!« Gehorsam, woraufhin dieser dem Befehl sofort nachkam. Vom Heck der Maschine näherte sich ein alter Mann mit fünf kleinen Kindern im Schlepptau, die den silbernen Vogel mit offenem Mund bestaunten. Lucien überlegte und sammelte seine spärlichen Deutschkenntnisse.

»Misch verstehen, Mademoiselle?«, fragte er die Hundebesitzerin. »Karlsruh hier?«

Die Frau nickte.

»Isch«, er deutete auf sich. »Lucien Keller von Baden-Baden. Mein avion äh … mécanique … Mechaniker? Moteur cassé … kaputt.«

Die Frau nickte erneut. »Die Amerikaner kommen«, bemerkte sie trocken. »Man wird Sie verhaften. Karlsruhe ist nicht gut für Franzosen.«

Der Elsässer verstummte.

Über eine versteckte Zufahrt brauste ein Militärjeep auf die kleine Gruppe am Rand des Platzes zu. Von Westen her kam ein weiteres Fahrzeug, doch es war noch wesentlich weiter entfernt. Der Jeep hielt, zwei bewaffnete Amerikaner sprangen heraus und zielten mit ihren Gewehren auf den Piloten. Ein weiterer Soldat lief wortlos auf Lucien zu und gab ihm eine schallende Ohrfeige. Im Anschluss holte er seine Pistole hervor und hielt sie dem verdutzten Franzosen an den Kopf, der schon längst seine Hände im Nacken verschränkt hatte.

»Russki«, schrie der GI. »Keine Landebahn!« Dann schlug er ihm mit der Pistole ins Gesicht.

Die Frau mit dem Hund verfolgte in ein paar Metern Abstand die Szene und war entsetzt, was sich vor ihren Augen abspielte. »Kein Russe. Ein Franzose. Oh mein Gott!«, rief sie, wurde jedoch nicht verstanden.

Der Soldat trat derweil weiter auf den wehrlosen Mann ein, der sich inzwischen auf dem Boden zusammenkrümmte. »Russki, Russki!«, schrie der Amerikaner.

Ein weiterer Jeep mit vier Soldaten hielt neben dem Flugzeug. First Sergeant Vickers lief als Erster zu dem GI und zog ihn von dem Piloten weg. »Hör auf, du bringst ihn ja um! Was ist denn in dich gefahren?« Die beiden anderen Soldaten standen noch immer in einigem Abstand neben ihrem Kameraden. Unschlüssig hatten sie die Waffen gesenkt.

»Der Drecksrusse ist hier mit seinem Spionageflugzeug notgelandet. Meine Eltern sind von Russen umgebracht worden. Ich hasse sie alle!«, schrie er. »Dieser Bastard kam mir gerade recht!«

Vickers hielt den Mann weiterhin fest und warf einen prüfenden Blick auf den zivilen Doppeldecker, an dessen Flanke, noch gerade sichtbar, die französische Trikolore prangte.

F-LQAE

Ein Franzose. Herzlichen Glückwunsch. Der Festgehaltene gab derweil seinen Widerstand langsam auf und sah missmutig auf den Boden. Während Vickers den Griff vorsichtig löste, schrie er ihn an: »Das Flugzeug kommt aus Frankreich, du Arschloch. Du hast fast einen Franzosen totgeschlagen«, fuhr er wütend fort. »Einen Franzosen! Bist du farbenblind, Corporal?«

Der Angesprochene starrte auf das Opfer im Gras. »Schade, ich dachte, er wäre Russe.«

»Wir müssen ihn sofort ins Krankenhaus bringen. Bete zu Gott, dass er überlebt, sonst sorge ich dafür, dass du eine Anklage wegen Mordes bekommst. Darauf kannst du dich verlassen.«

Gemeinsam luden sie den bewusstlosen Lucien in den

Jeep und fuhren mit Höchstgeschwindigkeit davon. Der alte Mann, der bis jetzt nur zugesehen hatte, verabschiedete sich von der Frau mit einem knappen »Wiedersehn«, und machte sich mit den Kindern wieder auf den Heimweg. Die Frau starrte den Soldaten noch eine Weile nach. Ein feiner Nieselregen setzte ein. Als sie sich umdrehte und nach dem Hund rief, entdeckte sie die im Kaninchensand liegende Ledermappe des Franzosen. Sie beschloss, am nächsten Tag damit zur Polizei zu gehen, und steckte sie ein. Nachdenklich lief sie zurück Richtung Knielingen. Koba trottete seiner Herrin ergeben hinterher. Der fremde Geruch des Franzosen war für immer in seinem Gehirn gespeichert.

DIENSTAG, 27. NOVEMBER 1945, 13 UHR

Mit dem einzig brauchbaren Beweisstück, der Lederjacke des unbekannten Toten unter dem Arm, kletterte Captain Edwards auf der Beifahrerseite in den Lastwagen vom Typ Studebaker US6 hinein. Dieses neue Modell hatte, im Gegensatz zu den Dodges der letzten Kriegsjahre, richtige Türen, Kurbelfenster, eine Heizung und funktionierende Scheibenwischer; jedoch noch immer keine

Türschlösser. Fünf Minuten zuvor hatte er von der MP gegen Unterschrift einen alten Karton mit den Beweisstücken erhalten: eine alte Baumwollhose, eine Lederjacke von der Kürschnerei Brandt in Ettlingen und ein paar Kleinigkeiten aus dem Geldbeutel. Den wichtigen Personalausweis hatte die MP nicht herausgerückt. Die Polizisten hatten es sich inzwischen angewöhnt, alle Fälle, die sie an die Scouts weitergaben, mit einem lächerlichen Codewort zu versehen. Somit startete soeben die Operation **Milkshake**, weil der Tote auf dem Gelände einer Molkerei gefunden wurde.

Bevor die Fahrt losging, hatte Edwards die Mitglieder des Scout-Squad kurz neben dem Lastwagen antreten lassen, um die beiden Neuen vorzustellen. »Männer, das ist unser Zuwachs: Private First Class Pietro Farina von der MP. Mit ihm zusammen können wir zukünftig Durchsuchungen und Verhöre durchführen.« Bei dem Wort ›Durchsuchungen‹ sah er den ehemaligen Polizisten streng an, dieser grinste jedoch nur. »Farina ist aus Philadelphia und hat italienische Wurzeln. Daneben steht Sammy Veelapinat, ein Private aus Hawaii. Er muss sich erst noch etwas eingewöhnen. Veelapinat wird Sergeant Vickers im Versorgungsbereich unterstützen.«

Der Captain schritt die Front vor seinem Team gönnerhaft ab.

»First Sergeant Vickers ist unser Fahrer und Supermechaniker aus Fort Lauderdale, Florida, seit 1940 im Dienst. Er ist schon 1944 beim D-Day dabei gewesen. Sergeant Anthony Roebuck, unser Kartograf und Finanzgenie, aus Roswell, Georgia, ausgeliehen aus der

Soldstelle des Hauptquartiers in Heidelberg. Seit Ende 1943 in unserem Team. Er ist im HQ als stellvertretender Zahlmeister beschäftigt und hilft uns hier aus. Corporal Michael Jonas, das Mädchen für alles aus Greensboro, North Carolina«, er zwinkerte Jonas zu. »Sie müssen selbst erklären, wo Greensboro genau ist. Ich kann es mir nicht merken. Jonas ist übrigens Träger eines **Silver Star,** den er sich in meinem Team verdient hat. Schließlich ist da noch Sergeant Jimmy Piece, unser Scharfschütze, Team-Sanitäter und Urlaubsscheinstempler aus Dallas in Texas. Er ist seit Anfang 1944 dabei, wird uns aber in zwei Wochen verlassen. Seine Dienstzeit ist zu Ende.« Der Captain klopfte dem Mann freundschaftlich auf die Schulter. »Was machst du, wenn du aus der Army raus bist?«

Der Angesprochene lachte. »Ich kaufe mir ein eigenes Scharfschützengewehr oder auch zwei und mache mich selbstständig.«

Nachdem das Gelächter etwas abgeebbt war und der Captain kopfschüttelnd darauf wartete, seinen Monolog fortzusetzen, blickte Jimmy beleidigt in die Menge. »Das ist mein ernst, Jungs. Ich gründe eine Sicherheitsfirma und bewache den Präsidenten.«

Doch er wurde erneut ausgelacht.

»Wenn nicht Truman, dann einen anderen. Es gibt genug Länder auf der Welt.«

»Darf ich auch noch etwas sagen, Piece?«, mischte Edwards sich ein. »Eigentlich wollten wir einen Auftrag erfüllen.«

»Entschuldigung, Sir.«

»Wir haben die Aufgabe, herauszufinden, warum die Leiche eines Stadtrates aus Ettlingen in Karlsruhe aufgefunden wurde. Wir müssen die MP bei ihren Nachforschungen unterstützen, indem wir uns in Ettlingen ein wenig umsehen und etwas über die Umstände des Todes herausfinden. In zehn Minuten fahren wir los. Wegtreten!« Er machte sich eilig auf den Weg.

Joey Vickers saß ungeduldig auf dem Fahrersitz, neben ihn zwängte sich der junge Veelapinat auf die schmale Sitzbank.

»Müssen Sie jetzt schon vorne sitzen, Private?«, meckerte der Captain ihn an, nachdem er die Lederjacke des Toten den Soldaten auf der Ladefläche übergeben hatte.

»Sir, Sergeant Vickers had mich gebeden, ihm bei der Fahrd dsudsuschauen. Das kann ich nichd von hinden machen. Also bin ich heude hier.« Der Private setzte ein entwaffnendes Lächeln auf.

»Die ganze Fahrt nach Ettlingen?« Edwards öffnete die Tür und stieg wieder aus. »Das ist mir zu eng. Ich fahre ausnahmsweise hinten mit. Auf der Rückfahrt sitzen Sie aber wieder bei den anderen, kapiert?« Er schlug die Beifahrertür energisch zu, klappte den Kragen seiner Winterjacke nach oben, zog den Schal um den Hals etwas enger und kletterte auf die Pritsche zu den restlichen warm eingepackten Mitgliedern seines Teams. Ein paar starke Hände halfen ihm hoch. Kaum hatte er sich jedoch auf die hölzerne Bank gesetzt und in der Runde umgeschaut, bemerkte er, dass der Italiener fehlte.

»Wo ist Farina, Sergeant Roebuck?«

Der Angesprochene sah den Captain an und rollte mit den Augen. »Keine Ahnung, Sir. Vor zehn Minuten sagte der Pizzabäcker, er müsse noch mal kurz pinkeln gehen. Seitdem ist er weg.«

»Bei der Körpergröße hat er sich sicherlich selbst runtergespült«, bemerkte Jimmy Piece und begann, noch mehr schlechte Witze über Italiener zu erzählen.

Nach einer Viertelstunde erschien am hinteren Einstieg der vermisste Soldat und stieg mit finsterer Miene ein. »Chi se ne frega tutti – das interessiert mich alles nicht«, murmelte er nur und sah alle um sich herum an. Dann zog er einen Briefumschlag aus seiner Jacke hervor und übergab ihn dem Captain.

»Ihr Antrag auf Versetzung?«, frotzelte dieser.

»Nein, Capitano, bestimmt nicht. Das ist Post für Sie aus Cliffdale, Illinois. Von Ihrer Frau. Ich habe von meinen Eltern ein Paket aus Philly bekommen und es noch schnell in meine Stube gebracht.«

Der Captain murrte kurz, nahm den Brief entgegen und betrachtete ihn längere Zeit nachdenklich von beiden Seiten. »Ich bin nicht verheiratet«, bemerkte er und beschloss, ihn erst später zu lesen.

Während der Lastwagen langsam aus der Kaserne rollte, kreisten seine Gedanken um den Brief. Was zum Henker wollte seine Mutter von ihm? War zu Hause etwas passiert? Vielleicht hatte sie ja wieder geheiratet. Die Handschrift der Adresse war jedenfalls nicht von ihr. Woher hätte sie aber wissen sollen, dass er in Deutschland stationiert war? Es hatte sie doch nie interessiert. Als der Lastwagen durch Mühlburg rumpelte, waren Edwards Gedanken noch immer in den alten Zeiten. Schließlich fasste er sich ein Herz, atmete tief durch und riss den Brief auf. Dieser enthielt jedoch keine Nachricht von seiner Mutter, sondern eine maschinenbeschriebene Mitteilung vom District Sheriff des Calhoun County, zu dem der Ort Cliffdale gehörte. In knappen Worten erwähnte dieser, dass das Haus der Familie Edwards in den Abendstunden des 3. September 1945 nach einem Blitzschlag bis auf die Grundmauern abgebrannt und anschließend in der Ruine von den Officern zwei verkohlte Leichen gefunden worden seien. Der Sheriff habe die Ermittlungen aufgenommen.

Edwards sah von dem Schriftstück auf. Sein Blick schweifte in die Ferne, hinaus aus dem Lastwagen zu den vorbeihuschenden Ruinen. Er empfand kein Gefühl der Trauer, überhaupt waren Gefühle für seine Eltern ein Fremdwort für ihn.

»Alles in Ordnung, Captain?« Roebuck sah seinen Vorgesetzten an.

Der Offizier nickte und berichtete ausführlich, was in dem Brief stand und wie er zu seiner Familie stand, obwohl das eigentlich nicht seine Art war. Doch bevor er zu Ende erzählen konnte, brüllte Vickers von vorne ein »Alles festhalten, Vollbremsung!« und »Verpiss dich von der Straße, Du Arsch!« Es krachte mehrmals auf der rechten Seite, gleichzeitig rumpelte der Lastwagen über große Unebenheiten. Dabei schaukelte er beängstigend hin und her. Die Männer auf der Pritsche wurden umhergeworfen und schließlich blieb der Lkw mit quietschenden Bremsen stehen. Die Soldaten rappelten sich wieder hoch, kletterten und sprangen hinten hinaus und schimpften über die blauen Flecken, die sie sich gerade bei dem Unfall zugezogen hatten.

Edwards war auf den harten Holzboden geworfen worden und saß dort mit schmerzverzerrtem Gesicht. »Ein einziges Mal, nur einmal sitze ich hinten und Sie bauen einen Unfall, Joey. Was zum Teufel haben wir da über den Haufen gefahren?«, brüllte er nach vorn.

»Ein Radfahrer kam aus dieser verdammten Straße herausgeschossen.« Vickers erschien am hinteren Einstieg und deutete nach rechts. »Er hat mir die Vorfahrt genommen und ich habe fünf von diesen verfluchten Steinpfosten auf dem Gehweg abgeräumt.«

»Wo ist der Radfahrer? Etwa unter uns?«, rief Edwards, stieg vorsichtig aus dem Fahrzeug und sah darunter.

»Der Mann hat nach einer Vollbremsung einen halsbrecherischen Haken um uns herum gemacht und ist unverletzt weitergefahren«, antwortete Joey und zuckte mit den Schultern. Der Offizier war jetzt sicherlich der Meinung, er habe am Steuer geschlafen und den Radfahrer übersehen. Er wandte sich an seinen Fahrschüler: »Er kam doch von rechts aus der Straße gerast, nicht wahr Private?«

Veelapinat schüttelte langsam den Kopf und erwiderte: »Sergeand, Sie müssen dsugeben, Sie haben ein wenig dsu späd gebremsd. Hädden Sie sich an die in der amerikanischen Dsone gesedslich vorgeschriebene Geschwindigkeid von 33 Meilen innerords gehalden, dann …«

»Halt die Fresse, Peanut!« Jetzt war es raus. Joey hatte ihn vor allen anderen ›Erdnuss‹ genannt. Dieses Wort war ihm spontan eingefallen, als Edwards am Tag zuvor von den Neuen erzählte. Der Hawaiianer wurde blass, der Sergeant bekam ein puterrotes Gesicht.

Edwards hasste es, dass alle Soldaten Spitznamen bekamen, die entweder Bezug zu ihrer Tätigkeit oder ihrem Namen hatten. »Müssen Sie allen Leuten einen Beinamen verpassen, First Sergeant?«, fragte der Captain. »Habe ich vielleicht auch einen, ohne es zu wissen? Entweder Sie reißen sich in Zukunft am Riemen oder ich mache ab sofort wieder Dienst nach Vorschrift! Morgendliches Antreten, Befehlsausgabe etc. Sie ziehen sich richtig an, rasieren sich und rauchen nur, wenn ich es Ihnen erlaube. Wollen Sie das? Darf ich außerdem in Zukunft Vicky zu Ihnen sagen? Manchmal glaube ich wirklich, ich bin hier in einem verdammten Kindergarten!«

Die übrigen Männer, die seitlich des Lasters standen und kurz zuvor noch über den Schaden an der Achsaufhängung diskutierten, waren erschrocken über den rüden Ton von Captain Edwards. Als der Name Vicky fiel, mussten sie alle grinsen und Farina knackte zur Freude aller ein paar Kaugummiblasen in seinem Mund. Das brachte Edwards noch mehr in Rage.

Er deutete mit dem Finger auf ihn und brüllte: »Farina, noch eine weitere Kaugummiblase und ich erwürge Sie persönlich. Verstanden?«

Der Private richtete sich auf, nahm zum Erstaunen aller Haltung an, spuckte seinen Kaugummi aus und antworte mit einem lauten »Ja, Sir!«

Edwards packte Vickers am Ärmel und zog ihn um den Wagen herum zu der Bordsteinkante. Die beiden rechten Räder wirkten stark verschränkt. Der hintere Reifen war platt und die Felge zerbeult und verschrammt. »Ein verdammter Fahrradfahrer nimmt uns die Vorfahrt! Haben Sie am Steuer geschlafen? Reparieren Sie das und dann fahren wir weiter. Ich gebe Ihnen zwanzig Minuten. Sergeant Roebuck, holen Sie bitte die braune Lederjacke von der Ladefläche, wir müssen herausfinden, wo diese Kürschnerei ist. Fragen Sie gleich ein paar Passanten. Die anderen helfen Vickers bei der Reparatur. Veelapinat, Sie holen das Manual und achten darauf, dass alle Arbeitsschritte eingehalten werden.«

»Soll der Private mich etwa überwachen?«, fragte Vickers, der gerade die Befestigungsschrauben des Ersatzrades löste.

»Nein, er soll sich das nur anschauen. Falls er das in Zukunft selbst machen muss. Roebuck, sind Sie so weit?«

Zu den Einsätzen, die sie mit den Einheimischen in Kontakt brachten, nahm Edwards gern den Kartografen aus Heidelberg mit, da dieser nach über zwölf Monaten in der Besatzungszone die Sprache hervorragend beherrschte und sogar den Dialekt der Karlsruher verstand.

»Ja, Sir, hier ist die Jacke.«

Der Offizier warf noch einmal einen Blick auf das Beweisstück. In die Wildlederjacke würde er zweimal hineinpassen. Der gefütterte Kragen war speckig, die Aufschläge mit grünen Nähten abgesetzt und mit

Hirschhornknöpfen versehen. Das seidene Futteral war im Lendenbereich zerrissen und wies an der Stelle, wo das Messer hindurchgestochen wurde, Blutflecken auf. Der Besitzer musste Jäger oder etwas Ähnliches gewesen sein.

Sergeant Roebuck stopfte die Jacke in einen mitgebrachten Stoffbeutel und ging mit großen Schritten auf einen alten Mann zu, der leicht gebückt auf dem Gehweg stand und die Amerikaner neugierig betrachtete.

»Hallo, Sie, wo ist hier in Ettlingen der Marktplatz?«

Der Alte sah den Soldaten etwas überrascht an, weil er nicht damit gerechnet hatte, dass dieser ihn ansprach. Er zog höflich den Hut, wischte sich über den Mund und die weißen Bartstoppeln und antwortete: »Des isch mer jetzt arg, mein Herr, aber des isch ned Ettlinge hier. Mir sin noch in Rüppurr.« Er streckte den Arm aus und zeigte mit dem Finger die Landstraße hinunter, welche in der Ferne leicht anstieg. Am Fuße der Berge konnte man ein paar Dächer sehen. »Sie müsse do hinde den Buggel nuff. Do isch Ettlinge.«

DIENSTAG, 27. NOVEMBER 1945, 14.50 UHR

Durch die Treppenverkleidung vor Wind und Wetter geschützt, saß Marlies Kruschwitz schon fast eine Viertelstunde auf der obersten Stufe des Treppenpodests und rauchte eine Chesterfields, die ihr Freund Joey Vickers ihr in die gemeinsame Wohnung in Knielingen mitgebracht hatte. Neun Monate Schwangerschaft mit zahllosen Nöten und Entbehrungen, dann kam die Tabaksucht. Alle drei bis vier Stunden eine Zigarette reichte ihr über den Tag verteilt. Katrin Köpperitz, die Frau von obendrüber, hatte auch wieder zu Rauchen begonnen, seit Joey aus dem großen Vorrat der Amerikaner Zigaretten mitbrachte. Jetzt trafen sie sich immer wieder auf der Treppe, nur heute nicht. Die Kinder spielten in der Wohnung, Katrin hantierte in der Küche mit Töpfen, angeblich war heute Waschtag, obwohl es viel zu kalt war, um die Wäsche in den Hof zu hängen. Marlies zuckte mit den Schultern. Also sah sie sie eben erst heute Abend wieder.

Der Blick in die Hinterhöfe der Nachbarn während der Zigarettenpause war abwechslungsreich und immer wieder interessant. Hier tat sich meist allerhand. Vom Familienkrach, über heimliches Rauchen, bis zum Verstecken von Schwarzmarktwaren. Das Baby schlief unten in der Wohnung ruhig in seinem Bettchen, und Marlies hatte sich ihre Strickjacke und den Mantel übergezogen.

Die vergangenen Novembertage waren grau und wolkenverhangen, die Tagestemperaturen in den einstelligen Bereich gesunken. Einer der Nachbarn, den die Hausbesitzerin Frau Frey immer nur ›Wolle‹ nannte, begann wieder, wie schon in den letzten Tagen auch, lange graue Bretter in handliche Stücke zu zersägen und sie anschließend mit der Axt zu spalten. Das machte er stundenlang. Danach packte er das Holz in Säcke und verstaute sie hinter dem Schuppen.

Gegenüber ging gerade der dicke Herr Müller Richtung Abort hinter dem Hühnerstall. Die Toilette in seinem Haus funktionierte schon seit Monaten nicht mehr. Der menschen- und lichtscheue Nachbar hatte alle Fenster seines Hauses mit Pappe und alten Zeitungen zugeklebt. Die Leute tuschelten, dass er in seiner Wohnung oft in einer verbotenen Wehrmachtsuniform herummarschierte und sich stundenlang vor dem Spiegel betrachtete. Gesehen hatte ihn aber so noch keiner. Müller hatte sich bei Frau Frey mal verplappert, da wurde das Gerücht geboren. Von der Straße hörte Marlies Kindergeschrei und einen Fußball, der in unregelmäßigen Abständen gegen eine Hauswand geschossen wurde. In Knielingen gab es noch immer keinen Schulbetrieb, auch die Kindergärten hatten geschlossen. Da aber fast nie Autos durch die Straßen fuhren, konnten die Anwohner ihre Kinder unbesorgt dort spielen lassen.

Wolle sägte noch immer hinter seinem Schuppen, irgendwoher hatte er einen großen Stapel Bretter bekommen, den er jetzt zu Feuerholz bearbeitete. Der dunkelhaarige Mann mit der Boxernase und der dicken

Unterlippe war angeblich kriegsuntauglich, hatte damals nur im Volkssturm gedient. Von der Zeit, als ihn die Wehrmacht mit einer Panzerfaust und einer Handgranate bewaffnet gegen einen Sherman-Panzer der anrückenden Franzosen ins Feld geschickt hatte, konnte er zahllose Anekdoten erzählen. Seine Geschichten handelten immer von den plündernden Marokkanern in Karlsruhe und der Bevölkerung, die er heldenhaft in letzter Sekunde vor ihnen zu schützen wusste. Marlies saß lange Zeit sehr unbequem, deshalb rutschte sie vorsichtig auf der Stufe umher. Als die Treppe dabei ein Geräusch von sich gab, sah der Nachbar auf und in ihre Richtung. Er legte die Säge beiseite und zündete sich eine Zigarette an. Dann verließ er den Hof. Marlies erhob sich und lief die Stiege hinunter, hinaus auf die Straße, um nach dem Mann zu sehen. Auf dem Gehweg, direkt vor der Grenzmauer der beiden Anwesen, prallten die beiden zusammen.

»Entschuldigung«, stammelte sie. »Ich habe Sie gar nicht kommen sehen.«

Wolle musterte sie abschätzig und grinste. »Haben Sie genug gesehen auf der Treppe da oben?« Er machte eine entsprechende Kopfbewegung.

»Ja, ich habe Sie Holz sägen hören. Könnten Sie mir freundlicherweise etwas davon abgeben? Nur ein paar Stück. Ich traue mich nicht, mit der Axt so umzugehen«, beteuerte sie.

»Fragen Sie doch ihren Ami-Freund. Der kann Ihnen doch sicherlich ein paar Festmeter besorgen.«

»Sie haben doch so viel davon«, Marlies machte eine

ausholende Handbewegung. »Ich muss meinem Kind doch Milch kochen.«

»Hat das nicht immer die Alte im Vorderhaus gemacht?«, fragte er mürrisch.

»Doch«, antwortete sie. »Aber Frau Frey ist heute nicht da. Sie muss was erledigen.«

»Also gut. Kommen Sie meinetwegen mit.« Er griff ihr unter den Arm und hielt sie eisern fest. »Ich suche Ihnen etwas Holz zum Anfeuern raus. Dann wird Ihnen schnell warm.« Ein schelmisches Lächeln umspielte seine Lippen. Marlies war genau nach seinem Geschmack. Er schob sie in Richtung des Schuppens, wobei er sie immer wieder berührte und wies daraufhin nach unten. »Sie können von denen auf dem Boden welche haben.«

Marlies stutzte. »Sind das nicht Bretter vom Kasernenzaun am Flüchtlingslager? Darf man die denn einfach wegmachen?«

»Mädel, du fragst zu viel.« Der Nachbar räusperte sich ärgerlich.

»Sie dürfen von dem Zaun keine Bretter abmachen. Das ist strengstens verboten. Wenn das die Amerikaner feststellen und die Bretter hier finden, bekommen Sie richtig Ärger.«

»Quatsch.« Wolle winkte ab. »Die doofen Amis, dein Freund eingeschlossen, merken gar nichts. Und du verpfeifst mich nicht. Das Holz macht sich in unseren Öfen viel besser, als an dem blöden Gitter.«

Während Marlies sich bückte und einige Scheite aufsammelte, starrte Wolle unverhohlen auf ihren Hintern. Er streckte seine Hand aus und berührte sie dort.

Das Mädchen zuckte zusammen, erhob sich schnell und sprach den Mann verärgert an. »Was soll das?«, rief sie entrüstet und zog ihren Rock zurecht. »Was fällt Ihnen ein? Ich werde Joey sagen, dass Sie die Bretter gestohlen haben.«

»Du sagst gar nichts! Dein Freund ist sowieso immer in der Kaserne. Der hat doch gar keine Zeit für dich. Er macht dir ein Kind und lässt dich dann in der Wohnung sitzen.« Er packte das Mädchen im Nacken und versuchte sie zu küssen. »Los, küss mich, du Ami-Schlampe!« Doch das Mädchen wehrte sich und versuchte vehement mit dem Knie seine Leiste zu treffen, was aber misslang. Wolle ergriff sie, hielt ihr rücksichtslos den Mund zu, drängte sie in den Schuppen hinein und begrapschte sie erneut. Ihre Gegenwehr blieb ohne Erfolg. Als sie schreien wollte, würgte er sie so lange, bis sie ohnmächtig zu Boden sank. Dann machte er sich über sie her.

Als Marlies aufwachte, wusste sie nicht, wo sie war. Es war dunkel und kalt. Vorsichtig öffnete sie ihre Augen. Wolle hatte sie an Händen und Füßen mit einem groben Strick gefesselt. Ihr Mund war trocken und ihre Unterlippe war aufgeplatzt. Sie lag im Halbdunkel auf einem mit Stroh bedeckten Boden eines mit Holzbrettern verschalten Raumes. Es roch nach Hühnern, und das Stroh unter ihr war übersät mit Geflügelkot und Eierschalen. Sie versuchte, sich vorsichtig zu bewegen. Zumindest konnte sie die nackten Beine ausstrecken. Sie sah an sich hinunter. Sie trug nur noch die Bluse und ihre Unterwäsche. Mantel, Strickjacke, ihre Strumpfhose, die Schuhe und der Rock fehlten. Die Fesseln schmerzten an ihren Handgelenken. Wie lange lag sie hier bereits? Ihr Peiniger hatte sie halb ausgezogen, missbraucht und jetzt irgendwohin verschleppt. Marlies zitterte vor Kälte, Scham und Ekel und begann zu weinen. Sie erinnerte sich zurück, als sich vor einem Jahr fünf russische Soldaten im Luftschutzkeller ihres Elternhauses in Gera an ihr vergangen und sie geschwängert hatten. Sie zerrte an ihren Fesseln, bis die Muskeln brannten. Verzweifelt versuchte sie sich aufzurichten, was nach einigen Minuten auch gelang. Auf Knien bewegte sie sich in die Ecke des Hühnerstalls, versuchte, sich mit den Resten ihrer Bekleidung zu bedecken. Abgekämpft, müde und durstig sank sie in einen unruhigen Dämmerzustand, indem wieder und wieder die Bilder der Vergewaltigungen hochkamen. Russen, Wolle, Russen …

DIENSTAG, 27. NOVEMBER 1945, 16.15 UHR

Die nur provisorisch befestigte Hinterradaufhängung des Studebaker gab mitten im Zentrum von Ettlingen endgültig nach. Das Blattfederpaket rutschte aufgrund einer Unebenheit aus der abgebrochenen Halterung heraus und schlug auf dem Kopfsteinpflaster der Straße auf. Gleichzeitig neigte sich der hintere Teil des Lasters bedrohlich nach rechts und die nun lose Achse verkeilte sich mit den Zwillingsreifen knirschend unter dem Fahrzeugrahmen.

»Klasse, Vickers. Das hat sich doch gelohnt. Der neunte Lastwagen, der in sechs Monaten mit Ihnen hinterm Steuer zu Bruch geht«, bemerkte Edwards sarkastisch und knuffte dem Fahrer in den rechten Oberarm. »Wenigsten haben wir jetzt Zeit, uns das Städtchen genauer anzusehen. Sergeant Roebuck, Details zur Position, bitte.«

Der Sergeant, der bei Einsätzen außerhalb der Kaserne immer Landkarten und Stadtpläne dabei hatte, faltete den passenden Bogen auseinander und drückte ihn gegen die Fahrzeugtür. Die Kühlerhaube, die normalerweise dafür benutzt wurde, war bei dem Studebaker leider unerreichbar hoch. Die restlichen Scouts, die schon eine Weile unschlüssig neben dem Wrack standen und eine Zigarettenpause machten, scharten sich hinter dem Offizier. Einige Passanten waren auch bereits stehen geblieben, um den Schaden am Lkw zu bestaunen, andere versuchten sogleich, bei den Soldaten Zigaretten zu schnorren.

»Wir sind hier«, Edwards deutete auf die Kreuzung Karlsruher- und Schillerstraße. »Vorhin sind wir an der Rheinland-Kaserne vorbeigefahren, ohne es zu bemerken. Dort unten. Ich weiß zwar nicht, welche Einheit da sitzt, jedoch sicherlich keine Wehrmacht mehr.« Er tippte mehrmals mit dem Zeigefinger darauf und lachte.

»Jonas und Farina, machen Sie sich bitte sofort auf den Weg dorthin, bitten um Hilfe beim zuständigen Offizier vom Motor Pool, besorgen einen Abschleppwagen und ein neues Fahrzeug. Eine halbe Meile die Karlsruher Straße zurück und dann rechts, verstanden?«

Die beiden Angesprochenen nickten. Während sich Corporal Jonas in Bewegung setzte, blieb der Italiener noch kurz stehen und knackte ein paar Kaugummi-Blasen in seinem Mund zum Abschied.

»Vickers und Piece, Sie bleiben beim Fahrzeug, ich mache mich mit Veelapinat und Roebuck auf die Suche nach dem Kürschner. Laut Informationen der MP ist der Laden irgendwo am Marktplatz«, und nach kurzem Zögern winkte er den beiden heftig zu. »Los, kommen Sie! Ich habe nicht ewig Zeit.«

Sie liefen quer über die holprige Schillerstraße, auf der weit und breit keine Autos, stattdessen nur Fahrradfahrer, zwei Fuhrwerke und ein Reiter auf einem lahmen Kaltblüter unterwegs waren. Sie bogen links in die Gasse, gingen über eine Brücke und kamen schließlich, nach kurzer Suche, auf den Marktplatz. In dessen Mitte befand sich ein steinerner Brunnen, der mit einer grob gezimmerten Holzverschalung versehen war.

»Waren Sie schon mal alleine in einer deutschen Stadt, Private?« Edwards beendete den schweigsamen Marsch.

Der Hawaiianer schüttelte den Kopf. »Nein, Sir. Noch nie. Die anderen Kameraden in Köln haben mich nie midnehmen wollen. Es isd ja auch alles kapud. Das gefälld mir nichd. Ich habe mich in Köln nach Diensdende in der Kaserne immer in die Snack Bar gesedsd und dort mein eigenes Buch gelesen. Die deudsche Sprache kann ich leider auch nichd. Ich habe mir dswar schon ein deudsches Buch angeschaud, aber ich konnde die Wörder nicht lesen. Es fehld die Verbindung dsur englischen Sprache. Wenn ich doch nur einen Vergleich hädde.«

Währenddessen hatte Roebuck schon seinen Pocket Guide hervorgezogen und überreichte ihn dem jungen Mann mit den Worten: »Schau mal da rein, Sammy. Ganz hinten sind in Lautschrift die gängigsten Sätze, die du so brauchst. Das Sprechen funktioniert, aber nur solange du nicht von Deutschen gefragt wirst.«

Veelapinat blätterte in dem hinteren Abschnitt des Heftchens und studierte Grammatik und Lautschrift. Er flüsterte einige Zeit leise vor sich hin, setzte ein paarmal an und sprach schließlich deutlich zu Captain Edwards: »Vee gayt as ee-nan, Froy-lain?«

Der Offizier starrte Veelapinat erst entgeistert an, dann lachte er lauthals los. Einige Frauen, die in ihrer Nähe vor einem Geschäft standen und sich unterhielten, warfen misstrauische Blicke auf die Amerikaner.

»Machen Sie weiter, das war perfekt!«, rief Edwards.

Und der Hawaiianer setzte noch einen drauf. Er lief auf die Frauen zu, warf einen letzten Blick in das Heft und sprach eine von ihnen mit »Ant-shool-dee-gunk, voh findah ikh heer ai-nah Koor-schne-ray, my-nah Dah-me?« an, während Edwards und Roebuck vor Verblüffung der Mund offen stehen blieb.

Die Frau lächelte den Soldaten an. »Sie spreche aber en gudes Deutsch! Die Kürschnerei Brandt isch grad hier vorne.« Sie wies mit der Hand in Richtung einer Ruine. »Gehe Sie ins Suterreng nunder. Da isch offe.«

Veelapinat machte einen Diener vor der Frau, worüber diese sich sehr freute. »Dan-kuh.« Dann wandte er sich an den Captain. »Da vorne. In der Ruine, Sir. Was meind sie mid Sudderreng?«

Edwards amüsierte sich. »Souterrain heißt unter der Erde oder im Keller, Private. Das ist Französisch. Aber wieso können Sie mit den Leuten Deutsch sprechen? Sie sagten doch vorhin, Sie kennen diese Sprache nicht.«

»So isd es, Sir. Ich habe mir die gandse Laudschrifd genau angesehen und ein paar Silben mideinander kombinierd. Das isd doch gands einfach.«

»Geben Sie mal her!« Während der Captain die letzten Meter zu der beschriebenen Ruine lief, entriss er dem Private das Heft und blätterte darin herum. »So schnell kann man das nicht lernen! Haben Sie mir bei unserem Gespräch etwas verschwiegen?«

»Auf keinen Fall, Sir. Ich habe nur kurds darüber geschaud. Schauen Sie, hier isd das Geschäfd.«

Edwards war noch immer nicht wirklich überzeugt. »Private, wir müssen uns unbedingt nochmal unterhalten.«

Die Soldaten bemerkten nicht, dass ihnen die drei Frauen langsam folgten.

Den Namen ›Ladengeschäft‹ hatte das, wovor die Soldaten jetzt standen, nicht mehr verdient. Ein vollkommen zerstörtes, ausgebranntes Haus, eine hohle Fassade mit rußgeschwärzten Fensteröffnungen. Eine marode

Steintreppe mit einem verbogenen Geländer führte nach unten in den Keller. Über einer schmalen Tür stand, gerade noch erkennbar, KÜRSCHNEREI BRANDT & SOHN. Sergeant Roebuck lief nach unten und öffnete die morsche Ladentür. Ein Glöckchen bimmelte. Die drei GIs drängten sich nacheinander durch die enge Öffnung in den Kellerraum, der gleichzeitig als Wohnzimmer, Werkstatt, Küche, Schlafzimmer und Lagerraum für den geretteten Hausrat diente. Es roch fürchterlich nach Schweiß, Verwesung und Rauch. In einer Ecke, neben einer schwach brennenden Öllampe, saß eine alte Frau und stopfte eine Socke mittels eines Stopfeis, daneben drängten sich zwei zerlumpte und verwahrloste Kinder. Der Herr des Hauses, der Kürschner, stand mit dem Rücken zu ihnen und werkelte gerade mit einer Feile an einem undefinierbaren Gegenstand. Als er die Besucher bemerkte, stellte er die Laterne über seinem Kopf heller und drehte sich langsam zu ihnen um.

Brandt war ein Kriegsversehrter. Seine rechte Gesichtshälfte war nach innen gewölbt, sein rechtes Auge ein schwarzes Loch und fast nicht mehr erkennbar. Das ganze Gesicht bestand aus fleckigen Narben. Seine spärlichen grauen Haare standen wirr vom Kopf ab, der Mund war schief und entstellt. Es sah aus, als hätte ihm jemand mit einem Hammer den Schädel eingeschlagen.

»Guten Tag, was kann ich für Sie tun?«, nuschelte er und wiegte dabei seinen Kopf langsam hin und her. Er wischte sich Speichel vom Mund, welcher ihm beim Sprechen herauslief.

Während Roebuck und Veelapinat den Mann entsetzt anstarrten, schaute sich Edwards in dem Raum um.

»Was macht jemand, der sich Kürschner nennt?«, fragte er, ohne einen Blick auf den Ladeninhaber zu werfen. Er hatte in dem mit Hausrat vollgestopften Raum noch nichts entdecken können, was ihn an irgendein Handwerk erinnerte. Er dachte, Werkzeug oder Arbeitsstücke vorzufinden. Hier war jedoch nichts dergleichen.

»Ich stelle Pelz- und Lederjacken her, mache Mäntel, Mützen, Handschuhe.« Der Mann hustete. »Entschuldigung. Vor drei Jahren wurde ich nach einem Angriff hier verschüttet.«

»1942 gab es hier schon Luftangriffe?«

»Ja, von den Engländern.«

»Tut mir leid. Aber wir sind wegen einer anderen Sache da«, er zog die Lederjacke aus dem Beutel hervor, schüttelte sie kurz auf und hielt sie dem Mann vor die Nase. »Haben Sie diese Jacke schon einmal gesehen?«

Die Frau im Hintergrund unterbrach ihre Tätigkeit und starrte Edwards an. »Wo haben Sie die her? Etwa vom Schwarzmarkt?«

»Kennen Sie diese Jacke?«

Die Frau sah ihren Mann durchdringend an. Der schüttelte den Kopf. Beide antworteten fast gleichzeitig mit einem leisen »Nein«.

»Sind Sie sicher? Hier am Kragen ist ein Schild, da steht der Name Ihrer Fabrik darauf«, Edwards drehte das Beweisstück auf links. »Sehen Sie?«

Der Kürschner wechselte erneut Blicke mit seiner Frau.

Währenddessen war Roebuck zu dem größeren der beiden Kinder, einem etwa zehn Jahre alten Mädchen, gegangen, hockte sich vor es, nahm seine rechte Hand und legte zwei Bonbons hinein. Das Mädchen strahlte, nahm die Süßigkeiten und steckte sie in den Mund. Seine Hände zitterten dabei. Er bot auch dem anderen Mädchen etwas an, doch es versteckte sich ängstlich hinter der Frau. »Lorchen hat damals zwei Tage unter dem Schutt gelegen, seitdem spricht sie nicht mehr und ist verstört. Sie hat grausame Sachen sehen müssen.« Die Frau umarmte die Kleine innig, zog sie auf ihren Schoß und beide begannen zu weinen. Dann nahm sie die zwei angebotenen Drops, steckte jeweils sich und Lorchen einen in den Mund und lächelte.

»Das ist die Jacke vom dicken Schüssele«, sagte plötzlich das ältere Mädchen, während der Kürschner sichtlich erschrak.

»Wer ist das?« Edwards wandte sich ihm neugierig zu.

Brandt stürzte auf das Kind zu und versuchte ihm den Mund zuzuhalten. »Sag nichts, Hanni, bitte! Du bringst uns in Teufels Küche!«

Doch der Offizier hielt ihn auf. »Was soll sie nicht sagen?«, fuhr er ihn an. »Sie hat mehr Gefühl dafür, wann man den Mund aufmachen sollte als Sie. Entweder Sie reden oder wir nehmen Sie mit ins Gefängnis zum Verhör. Also?«

Der Kürschner gab sich sofort geschlagen. »Er hat mich erpresst«, flüsterte er. »Ich habe über seinen Kompagnon, den Herrn Engel, die Kohlen billiger bekommen, konnte diesen aber nicht bezahlen. Als er auch Geld wollte, habe ich ihm angeboten, die bearbeiteten Felle der illegal geschossenen Tiere aus dem Schwarzwald an ihn zu liefern. Er hat zugestimmt, aber nicht einen einzigen Hirsch oder gar ein Kaninchen vorbeigebracht. Dafür wollte er nun noch mehr Geld und er drohte, mich an die Amerikaner zu verraten. Ich konnte ihm nur eine von meinen besten Jacken geben. Diese da. Selbstverständlich passend geschneidert«, erzählte er, während ihm Spucke aus dem Mundwinkel lief. »Entschuldigung. Ich kann nicht mehr sprechen.« Er verstummte und verbarg sein entstelltes Gesicht hinter einem alten Küchenhandtuch.

»Sie können von uns alles haben, was Sie wollen«, heulte die Frau. »Jürgen Schüssele hat uns in den letzten Monaten alle Pelze und Häute gestohlen, die wir noch übrig hatten. Er hat sie an die Franzosen verkauft. Jetzt bekommen wir unser Essen dreimal die Woche von der Armenspeisung hinter dem Hotel Erbprinz. Die kochen dort aus allen verwertbaren Essensresten der Amerikaner eine Suppe und verteilen sie an Bedürftige. Früher, also vor dem Krieg, hatten wir ein Pelzgeschäft.« Sie deutete wehmütig nach oben. »Mit dem Krieg kam der Untergang, anschließend die Franzosen. Jetzt haben wir einen feuchten Lagerraum, in dem es nichts mehr zu kaufen gibt außer wertlosem Mobiliar. Möchten Sie ein schönes Bild kaufen? Ein Segelschiff, ein Stillleben, einen Silberfuchs im Schnee? Sicher nicht. Kuckucksuhren und Zinnkrüge haben wir leider nie gehabt. Alle Amerikaner wollen Trinkgefäße oder diese tickenden Nervensägen.« Sie musste über ihren bitteren Scherz lächeln. »In Ettlingen gibt es nun so viele Russen und

Polen, dass die Nahrungsmittel schon lange nicht mehr für alle reichen.«

»Wo kommen die her?«

»Aus der ehemaligen Unteroffiziersschule an der Karlsruher Straße. Da ist ein Lager. Dreitausend Leute sind in der alten Kaserne untergebracht. Es herrschen katastrophale Zustände. Die Menschen sterben an Hunger, Kälte und an Krankheiten. Keine einzige Toilette funktioniert, kein Wasser. Nur der Strom geht, den kann man aber nicht essen. Ein paar Männer haben vor der Tür einen Brunnen gegraben. Andere trinken das Wasser der Alb, die hier hinten durchfließt. Um zu heizen, reißen sie die Bretter aus dem Boden heraus. Eins der Häuser ist inzwischen vollkommen hohl. Manche Leute essen sogar das Unkraut von der großen Wiese. Ein paar von den Russen habe ich vor einigen Wochen im Wald beim Pilzsammeln kennengelernt. Das sind herzensgute Leute. Aber als Zwangsarbeiter erging es ihnen besser. Die verdienen nicht, was man ihnen hier antut.«

Captain Edwards beschloss, direkt nach ihrer Rückkehr, der UNRRA über die unhaltbaren Zustände zu berichten. »Wir werden uns das mal anschauen. Doch eine Frage hätte ich noch: Wo wohnt dieser Schüssel-Mann?«

»Schüssele. Auf der Schöllbronner Straße. Der Weg macht bergauf eine Schleife um sein großes Haus«, sie formte mit dem Finger ein umgedrehtes U. »Das ist nicht zu übersehen. Der Mann war früher Stadtrat und Forstamtsleiter in Ettlingen. Bis zu dem Tag, an dem die Franzosen ihn interniert haben, weil er in der NSDAP war.

Die haben ihn aber nach zwei Wochen wieder gehen lassen. Vielleicht hat er sich auch freigekauft. Zuzutrauen wäre ihm das. Schüssele ist ein Gauner. Der macht alles zu Geld.«

»Wo finde ich dieses Kohlengeschäft? Hier in Ettlingen?«

»Nein. In Karlsruhe auf der Breite Straße Nummer siebenundzwanzig. Die Straße macht dort eine Kurve. Gegenüber, auf einer Anhöhe, ist das Kohlenlager. Das sieht man sofort. Die Leute, die dort wohnen, können zwar die Kohlen sehen, aber niemals bezahlen.«

»War er in letzter Zeit mal hier?«, wollte Edwards wissen.

»Nein.« Die Frau wischte dem kleinen Mädchen das Gesicht mit einem Taschentuch. »Das ist auch gut so. Er hat meinen Mann nach dem Bombenangriff mit medizinischer Hilfe unterstützt und sich das gut bezahlen lassen. Schauen Sie ihn sich an. Sein Schädel wurde von den herabfallenden Trümmern halb zerquetscht. Er wollte Lorchen aus dem brennenden Haus holen.«

»Die Kinder sind ihre Enkel?«

»Nein, eigentlich nicht. Hanni und Lore sind Waisenkinder. Ihre Eltern wohnten über unserem Geschäft und kamen bei einem Bombenangriff auf Ettlingen Ende 1944 ums Leben. Da hatte ich mich gerade von den Verletzungen von 41 erholt. Die Kinderlandverschickung hat nicht immer gut funktioniert. Die Kinder müssen dringend von hier weg.« Sie umarmte das Mädchen und begann wieder zu weinen.

Edwards machte sich Notizen. Diese Leute taten ihm

leid. Da fiel ihm ein, dass er im Lastwagen, als er auf den Boden fiel, ein paar C-Rationen mit Lebensmitteln unter der Sitzbank gesehen hatte.

»Veelapinat, laufen Sie bitte zurück zu dem Studebaker und holen Sie den Karton mit den Feldrationen, die hinten auf der Ladefläche liegen. Geben Sie sie bitte diesen Leuten.«

Der Insulaner verschwand sofort aus dem Kellerraum, um den Befehl auszuführen. Draußen vor der Tür rannte er eine der Frauen um, die an der Tür gehorcht hatten. Edwards und Roebuck verabschiedeten sich kurz darauf von der Familie, bedankten sich für die Informationen und wünschten ihnen alles Gute. Im Freien atmeten sie zuerst einmal tief durch, dann machten sie sich schweigend und in Gedanken versunken auf den Weg zurück zum Lastwagen. Der Marktplatz und die angrenzenden Straßen waren menschenleer. Da sie jedoch einen anderen Weg gingen, kamen sie am Hotel Erbprinz vorbei, dessen Hof voll mit Willys Jeeps und Hotchkiss-Geländewagen stand. Auf einer Terrasse des Nobelhotels saßen unter einem Dach etwa zehn Stabsoffiziere, tranken Whisky und rauchten dicke Zigarren. Als die Gäste Captain Edwards auf der Straße bemerkten, winkten sie ihn herein, was dieser jedoch kopfschüttelnd ablehnte. Ihm war nicht nach Feiern zumute.

Zehn Minuten später standen Edwards und Roebuck vor ihrem Studebaker. Ein Fremder sprang von der Pritsche und flüchtete mit einem Gegenstand unter dem Arm in eine Seitengasse.

Von den Soldaten Vickers und Piece keine Spur. Die Türen der Fahrerkabine hatten sie jedoch vorher ordentlich verschlossen. Sie hatten eine lange Kette mit Vorhängeschloss zwischen dem Spiegel und einem Holm des Pritschenaufbaus befestigt.

Private Veelapinat war ihnen unterwegs mit dem scheinbar schweren Pappkarton in den Händen begegnet. Der schmächtige Soldat war trotz der kühlen Außentemperaturen nass geschwitzt.

Sergeant Roebuck umkreiste den beschädigten Studebaker. Ein alter Mann mit einem Stock trat an ihn heran, zog höflich seine Mütze und fragte ihn nach einer Zigarette. Statt sie zu rauchen, steckte der Mann sie weg. Wahrscheinlich würde er sie irgendwo eintauschen. Für einen Glimmstängel könnte er Hefe oder ein paar Gramm Fett oder Talg erstehen.

»Wollen wir nicht mal Richtung Kaserne laufen, Sir? Ich könnte schwören, die anderen sind auch noch dort. Vickers, unser Supermechaniker, hat sicherlich etwas gefunden, was sich reparieren lässt. Vielleicht setzt er gerade die Heizung instand?«, lachte der Unteroffizier.

»Meinetwegen. Wir sollten aber auch noch schauen, wo dieser Kohlenhändler sein Geschäft hat. Eventuell bekommen wir von ihm mehr Informationen.« Edwards stopfte beide Hände in die wärmenden Hosentaschen, während er und Roebuck sich auf den Weg machten. Nach einigen Minuten entdeckten sie die heruntergekommene Kaserne, deren Bewohner sie bereits zuvor glaubten riechen zu können, ehe sie auch nur ein Gebäude erblickt hatten. Ein unsäglicher Gestank lag über dem ganzen Areal, das von Hunderten dunkel gekleideter Menschen allen Alters bevölkert war. Bei genauerem Hinsehen stellte sich der Vorplatz jedoch als gigantischer Schwarzmarkt heraus. Irgendwo in diesem Getümmel waren sicherlich auch die restlichen Scouts zu finden.

Bevor Edwards und Roebuck durch das große Zugangstor in der Huttenkreuzstraße gingen, wurden sie von einem verschlagen aussehenden Mann mit Schnurrbart und tiefsitzendem Hut angehalten.

»Möchten Sie zu Ihren amerikanischen Freunden, Towaritsch?« Der Mann versuchte Edwards am Ärmel zu greifen, doch dieser entzog sich dessen Zugriff.

»Wenn Sie wissen, wo sie sind, bringen Sie uns bitte dorthin. Aber fassen Sie mich nicht an, ich hasse das!«, blaffte der Offizier den Russen an.

»Ich bin Oleg.«

»Freut mich, Oleg.« Edwards verzog das Gesicht zu einem gekünstelten Lächeln.

Der Russe bahnte sich und seinen Begleitern einen Weg zwischen den Menschen hindurch bis zu einem Gebäude auf der rechten Seite, was entfernt an eine Turnhalle oder ein Kino erinnerte. Er öffnete den Eingang. Doch statt sie in den Saal zu führen, standen sie in einem Treppenhaus, dessen Treppen in die untere Etage führten. Auch hier standen dünne, abgemagerte Menschen, die scheinbar nichts zu tun hatten und die Amerikaner wie Außerirdische anstarrten. Es waren keine hasserfüllten Blicke, sondern leere, ausdruckslose Augen, die ihnen hinterherwanderten. Niemand sprach ein Wort, die Leute standen nur herum, als wären sie traumatisiert.

Dem Captain war die Sache nicht geheuer, die Menschen irritierten ihn zusehends. »Wo sind wir hier, Oleg?«

Der Anführer blieb auf der Treppe stehen, drehte sich zu dem hinter ihm laufenden Edwards um und sagte: »Hier oben ist die Stille. Hier ist Ruhe und Geborgenheit.« Er zeigte auf die Tür am Fuß der Treppe. »Hinter dieser Tür ist die Höhle, eine dunkle, kalte und ungemütliche Höhle, Freundchen. Als wir hier ankamen, standen hier zwanzig Panzer der Wehrmacht herum und rosteten vor sich hin. Jetzt ist es ein großer Schlafsaal, eine Schule, ein Kindergarten, ein Lazarett, eine Leichenhalle. Wie Sie wollen, Towaritsch. Haltet euch hinter mir, sonst geht ihr verloren. Ich bringe euch jetzt zu euren Kameraden, die uns der Himmel geschickt hat.« Dann öffnete er eine Tür, woraufhin es den beiden die Worte verschlug.

Sie befanden sich in einem unterirdischen, mehrere Meter hohem Schlafsaal von der Größe eines Footballfeldes. Die Luft war abgestanden und muffig und von der Betondecke tropfte an vielen Stellen Wasser. Die flackernde Beleuchtung offenbarte in dem Gewölbe tausende von teilweise leeren Feldbetten, Decken und Strohmatratzen, die den Boden fast vollständig bedeckten. In einer Ecke spielte eine größere Anzahl von kleinen abgemagerten Kindern, die nur spärlich bekleidet waren. Alles war schmutzig, es roch nach Urin und Exkrementen und mittendrin tobten diese Kinder. Ein Lachen war jedoch nicht zu vernehmen. Sie wirkten erschöpft. Die Lagerstätten wurden von schmalen Gängen und Kreuzungen unterbrochen und auf dem Boden waren überall Zahlen und kyrillische Buchstaben aufgemalt. In der Halle schlichen Menschen umher, die vermutlich ein freies Nachtlager suchten. Auf einer Wand stand in großen weißen Lettern DEUTSCHLAND FÜR DEN ENDSIEG und KLAGT NICHT, KÄMPFT! Auf Hunderten Betten lagen Leute und schliefen, andere unterhielten sich, strickten, nähten, spielten Karten oder saßen auf ihren Liegen und wirkten dabei apathisch. Viele von ihnen husteten oder schnieften. Mitten auf dem Gang lag eine blonde Frau und rührte sich nicht, als die Männer über sie stiegen. Edwards bemerkte erst beim Zurücksehen, dass die abgemagerte Gestalt nicht mehr lebte. Ihre blauen Augen starrten ins Nichts. Der Captain war entsetzt, zeigte jedoch keine äußerliche Regung.

Unbeeindruckt von der Not der Anwesenden führte Oleg die beiden Soldaten durch die unterirdische Halle, an deren gegenüberliegendem Ende eine große, nach oben führende Rampe sichtbar wurde, auf der das Wrack eines deutschen Panzers stand. Links von der Auffahrt waren mehrere Türen und ein einsamer Gussofen strahlte etwas Wärme ab. In diesem Bereich hingen meterlange Wäscheleinen mit zahllosen Kleidungsstücken zum Trocknen darauf. Darunter saßen weitere Kinder, drängten sich aneinander und wärmten sich so gegenseitig, während ihnen eine Frau etwas aus einem russischen Buch vorlas.

Der Russe öffnete erneut eine Tür und dahinter befand sich ein Technikraum, welcher erstaunlicherweise hell erleuchtet war. Neben einem rechteckigen Loch im Boden, einer Werkbank mit verrostetem Werkzeug und einem halbseitig geöffneten Schaltschrank standen ein paar Männer und diskutierten in einer fremden Sprache über einen Schaltplan, der an dem Kasten befestigt war. First Sergeant Vickers Stimme dröhnte in diesem Moment gerade aus dem Schacht heraus, er verlangte nach einer großen Rohrzange und einem Brecheisen. Farina, Jonas und Piece standen am Rand der Öffnung und hielten nach unten führende Seile in ihren Händen.

»Hallo, Captain Edwards.« Corporal Jonas lächelte den Offizier freundlich an. »Joey repariert gerade die Wasserversorgung. Auf halber Höhe ist ein Podest mit einer Pumpe, die wohl schon längere Zeit kaputt ist.«

»Das habe ich mir schon gedacht«, antwortete Edwards und warf einen kurzen Blick in den Brunnen, wo in einigen Metern Tiefe das Wasser glitzerte. Knapp darüber baumelte an den Seilen eine Art Sitzbrett, auf dem Vickers hockte. Neben sich hatte er eine Lampe stehen, die spärliches Licht spendete. »Joey, werden Sie fertig, wir müssen weiter.«

»Ja, Sir«, dröhnte es von unten. »Wenn ich endlich die Teile bekomme, bin ich gleich fertig.«

Einer der Männer ließ das gewünschte Werkzeug an einem Strick hinab.

»Danke!« Dann hörte man Joey ächzen und stöhnen. »Geh auf, du verdammtes Scheißteil!«, brüllte er und schlug mit einem Hammer mehrmals auf etwas Metallisches. Eine Schraube gab ein helles Knirschen von sich, einige Dinge rieselten ins Wasser. Etwas kratzte an der Schachtwand, ein Blechgehäuse wurde aufgesetzt und rastete klackend ein. Eine gespannte Stille trat ein, sodass nur noch Wassertropfen zu vernehmen waren.

»Einschalten, Adamek!« Vickers Stimme klang erschöpft, aber euphorisch.

Der Genannte schraubte in dem Schaltschrank ein paar gelöste Sicherungen wieder ein, ein grünes Lämpchen leuchtete auf und aus dem Schacht ertönte urplötzlich das monotone Surren eines Elektromotors. Als die Pumpe das Wasser hineinpresste, ging ein knarrendes Geräusch durch die armdicken Rohre, welche aus der Zisterne hinausführten. Aus einem Wasserhahn in einer Ecke der Werkstatt spritzte erst rostrotes, dann klares Wasser.

Die Männer in dem Pumpenraum schrien vor Begeisterung und umarmten sich gegenseitig, Vickers wurde mit vereinten Kräften wieder hochgezogen und zehn Hände halfen ihm gleichzeitig aus dem Schacht. Während jemand den Stahldeckel auf die Öffnung zurücklegte, beglückwünschten sich alle anderen.

Joey zog den Mann von dem Schaltschrank weg, legte ihm einen Arm um die Schulter und stellte ihn Edwards vor: »Das ist unser polnischer Kontaktmann aus dem Motor Pool der Stadt Karlsruhe. Sein Name ist unaussprechlich, deshalb habe ich ihn Adamek getauft.« Er drehte den Kopf zu dem Polen hin. »Wie heißt du noch mal?«

»Władysław Brzęczyszykiewicz.«

Der Captain gab ihm die Hand zur Begrüßung. Der Pole war geschätzte dreißig Jahre alt, strohblond, von kräftiger Statur und steckte in einer abgenutzten, ursprünglich blauen Latzhose mit Hosenträgern und dicken Gummistiefeln. An seiner rechten Hand fehlte der Zeigefinger. Seine Haare waren kurz geschnitten und er trug eine Nickelbrille, die so aussah wie die von Piece. Er hatte die Ärmel seines Hemdes hochgekrempelt, sodass die dicken Muskeln seiner Oberarme sichtbar waren.

»Joe hat Pumpe repariert. Haben wir nicht geschafft in zwei Monaten.« Adamek umarmte den überraschten Edwards. »Jetzt wir machen hier großen Schritt. Toiletten funktionieren wieder. Können wir auch Tee kochen. Guter Mann«, lachte der Pole.

»Wir müssen aber trotzdem gehen, äh … Adamek.« Edwards machte kehrt.

Die anderen Soldaten folgten ihm, dahinter eine freudig erregte Prozession aus ehemaligen Zwangsarbeitern und Ostflüchtlingen. Die Neuigkeit über die reparierte Wasserpumpe ging in dem mehrsprachigen Lager herum wie ein Lauffeuer. Sogar einige der teilnahmslosen Leute in dem Treppenhaus klopften First Sergeant Vickers auf die Schulter, teilweise applaudierten sie. Ein Funke Hoffnung auf Besserung keimte in allen auf.

Als Edwards ihnen dann noch versprach, sofort die UNRRA in das Lager zu schicken und für Nahrungsmittel und Medikamente zu sorgen, wurden sie von Oleg und seinen Freunden umarmt und geküsst.

Auch das Fahrzeugproblem konnte schnell gelöst werden. Adamek entschied sich kurzfristig, den Amerikanern den mitgebrachten Opel Blitz der Stadtverwaltung zu überlassen und mit einem Fahrrad nach Hause zu fahren. Im Gegenzug händigte Vickers den Schlüssel für die Vorhängeschlösser des Studebaker an die Lagerinsassen aus. »Das Fahrzeug liegt mit Achsbruch auf der großen Kreuzung neben einer Schule. Wenn ihr den reparieren könnt, liefere ich euch persönlich einen Lastwagen mit Gemüse und frischen Äpfeln an. Versprochen.«

DIENSTAG, 27. NOVEMBER 1945, 17 UHR

Frau Frey stellte ihren schweren Korb auf dem Küchentisch ab, als die hölzerne Standuhr im Wohnzimmer fünf Uhr schlug. Obwohl es draußen bereits dunkel war, brannte in der Wohnung von Marlies kein Licht. Auch die Fensterläden an der Küche standen noch offen. Der Soldat Joey Vickers war sicherlich noch in der Kaserne. An einen normalen Arbeitsablauf war im Moment nicht zu denken. Normal war auch, dass Marlies gerne mit Katrin Köpperitz, die mit ihren vier Kindern aus Berlin geflüchtet war, auf der obersten Stiege saß, tratschte und rauchte. Frau Frey hatte Joey und seiner Freundin verboten, in der Wohnung zu rauchen. Der Amerikaner hatte aus Unachtsamkeit bereits am zweiten Tag in die alte Chaiselongue in der Küche ein Brandloch gemacht. Obwohl die Wohnung von der US-Verwaltung zwangsbeschlagnahmt worden war, fügten sich die Raucher dem Willen der resoluten Besitzerin und gingen fortan nach draußen zu der Sitzgruppe im Hof oder hoch auf die Treppe.

Die alte Dame beschloss, nach dem Rechten zu sehen und Katrin in der oberen Wohnung einen Kontrollbesuch abzustatten. Sie warf sich ihren wärmenden Kamelhaarponcho über und schlurfte über den Hof zu der seitlich am Gebäude angebrachten Stiege. Oben angekommen sah sie den zum Aschenbecher umfunktionierten Blumentopf. Dieser enthielt eine schwarze, stinkende Brühe, in der die ausgerauchten Stummel schwammen. Marlies' Zigaretten und die Streichhölzer lagen daneben. Sicherlich war es ihr zu kalt geworden und sie trank gerade mit Katrin in deren Wohnung Muckefuck oder Tee. Gerade wollte sie anklopfen, als sich die Tür plötzlich öffnete und Katrin in einem dicken Strickpullover und mit einem nach oben geknoteten Kopftuch vor ihr stand.

»N'abend, Frau Frey. Ich habe erst gedacht, Marlies kommt die Stufen rauf.« Sie sah sich suchend um. »Sie ist seit ein paar Stunden verschwunden. Wissen Sie nicht, wo sie ist?«

Im Hintergrund der Wohnung erschienen vier Kinder, die interessiert zur Wohnungstür schauten. Sie alle hatten Lätzchen um und winkten hektisch zu der alten Frau. Frau Köpperitz drehte sich um und scheuchte die Kinder lachend fort. »Esst weiter, die Suppe wird sonst kalt, ihr Zigeuner!« Die Kinder liefen schreiend auseinander und versuchten den kitzelnden Händen ihrer Mutter zu entkommen. Innerhalb kurzer Zeit hörte man sie im Hintergrund wieder mit den Löffeln klappern und laut plappern.

»Ich konnte auf dem Schwarzmarkt hundert Gramm Graupen und Kohl eintauschen. Es gibt nun fast nichts mehr«, berichtete sie der Besucherin. »Wenigstens konnte mein Alter gestern ein paar Kohlen mitbringen. Aber es ist vollkommen witzlos, Fett oder Speck zu suchen. Ich habe mir zwei Stunden die Beine in den Bauch gestanden, um beim Feinkost-Hussel in der Kaiserstraße etwas Schweineschmalz abzukriegen. Wenigstens dreißig Gramm. Das war die kleinste Menge. Aber nein, drei Kunden vor mir war alles ausverkauft. So'n Mist! Was mach ich jetzt nur?«

Frau Frey missbilligte zutiefst die Schimpfwörter und überhaupt das lose Mundwerk der Berlinerin. »Ach, Frau Köpperitz, sin se doch net immer gleich so aufbrausend! Sie wisse doch, dass ich des net mag«, sagte sie kopfschüttelnd. »Ich will auch gar net an den nächste Winter denke. Aber«, sie machte eine Pause, »wenn Sie en bissle Fett brauche, kann ich Ihne des Kokosfett von de Amis nur empfehle. Auch wenn die damit nur die Schuh putze, I b'sorg Ihne mal e Dos, wenn i mir den Joey schnapp.« Die Berlinerin strahlte und faltete begeistert die Hände vor dem Gesicht. »Wisse Sie zufällig, wo die Marlies isch? Unne isch nämlich koi Licht.«

Katrin war überrascht. »Ich dachte, sie ist bei Ihnen? Vor ein, zwei Stunden hat der Kleine unten gebrüllt und es hat laut gescheppert. Ich dachte, das ist sie, dann war es aber wieder still. Aber jetzt geh ich gleich mal runter, um nachzuschauen. Marlies hat mir für Notfälle einen Schlüssel dagelassen.« Sie drehte sich nach hinten und nahm einen Schlüssel von der Wand. »Ihr Rabauken esst schön weiter, ich bin gleich wieder da«, rief sie den Kindern in der Küche zu.

»Ja, Mami«, erklang es im Chor.

Katrin holte eine Laterne aus einem Schrank und zündete sie an. Dann gingen die beiden in die untere Wohnung. Bereits hinter der Tür erschraken sie. Die kleinen Zimmer waren von oben bis unten durchwühlt worden, alles lag wild herum. Teller und Tassen waren zerschlagen und die Vorhänge teilweise heruntergerissen. Und mitten in dem Chaos lag der kleine Johnny in seinem Bettchen und schlief selig. Von Marlies jedoch keine Spur. Als die Frauen in der Küche nachsahen und dort den Docht der Deckenlampe entzündeten, entdeckten sie einen Hinweis. Mit Kohle hatte dort jemand an eine Wand geschrieben:

25000 Zigareten oder sie ist Tod

»Mein Gott, des isch ja furchtbar! Sie isch entführt worre.« Frau Frey sackte in den nächstbesten Stuhl und wurde von einem heftigen Weinkrampf geschüttelt.

Die Nachbarin tröstete die alte Frau. »Wir müssen in der Kaserne für Joey eine Nachricht hinterlassen. Das ist ein Fall für die Polizei. Ich gehe da hin und Sie bleiben hier. Vielleicht kommt sie ja doch wieder heim.«

Die Alte nickte nur und schluchzte. Sie zog aus ihrem Kittel ein Stofftaschentuch hervor und schnäuzte hinein. Daraufhin begann sie erneut zu weinen.

Währenddessen ging die Berlinerin zurück in ihre eigene Wohnung im Obergeschoss, instruierte das älteste

Kind auf die Jüngeren aufzupassen und auf den Vater zu warten. Nachdem sie sich noch schnell einen Mantel und einen Schal angezogen hatte, rannte sie durch die Pionierstraße bis zur Ecke Eggensteiner Straße, wo zwei gelangweilte Wachen an einem der kleineren Kasernentore zum Flüchtlingslager standen und auf ihre Ablösung warteten. Katrin sprach die beiden an, doch sie verstanden sie nicht. Deshalb lief sie weiter bis zum Haupttor. Vollkommen außer Atem traf sie auf einen Wachsoldaten, der ein paar Brocken deutsch konnte und ihre Meldung sofort an seinen Vorgesetzten weiterleitete, der wiederum die MP informierte.

Zehn Minuten später stand ein erschrockener First Sergeant Vickers vor der Frau und ließ sich alles erzählen. Erst zehn Minuten zuvor war er mit den restlichen Scouts aus Ettlingen zurückgekehrt. Mit einem bereitstehenden Jeep der MP fuhren die beiden zurück in die Herrmann-Köhl-Straße. Joey rannte in die Wohnung, um selbst nachzuschauen. Entsetzt betrachtete er kurz darauf die an die Wand gekritzelte Nachricht.

Als die weinende Frau Frey mit dem Baby auf dem Arm die Küche betrat, bekam auch der sonst so hartgesottene Vickers feuchte Augen. Er drückte die beiden fest an sich und flüsterte: »Jesus, ich muss Marlies finden!«

DIENSTAG, 27. NOVEMBER 1945, 19.15 UHR

Wenig später durchforsteten drei bewaffnete Soldaten die benachbarten Häuser und Anwesen. Die erschrockenen Bewohner gaben bereitwillig Auskunft, konnten aber über den Verbleib der jungen Mutter nichts sagen. Leider mussten die Amerikaner nach zwei Stunden die Suche abbrechen. Sie würden am nächsten Tag wiederkommen, denn die Dunkelheit machte ihnen die weitere Durchsuchung unmöglich.

Wolle hatte den Soldaten sein Haus und den Hof gezeigt, er war der Meinung, sämtliche Spuren des Kampfes mit Marlies verwischt zu haben. Scheinheilig lehnte er an der Verbindungsmauer zum Nachbarhaus und rümpfte die Nase über das unangemeldete Eindringen in seine Privatsphäre. Ein verärgerter MP klärte ihn unmissverständlich darüber auf, dass es jederzeit das Recht der Alliierten sei, unangekündigte Hausdurchsuchungen zu machen. Er als Deutscher habe sich zu fügen. Widerstand werde nicht geduldet und entsprechend geahndet.

Die Soldaten bemerkten weder die geklauten Zaunteile noch den Schuh von Marlies, der von einer Schicht Sägespäne bedeckt mitten in Wolles Schuppen lag und auf den sie zweimal draufgetreten waren.

MITTWOCH, 28. NOVEMBER 1945, 5.50 UHR

Marlies hatte die ganze Nacht frierend auf dem Boden des Hühnerstalls gesessen, zwischendurch immer wieder kurz geschlafen und die restliche Zeit mit ihren Zähnen an den Handfesseln genagt. Am frühen Morgen schaffte sie es endlich, den Knoten zu lösen. Sie war unglaublich durstig und kroch deshalb durch den niedrigen Stall auf der Suche nach Nahrung. Auch ihr Magen knurrte laut. Statt Wasser oder Essbarem entdeckte sie jedoch nur einige rostige Nägel in einer Pappschachtel und einen leeren Kartoffelsack. Ein Geräusch außerhalb des Schuppens ließ sie zusammenfahren. Ein Fahrrad wurde abgestellt, ein Türchen quietschte und klapperte. An dem Eingang zum Hühnerstall wurde ein Vorhängeschloss entfernt und die niedrige Tür öffnete sich. Ein eiskalter Wind drang in den Stall.

Marlies konnte sich gerade wieder in die Ecke kauern, in der sie die ganze Zeit gesessen hatte, als Wolle gebückt, mit einer trüben Laterne in der Hand, den Verschlag betrat.

Den rostigen Nagel verbarg sie geschickt neben sich im Stroh. Sie hoffte, ihn sich damit vielleicht vom Leib halten zu können.

»Wie geht es meinem Täubchen denn, eh? Kalt? Hunger?« Er warf ihr eine löchrige Decke und ein Stück Brot hin.

Das Mädchen schwieg und starrte den Mann ängstlich von unten an. Sie hasste ihn.

Wolle hockte sich vor sie und streichelte ihr mit seinen rauen Handrücken über die Wange. »Soll ich dich etwas wärmen? Übrigens, sie suchen schon nicht mehr nach dir. Dein Amifreund hat sich eine neue Dirne angelacht. Du hast jetzt nur noch mich, in deinem kurzen, armseligen Leben.« Er schloss seine Hände um ihren Hals.

»Das stimmt nicht. Er liebt mich«, flüsterte sie, hustete und begann zu weinen.

»Drei Leute haben gestern nach dir gesucht. Gerade einmal drei. Meinst du, die vermissen dich wirklich? Das ist so armselig. Hättest du gestern nicht nach Brennholz gefragt, wären wir zwei uns nie begegnet.« Er lächelte und fasste ihr grob an die Brüste. »Wir gehören zueinander. Ich habe dich schon einige Male nebenan gesehen. Du hast mir auf Anhieb gefallen. Ich könnte mir gut vorstellen, dass wir beide zusammen sind.«

»Niemals!«, presste Marlies heraus und verschränkte ihre Arme vor dem Oberkörper. »Lieber sterbe ich.«

»Sieh an, du konntest deine Fesseln lösen«, er streichelte sie wieder im Gesicht. »Sei lieb, Täubchen, küss mich noch einmal, bevor ich wieder gehe. Ich muss zur Frühschicht.« Er packte sie im Genick, würgte sie erneut und zog ihren Kopf zu sich heran.

Auf diesen Moment hatte Marlies zwar nicht gewartet, doch vielleicht ließ sich Wolle mit einer gespielten Zuneigung von ihrem eigentlichen Vorhaben ablenken. Deswegen ließ sie es geschehen, dass Wolle sie küsste. Sie erwiderte den Kuss sogar, obwohl sofort ein Brechreiz in ihr aufstieg. Als er seinen Kopf dann auf einmal schief hielt, weil er noch zärtlicher werden wollte, küsste sie nicht seinen Mund, sondern seine Nasenspitze und gab ein gekünsteltes Seufzen von sich, was ihr noch viel schwerer fiel.

Wolle war wie elektrisiert und vergaß völlig, wo er sich gerade befand. Als das Mädchen, statt ihn zu umarmen und zu liebkosen, plötzlich die linke Hand erhob und ihm einen spitzen Gegenstand in den Hals rammte, wurde er sich der Lage sofort wieder bewusst.

»Du Schlampe!« Er schlug ihr ins Gesicht und richtete sich schlagartig auf, sodass er mit dem Kopf heftig gegen das Dach stieß. Aus einer tiefen Schramme am Hals pulste ein Strahl Blut. Das Mädchen hatte ihn tatsächlich verletzt! Er nestelte in seinen Taschen und zog ein Taschentuch heraus, welches er sich auf die Wunde presste. »Du kommst hier nie wieder raus!«, schrie er und trat mit dem Stiefel nach ihr. »Wenn ich wiederkomme, zünde ich den Stall an.« Er warf die niedrige Stalltür zu, schloss ab und entfernte sich.

Wolle hatte eine Menge Blut verloren. Wankend stieg er auf sein Fahrrad, fuhr einhändig im Licht der Dynamoleuchte ein paar Meter auf dem Feldweg entlang, musste einer dicken Grasnarbe ausweichen, strauchelte und stürzte dann in einen Wassergraben, der mit Brennnesseln und Brombeersträuchern fast vollständig zugewachsen war. Bei seinem Sturz hatte er sich in dem Gestrüpp derart verfangen, dass er nicht mehr in der Lage war, sich selbst zu befreien oder auch nur eine Hand auf die Wunde zu pressen. Bei jeder Bewegung verhakten sich Stacheln der Brombeeren tiefer in seiner Bekleidung. Nach zehn Minuten verlor er das Bewusstsein.

MITTWOCH, 28. NOVEMBER 1945, 9 UHR

Es gab Tage, die hätte Captain Edwards am liebsten aus seinem Kalender gestrichen. Denn als er an diesem Morgen im Offizierskasino saß und genüsslich in den kross gebackenen Rosinenkuchen biss, passierte das, wovor er schon als Kind immer Panik gehabt hatte. Ein Stück seines Zahns brach ab. Mit seiner Zungenspitze suchte er nach dem abgebrochenen Zahn und fand ihn schließlich links oben: ein Backenzahn. Er fühlte sich scharfkantig an. Mit seinem Zeigefinger suchte er nach dem abgebrochenen Stück und förderte es schließlich hervor. Es war nicht so groß, wie die Zunge ihn hatte vermuten lassen.

Mit einem großen Schluck heißen Kaffee versuchte er daraufhin, seinen Mund auszuspülen, was er auf der Stelle bereute. Schmerz bohrte sich von der Bruchstelle ausgehend in sein Gehirn und verdrängte schlagartig alle anderen Gedanken. Am liebsten hätte er alles wieder ausgespuckt und laut herausgebrüllt. Edwards schloss die Augen, ballte seine freie Hand zu einer Faust und stöhnte auf.

Der mit ihm befreundete und ihm gegenübersitzende Captain ›Cody‹ Codellany von der MP sah ihn erstaunt und mit einem leichten Anflug von Schadenfreude an. »Na, John, hast du einen Nugget im Kuchen gefunden?« Er grinste den Scout an.

Edwards Zunge tastete wieder nach dem Zahn, wobei er sein Gesicht verzog. »Scheiße, da ist eben etwas abgebrochen.«

»Tut's weh?«

»Der heiße Kaffee war gerade die Hölle!«

Cody lachte und nickte. »Zahnschmerzen sind wirklich Bullshit. Nimm dir heute Morgen frei und geh zum Arzt. Melde dich bei Doc Finlayson vom Dental Staff. Der alte Mann hat es drauf, deine Beißer wieder zu richten. Lass dir aber rechtzeitig vorher von ihm etwas geben, dann wird's nicht ganz so schlimm. Phenacetin heißt das Schmerzmittel.«

Edwards fiel in diesem Moment seine letzte Zahnbehandlung vor knapp zwei Jahren ein. Der junge Arzt in der Offiziersschule von Fort Bragg hatte damals keinen guten Tag. Minutenlang hatte er mit dem Bohrer den Nerv des unteren Eckzahns malträtiert, bis er endlich die Karies entfernt hatte. Das anschließende Ausspülen des Mundes mit kaltem Wasser hatte ihn, den jungen Offiziersanwärter, fast an die Decke gehen lassen. Diese in unschuldigem Weiß gekleideten Zahnärzte waren alle Sadisten. Wenn er sie nur sah, bekam er schon eine Gänsehaut.

»Noch einen Kaffee und etwas Kuchen, Sir?« Die weiß uniformierte Ordonnanz tauchte plötzlich neben Edwards auf, der ihn nur entgeistert anstarrte. »Danke, nein!«, stotterte er.

»Gerne, Sir.« Der Bedienstete setzte seinen Weg zum nächsten Tisch fort.

In Edwards' Mund pochte es weiter. Er versuchte, nicht mit der Zunge an den abgebrochenen Zahn zu kommen. Besser wurde das auf keinen Fall von allein. Er stand auf, nickte Cody kurz zu und verschwand aus dem Kasino.

Dreißig Minuten später saß er in einem überfüllten Wartezimmer in einem Nebenbau des Krankenhauses in der Kußmaulstraße. Ein Fahrdienst hatte ihn dorthin gebracht und wartete nun vor der Tür bis zum Ende der Behandlung. Finlayson und seine beiden Kollegen hatten alle Hände voll zu tun, um einen Soldaten nach dem anderen abzufertigen. Aus drei Räumen hörte man gleichzeitig das durch Mark und Bein gehende Sirren der mit Kardanwellen angetriebenen elektrischen Bohrgeräte. Zwischendurch ließen die von Schmerzen geplagten Patienten Ahs und Ohs vernehmen, was unangenehme Gefühle und Herzklopfen unter den anderen Patienten auslöste. Die Wände des Warteraumes waren zur Abschreckung mit unappetitlichen Fotos von Zahnkrankheiten, Extremkaries, blutiger Parodontose und Plakaten mit Zahnschemata vollgehängt. An einem Waschbecken in einer Ecke des Warteraumes hatte man die allerletzte Chance, die Zähne mit einer Einwegbürste und Militärzahnpasta bekannt zu machen. Jedoch wollte sich hier keiner die Blöße geben.

Edwards kauerte sich in einen Holzstuhl, den ein übereifriger Private für ihn freigegeben hatte. Ständig von einer Zimmerpflanze mit löchrigen Riesenblättern behindert, griff er nach seinem Notizbuch und überflog den aktuellen Fall des Kohlediebstahls in der Oststadt.

Die Identität des Toten war geklärt. Der mit der Leiche des Ettlinger Stadtrats Schüssele zum Vorschein gekommene, mutmaßliche Täter beteuerte stets, nichts mit dem Mord zu tun zu haben, er habe lediglich Kohlen stehlen wollen. Allerdings konnte man keine Transportbehältnisse bei ihm finden. Versuche, Fingerabdrücke an dem Messergriff abzunehmen, misslangen aufgrund der rauen Oberfläche. Der Kohlendieb, Albert Semmelmann hatte dick gefütterte Handschuhe getragen, was die Vermutung erhärtete, dass er tatsächlich nur Kohle stehlen wollte und als **Schaufler** eingesetzt worden war. Die eigentlichen Diebe hatten sich sicherlich auf der anderen Seite des Zaunes aufgehalten und waren nach dem Einsturz der Hütte abgehauen.

Edwards wollte sich gerade ein paar Notizen zur weiteren Vorgehensweise machen, als es in dem Warteraum um ihn herum plötzlich ein Gerangel und lautstarken Streit gab. Zwei Unteroffiziere begannen eine Schlägerei untereinander. Der zufällig hinzugekommene Dr. Finlayson, der einen der beiden behandeln wollte, bekam dabei auch ein paar Schläge ab. Er ging sofort zu Boden und blutete aus der Nase. Die anderen beiden Zahnärzte stellten daraufhin ihre Behandlung ein und warfen die restlichen Patienten aus dem Wartezimmer hinaus. Unter lautstarken Protesten begaben sich diese in den Vorhof des Gebäudes. Die Ärzte und die Schwester im Vorzimmer verschlossen die Haustür und ließen demonstrativ die Rollläden hinunter.

Der Fahrer, der den Captain zur Ambulanz gebracht hatte und etwas abseits mit einem geschlossenen Dodge Carryall auf ihn wartete, konnte sich ein Grinsen nicht verkneifen, als der Streit im Hof fortgesetzt wurde. Edwards stieg auf der Beifahrerseite ein und befahl dem Corporal, zu einem anderen Zahnarzt in der Stadt zu fahren. Dieser machte sich sofort auf den Weg und wendete den Wagen. »Ist der Zahn noch nicht heile, Sir?«, fragte er den Captain.

»Nein, verflucht!« Edwards hielt sich die Wange. »Die beiden streitenden Idioten da drüben mussten ausgerechnet im Wartezimmer eine Schlägerei anfangen, weil sie sich nicht einigen konnten, wer dran ist. Sie haben nebenbei den Doc k. o. geschlagen. Dann wurden wir alle vor die Tür gesetzt.«

Der Fahrer lachte, verstummte aber ebenso schnell, als er Edwards verärgertes Gesicht sah. »Entschuldigung, Sir. Ich bringe Sie zu Dr. Eisenhammer in der Hirschstraße. Der arbeitet mit uns zusammen, wenn die Krankenhäuser voll sind.«

»Der Name verheißt nichts Gutes«, bemerkte der Captain.

»Angeblich macht er seinen Job gut. Lassen Sie sich auf jeden Fall vorher Phenacetin geben. Das mache ich auch immer.«

»Bei diesem Zahnarzt?«

»Nein, Sir. Die Crew vom Motor Pool fährt auf Empfehlung von First Sergeant Vickers immer nach Mannheim-Sandhofen zur Basis Y-79. Dort in der Zelt- und Barackenstadt gibt es das beste medizinische Personal weit und breit, und man muss nicht zu diesem Metzger. Es soll dort auch ein paar junge Krankenschwestern geben, nicht so alte wie hier«, berichtete er grinsend. »Alle zwei Wochen landet in Mannheim sogar ein Flugzeug mit einer Röntgenausstattung. Davon können wir hier nur träumen.«

»Sagten Sie *Metzger*?«

»Ja, Sir. Dr. Eisenhammer wird von uns ›Der Metzger‹ genannt. Deshalb das Schmerzmittel.«

»Sie wollen mir Angst einjagen, Corporal?«

»Niemals«, wehrte dieser ab und kicherte kurz.

»Kennen Sie keinen anderen Zahnarzt?«, flehte ihn Edwards an.

»Nein, Sir. Nur diesen. Die zivilen Zahnärzte dürfen Sie nicht behandeln. Entweder Eisenhammer oder das Team von Finlayson. Soll ich Sie nicht doch lieber zu Y-79 bringen?«

Edwards schüttelte den Kopf. Der Fahrer schwieg für den Rest der Fahrt, bis sie in der Jollystraße im Bereich der Hirschbrücke hielten.

»Ich warte so lange, Sir.«

Der Captain stieg langsam aus, verabschiedete sich und klingelte etwas zögerlich bei *ZAHNARZT Dr. Timotheus Eisenhammer*.

›Der Metzger‹ öffnete höchstpersönlich die Praxistür im Erdgeschoss des Mehrfamilienhauses. Captain Edwards hätte sich nicht gewundert, wenn der Zahnarzt eine blutverschmierte Schürze und eine überdimensionale Zange mit einem Backenzahn dazwischen, mit sich geführt hätte. Doch der Doktor war in einen modischen Anzug mit Fliege und einen strahlend weißen Kittel darüber gekleidet. Er begrüßte den Offizier höflich in akzentfreiem Oxford-Englisch und bat ihn herein. Nach einem kurzen Gespräch und der Aufnahme der Personalien führte er ihn zu dem Behandlungsstuhl. Dieser war von chromblitzenden Gerätschaften und einem elektrischen Bohrer mit flexibler Welle umgeben, der hoffentlich so gut funktionierte, wie er aussah. Auf dem Fensterbrett vor dem Stuhl stand ein übergroßer künstlicher Zahn. An den Wänden hingen die üblichen Fotos, im Gegensatz zur Praxis von Finlayson waren darauf blitzend weiße Zähne, lachende Gesichter und Zahnpastawerbung von *Chlorodent* aus Dresden zu sehen.

»Möchten Sie vorab etwas gegen die Schmerzen haben, Captain Edwards? Sie müssten dann allerdings eine Dreiviertelstunde warten, bis es wirkt.«

Das war die zahnärztliche Fangfrage, die die männliche Memme vom Mann unterschied. Der Captain überlegte kurz, dem eindringlichen Rat des Fahrers zu folgen und zu Kreuze zu kriechen oder die Schmerzen wie ein gestandener Offizier der glorreichen US-Army zu ertragen. Kurzerhand entschied er sich gegen die Verabreichung.

Innerhalb der nächsten zehn Minuten durfte er sich eine Standpauke über seine schlechte Mundhygiene anhören. Der Zahnarzt stocherte dabei rücksichtslos mit einem spitzen Instrument an und zwischen seinen Zähnen herum, klopfte mal hier mal da auf die Amalgam-Füllungen und ließ nichts Gutes an seinen Vorgängern.

Als er den beschädigten Zahn untersuchte, entfuhr ihm ein »Ach herrje!«, was Edwards einen Schweißausbruch und eine Gänsehaut bescherte. Fieberhaft begann er darüber nachzudenken, nicht doch nach einer hohen Dosis Schmerzmittel zu verlangen. Doch es war bereits zu spät.

Eisenhammer hatte schon einen kleinen Bohrer auf das abgewinkelte Wellenende der Maschine gesteckt und schaltete den kugelrunden Bosch-Elektromotor zu seinen Füßen ein, der nun einen durchdringenden Pfeifton von sich gab. Dann schob er noch kurz die Brille zurecht und begann sein Werk.

Als Edwards das erste Mal zusammenzuckte, flüsterte der Arzt: »Heute Abend Zähneputzen nicht vergessen, Herr Kapitän.« Zweite Schmerzattacke: »Bin gleich fertig.« Dritter Treffer: »Sie sind aber empfindlich«, und so weiter. Edwards dachte an Flucht, als der Zahnarzt beiläufig äußerte, die beschädigten Nachbarn auch gleich zu behandeln. Der Offizier wand sich im Stuhl vor Schmerzen, doch Eisenhammer unterbrach die Behandlung nicht. Er hielt den Kopf des Offiziers fest wie in einem Schraubstock. »Bleiben Sie doch sitzen, Mann. Da ist mein Enkel ja mutiger!« Nach endlosen Minuten der Nervenfolter an mindestens vier verschiedenen Zähnen kam das erlösende »Fertig! Ausspülen, bitte«.

Eiskaltes Wasser traf beim Gurgeln auf die nahezu blanken Nervenenden. Edwards, dessen Gesicht links über dem Ausguss hing, hätte laut schreien und mit der freien Rechten die Armlehne des Behandlungsstuhls herausreißen können. Der Schweiß lief in Strömen an ihm herunter, während ›der Metzger‹ die abgeschliffenen Zähne trocknete und dabei ein leises Liedchen summte. »Gleich ist es so weit«, unterbrach er sich selbst. »Bitte offen lassen.« Mit einer Pinzette stopfte er seinem Opfer Watte in die Backen.

Edwards hasste sich selbst, kein Phenacetin verlangt zu haben. Das hätte ihn zumindest in einen gefühllosen Dämmerzustand versetzt. Währenddessen mischte Eisenhammer schon behäbig mit einem Metallspatel die Amalgam-Füllung an. »Die braucht eine Weile, bis sie richtig ist. Ach übrigens, ich hoffe, Sie können die Behandlung gleich bezahlen?«

Edwards bekam einen Schreck. Mit aufgerissenem Mund und ebenso großen Augen starrte er den Folterknecht an. Bezahlung? Womit denn?

»Kein Geld, keine Füllungen.« Dr. Eisenhammer lachte schallend über seine Witze, die er sicherlich schon Tausende Male gegenüber wehrlosen Soldaten gemacht hatte. »Bringen Sie mir gelegentlich etwas vorbei, Kapitän. Das macht dann eintausend Dollar. Ich nehme aber auch Goldzähne.«

MITTWOCH, 28. NOVEMBER 1945, 10.30 UHR

First Sergeant Vickers hatte heute Morgen die ehrenvolle Aufgabe erhalten, die Kenntnisse der beiden Neuen im Autofahren aufzufrischen. Auf dem leeren Parkplatz hinter der Kantine hatte er zu diesem Zweck einen Willys Jeep, einen Dodge M37 und einen GMC CCKW bereitstellen lassen. Obwohl er gedanklich nicht bei der Sache war und sich selbst Vorwürfe machte, Marlies nicht besser beschützt zu haben, versuchte er das Beste aus der Situation zu machen.

Beide Soldaten hatten im Vorfeld einen Auszug der wichtigsten Seiten aus den technischen Manualen erhalten und mussten, bevor die Fahrt begann, jedes Fahrzeug betriebstechnisch untersuchen. Vickers hinterfragte Details und Besonderheiten und ließ sich verschiedene Funktionen erklären. Plötzlich tauchte ein Corporal bei ihnen auf und verwickelte den First Sergeant in ein längeres Gespräch unter vier Augen. Während Veelapinat die Details der drei Fahrzeuge praktisch in sich aufsog, lehnte Farina lässig an dem GMC und rauchte eine Zigarette.

»He, Peanut, was machst du, wenn dieser Schrotthaufen hier kaputtgeht, während du gerade über die Autobahn donnerst?«

»Ich rufe die Insdandsedsung du Hilfe, sichere die Fahrbahn gemäß Paragraf 4 der Diensdvorschrifd mid Lichdsignalandeigern ab und …«

»Stronzo! Mit was?« Farina prustete heraus. »Die roten Funzeln nennst du Lichtsignalanzeiger? Mama mia, du redest aber geschwollen. Du hörst dich an, als hättest du diese Scheiße auswendig gelernt.«

»Habe ich. Gesdern Abend.«

»Che pizza! Ich war gestern etwas trinken, dann bin ich in die Koje gefallen.«

»Ich habe den Wordlaud von allen sechs Bläddern im Kopf. Dafür habe ich fünf Minuden gebrauchd. Den Resd des Abends habe ich in meinem Buch gelesen.« Der Hawaiianer lächelte.

»Madonna!«, Farina ließ die Zigarette fallen und trat sie aus. »Wie kann man in fünf Minuten diesen Müll hier auswendig lernen, Peanut?« Er wedelte sich mit den Blättern theatralisch Luft zu. »Ich habe noch nie ein Buch ganz gelesen, das ist mir viel zu langweilig.«

Veelapinat öffnete eine der Werkzeugkisten, welche an dem GMC angebracht waren, und sah interessiert hinein. »Ich lese mein Geschichdsbuch jedsd dsum dsweiunddwandsigsden Mal. Ich kann es dswar kompledd auswendig, aber ich muss die schönen Wörder und Bilder immer wieder sehen.«

»Mi stai sul cazzo! Welche Scheiße liest du denn da? Ein Buch voll nackter Frauen?« Er lachte dreckig und ließ einige Male seinen Kaugummi im Mund platzen. »Peanut, du bist eine Sau!«

Der Hawaiianer schlug verärgert den Deckel der Kiste zu. »Ich lese ein Buch über meine Insel, Piedro. Das heilige Buch *Mo'Olelo ma hina Hawai'i* begleided mich immer und isd die Gechichde von Hawai'i.«

Farina grinste und hielt sich die Hand vor den Kopf. »Du und deine Aloha-Leute leben doch noch in der Steinzeit. Heutzutage läuft ein gebildeter Mensch nicht im Baströckchen und mit Blumenkranz umher. Ist dir beim Hula-Tanzen mal eine Kokosnuss auf den Kopf gefallen?«, stichelte er und ließ wieder ein paar Kaugummiblasen platzen. »Bei euch Eingeborenen gibt's doch sicherlich noch Dinosaurier und Seeungeheuer. Wenn ich mal auf diese verdammte Affeninsel komme, dann lege ich eure Frauen reihenweise flach. Vecchia bertuccia!«

Veelapinat explodierte förmlich. Obwohl er einige Zentimeter kleiner war, packte er Farina am Kragen, zog ihn zu sich herunter und schrie ihn auf Hawaiianisch an: »O ke kumu i loa'a mai ai ka mana mo'olelo Hawai'i i pai pai ua mauna loa a hakuloli!« Schließlich gab er ihm eine schallende Ohrfeige, drehte sich um und entfernte sich.

Vickers, der auf der anderen Seite des GMC stand und von dem Streit nur das Ende mitbekam, brach das Gespräch mit dem Corporal ab und lief zu den beiden hinüber. Veelapinat war bereits einige Meter über den Parkplatz getrottet, hatte die Hände in den Hosentaschen vergraben, den Kopf gesenkt.

»Was ist hier los?«, brüllte Vickers. »Können Sie sich keine fünf Minuten alleine beschäftigen, ohne dass es Ärger gibt? Soll ich einen Babysitter für Sie besorgen, Farina?«

Der Angesprochene antwortete sofort wutentbrannt: »Er hat mich provoziert, dieser figlio di puttana.«

»Veelapinat, stimmt das?« Der First Sergeant winkte den Hawaiianer zu sich. »Haben Sie ihn provoziert, Private?«

»Nein, er had mich, meine Familie und Hawaii beleidigd. Dieser *Haole* kommd doch selbsd von einer Insel«, er wandte sich an Farina. »Wenn du dich auch nur auf einer unserer Inseln blicken lässd und eine Frau anfassd, werfen wir dich in den Mauna Loa. So sollden wir das mid allen arroganden Weißen machen.«

»Ich kann aber schwimmen, cazzo!«, gab dieser zurück und machte eine Kraulbewegung mit den Armen.

»Ich gebe dir höchsdens dwei Sekunden. Der Mauna Loa isd ein Vulkan.« Veelapinat reagierte mit einer entsprechenden Handbewegung, lief zu der Fahrertür des GMC, öffnete sie und kletterte hinein. »Ich möchde jedsd Lasdwagen fahren. Kommen Sie bidde, Sergeand?«

Nach neunzig Minuten in allen drei Fahrzeugen hatte sich herausgestellt, dass Veelapinat zwar gut Autofahren konnte, dies aber nur absolut nach Vorschrift erledigte. Er war mit dem Lastwagen in Schrittgeschwindigkeit über das Kasernengelände gekrochen und hatte dabei nicht einen Fahrfehler gemacht. Der Italiener hingegen war so schnell gefahren, als wären alle Carabinieri Italiens hinter ihm her gewesen. Er hatte die Vorfahrt missachtet, gehupt, andere Fahrer angeschrien, die zufällig seinen Weg kreuzten. Er hatte wild gestikuliert und nebenbei mit dem M37 zwei Schilder umgefahren, weil er die Kurven schnitt. Vor dem Offizierskasino wäre ihm fast der Kommandeur, Lieutenant Colonel Theodor Armstead, ins Auto gelaufen, weil Farina nicht auf die Straße geachtet hatte. Vickers hatte im allerletzten Moment ins Steuer greifen und Schlimmeres verhindern können.

Als die beiden Privates nach der Fahrstunde in respektvollem Abstand zueinander vor dem Unteroffizier standen und er sein Resümee zu deren Fahrkünsten kundtat, ging der Streit von Neuem los.

»Mamma mia, Peanut darf fahren, ich aber nicht. Er schleicht doch wie eine Schnecke durch die Basis. Das verstehe ich nun wirklich nicht, Sergeant!«

Vickers zuckte mit den Schultern. »Er fährt nach Vorschrift, Sie nicht. In der Kaserne gelten fünf Meilen Höchstgeschwindigkeit, das haben Sie keine Sekunde beachtet, sogar noch Schäden angerichtet und Fahrerflucht begangen. Das kann ich nicht tolerieren. Deshalb bekommen Sie ab sofort Fahrverbot bei den Scouts. Wir gehen jetzt in die Kantine, später fahren wir vielleicht noch mal nach Ettlingen.«

MITTWOCH, 28. NOVEMBER 1945, 13.15 UHR

»Der Sergeant hätte den Piloten auf dem Flugfeld fast totgeschlagen, wären wir nicht dazwischen gegangen. Dieser Vollidiot hat ihn für einen Russen gehalten. Jetzt liegt der Franzose mit einem Trauma und vier gebrochenen Rippen im Krankenhaus. Der Oberarzt der Chirurgie hat uns daraufhin erzählt, dass der Pilot der Sohn eines Regimentskommandeurs der französischen Armee in Baden-Baden ist. Lieutenant Colonel Keller will ihn am Samstag besuchen kommen. Der Doppeldecker steht übrigens noch immer auf der Wiese.«

Der Captain zuckte mit den Schultern und musterte Sergeant Roebuck von der Seite. »Na und?«, antwortete er mürrisch. »Was geht mich der Franzose und dessen Flieger an?«

»Ich meine nur.«

»Was meinen Sie, Tony?«

»Wir müssen den Corporal zur Rechenschaft ziehen, Sir.«

»Haben wir nicht schon genug Scheiße am Hals, Tony? Müssen wir uns jetzt auch noch um diesen Franzmann kümmern? Dieser Fall mit der ständigen Fahrerei nach Ettlingen geht mir jetzt schon auf die Nerven. Bloß weil die MP zu faul ist, müssen wir diesen Mist hier machen. Und wenn's ans Verhaften geht, fragen die uns sowieso als letzte, warum und wieso.« Edwards verschränkte die

Arme und sah zum Fenster hinaus. Er hatte wieder dieses Zucken im Gesicht, wie früher schon. Es trat immer bei nervlicher Anspannung auf.

Sergeant Roebuck lenkte den Lastwagen vom Typ Dodge M37 durch die belebte Moltkestraße in Richtung Innenstadt. Nach einem Kilometer bog er auf die Westendstraße ab.

Vickers hatte sich diesen Nachmittag freigenommen, um nach seinem Mädchen suchen zu können.

Während Sergeant Piece, der Scharfschütze und Sanitäter der Scouts, seine Tage bis zum Dienstende zählte, musste Captain Edwards irgendwie mit den Folgen des Personalwechsels zurechtkommen. Trotz des nahenden Dienstendes ließ Piece es sich jedoch nicht nehmen, die Scouts auf ihrer Fahrt zu begleiten, wann immer er sich von seinem langweiligen Bürojob in der anderen Kaserne freimachen konnte.

Die Schmerzen der Zahnbehandlung vom Vormittag pochten noch in Edwards Mund. Eisenhammer hatte seinen Job zumindest so gut gemacht, dass er wieder einigermaßen kauen konnte.

Zum zweiten Mal waren auch die zwei Neuen, Private Farina und Veelapinat, dabei. Der Hawaiianer sah schweigsam zur hinten offenen Ladefläche hinaus, während der Italiener, der direkt an der Heckklappe saß, Kaugummi kauend den Frauen hinterhergaffte und diese lautstark in Schönheitskategorien einordnete: »Belissima, hast du gesehen, Jonas, das war eine glatte Sechs! Ich glaube, sie hatte aber schiefe Zähne und einen falschen Lippenstift. Außerdem passte die Frisur nicht zum

Gesicht. Ich hatte mal eine Freundin, Madonna, hat die mich immer geküsst. Alle Soldaten waren neidisch. Aber sie sah nicht so gut aus, dass ich ein paar Kinder von ihr haben wollte. Und dann war da noch die Krankenschwester Victoria, eine glatte Sieben, die habe ich auf dem Schiff getroffen, leider erst kurz bevor wir in Bremerhaven an Land gegangen sind. Mamma mia, die hatte Brüste, da …« Er brach ab und sah in die erstaunten Gesichter seiner neuen Kameraden.

Veelapinat hielt sich bereits die Ohren zu und kniff die Augen zusammen.

»Ich erzähle das ein anderes Mal.« Farina machte eine Luftblase mit seinem Kaugummi und ließ sie geräuschvoll platzen. Als sie jedoch an einer Neun vorbeikamen, war der Italiener nicht mehr zu halten. »Madonna, das ist meine zukünftige Frau! Noch etwas jung, aber daran kann ich mich gewöhnen. Hast du diesen Hintern gesehen, Jonas? Wenn ich einmal Kinder habe, müssen es mindestens vier sein. Lauter stramme Jungs. Wir waren mal in einer Bar in Philly, da traf ich eine Neun mit langen schwarzen Haaren und einem tollen Hintern. Que bella, eine Signorina aus Italia. Ich hätte sie auf Händen tragen können. Leider hatte sie einen Freund dabei, der das schon tat.« Er formte das Gesäß der Frau mit seinen Händen und lärmte mit seinem Kaugummi. »Ich würde mit ihr sofort zu meiner Mamma fahren und Pasta essen. Meine Mamma macht die beste Pasta der Stadt. Wenn ihr mal nach Philly kommt, lade ich euch alle in das Ristorante ein. Wir trinken vorher einen *Limoncello*, dann essen wir Spaghetti, bis sie euch zu den Ohren rauskommen. Warum gibt es hier in der Kantine keine Spaghetti?«

»Die hat es ein einziges Mal gegeben. Zwei Tage später kämpfte sich die Reinigung durch Berge von Wäsche mit Tomatenflecken«, konterte Jonas und lachte. Als sie wieder an zwei Frauen vorbeifuhren, die gemeinsam einen Korb voll Holz trugen, pfiff er beiden hinterher und winkte. »Hast du gesehen, Jonas? Die beiden waren jung und unschuldig. Ich kannte mal zwei …«

»Können Sie endlich mal Ihr Thema Nummer eins beenden und die Schnauze halten, Farina?« Edwards drehte sich nach hinten um, woraufhin der Italiener verstummte.

Der Offizier betrachtete stumm den riesigen Komplex, in dem einst Granatzünder und Präzisionsinstrumente gebaut wurden. Sie näherten sich langsam den riesigen Gebäuden der ehemaligen Deutschen Waffen- und Munitionsfabrik zwischen der Lorenz- und der Brauerstraße. Edwards staunte, denn anscheinend wurde die Fabrik während des gesamten Weltkrieges vom Bombenhagel verschont. Ihm hatte jemand erzählt, dass mehrere tausend Zwangsarbeiter hier gearbeitet hatten und während der Fliegeralarme ihren Arbeitsplatz nicht verlassen durften. Sämtliche Teile des Daches und der Fassade hatten einen gezackten Tarnanstrich in verschiedenen Grautönen, was Edwards an den Anblick des Schlachtschiffes *Bismarck* erinnerte, die er einmal auf einem Foto gesehen hatte.

Der Lastwagen passierte das große Haupttor und fuhr neben dem Fabrikgebäude in Richtung der mehrstöckigen Hauptmontagehalle, wo inzwischen in einem abgetrennten Bereich das städtische Fahrzeugdepot untergebracht war. Mangels ausgebildeten und fachkundigen Personals hatte die Stadtverwaltung seit Kriegsende einige zuverlässige Polen eingestellt, die den Fuhrpark verwalteten, die Fahrzeuge reparierten und technisch auf Vordermann brachten. Es waren die gleichen Polen, die die Deutschen während des Krieges zur Arbeit in den Werkstätten gezwungen hatten.

Captain Edwards kauerte in dem unbequemen Sitz des M37 und studierte zum hundertsten Mal den Zettel mit den beiden polnischen Kontaktleuten, die ihm Lieutenant Mendoza in die Hand gedrückt hatte: Wladislaw Brzeczyszykiewicz und Krzysztof Wroszieszcylak. Warum hatten die Polen so seltsame Namen? Diesen Wladislaw hatten sie in Ettlingen schon kennengelernt. Vickers hatte den blonden Hünen der Einfachheit halber gleich Adamek getauft.

Der Dodge hielt vor einem der zahlreichen grauen Schiebetore an, weil dort vier Männer in schwarzen Overalls standen und rauchten. Eine große, weiße ›100‹ war neben dem Tor auf die graue Fassade aufgemalt. Die Soldaten stiegen aus und wurden gleich von Zivilisten umringt, die nach Zigaretten fragten. Edwards wimmelte sie ab und hielt einem der vier Männer den Zettel mit den Namen hin.

Der Unrasierte der vier nickte und öffnete hinter sich eine Tür, die in das eiserne Tor eingelassen war. »Krzysztof, Amerykanie!«, brüllte er in die Halle. Dann komplimentierte er die Scouts mit einer Handbewegung hinein.

Ein mittelgroßer schwarzhaariger Mann, ebenso muskelbepackt wie Adamek, kam mit breitem Grinsen im Gesicht auf die Soldaten zugelaufen, während er sich die behaarten Hände an einem Lappen abwischte. Hinter ihm standen in mehreren Reihen Lastwagen von Opel, Hanomag, Deutz, Kaelble und Büssing, außerdem zahlreiche Omnibusse, mehrere unterschiedliche Traktoren, Anhänger und hunderte von schwarzen Dienstfahrrädern mit Nummernschildern. Viele Fahrzeuge waren weiß oder gelb lackiert und mit der Aufschrift STADT KARLSRUHE versehen.

Laute Musik dröhnte durch die zwei Etagen hohe Werkstatt. An einigen Stellen wurde gehämmert, ein gelber Brückenkran auf Wandschienen gab klackende Geräusche von sich, als er sich in Bewegung setzte. Irgendjemand in der Halle schrie nach einer Person namens Pavel. Es roch nach Schweiß, Öl und verbranntem Holz aus zahlreichen Holzgasanlagen, die an den Lkw angebracht waren.

Der Pole bot dem Offizier statt seiner öligen Hände seinen rechten Ellenbogen zum Gruß an, doch Edwards ignorierte dies.

»Ich bin Vorarbeiter Krzysztof«, rief er. »Nennen mich K-R-I-S!«, buchstabierte er. »Adamek nicht da. Kommen Sie, wir gehen in Pausenraum, ist nicht so laut dort.« Der Mechaniker lief einige Meter zwischen den Fahrrädern entlang, bog dann rechts ab und öffnete eine zweiflügelige Holztür.

»Ich bin Captain Edwards von den Scouts, Kris«, stellte der Offizier sich vor, während er den großen Raum betrat. In dem Pausenraum befand sich ein riesiger Tisch mit zahllosen Stühlen rundherum. An einer Wand stand ein monströser Ofen und direkt daneben ein neuer Coca-Cola-Automat.

Der Pole lachte wieder. »Ja, ich weiß. Kommen Sie, Amerykanie! Möchten Sie davon trinken? Neue Kommandeur von Karlsruhe hat uns geschenkt«, er deutete auf die rot-weiße Kiste.

Die bisher schweigsamen Begleiter von Edwards wurden lebendig.

»Du hast doch sicherlich nur billige Polski-Cola?«, rief Farina und ließ ein paar Kaugummiblasen platzen. »Gibt es das Gesöff hier schon auf Bezugsschein oder mischt ihr den Dreck selbst zusammen?«

»Private Farina!« Edwards stieß den ehemaligen MP ärgerlich an. »Reißen Sie sich zusammen! Wir sind hier Gäste.«

Der Pole hatte bereits mehrere Flaschen aus dem Behältnis geholt und auf den Tisch gestellt. Unbeeindruckt von der Beleidigung öffnete er die Kronkorken. Als er dem Italiener die Flasche hinstellte, stieß er so ungeschickt dagegen, dass diese umfiel und ihren Inhalt schäumend über Farinas Jacke und Hose spritzte.

»Entschuldigung, Amerikaner.« Kris zwinkerte zu Edwards herüber, der nur den Kopf schüttelte.

Der Italiener sprang auf und wischte sich die klebrige Flüssigkeit von der Uniform. »Das war doch Absicht, du polnisches Arschloch!«, schrie er den Vorarbeiter an, doch dieser zuckte nur mit den Schultern und presste die Lippen zusammen.

Edwards hatte genug. »Private First Class Farina, verlassen Sie sofort den Raum! Wir treffen uns draußen, wenn wir fertig sind. Los, verschwinden Sie, Mann!«

Der Angesprochene nahm seine Kopfbedeckung und sah den Polen hasserfüllt an, bevor er den Pausenraum verließ.

»Ich muss mich für meinen Untergebenen entschuldigen.«

»Ist kein Problem, Edwards. Er hat keinen Humor. Ich habe übertrieben. Entschuldigen Sie auch, bitte.« Kris setzte sich hin, zündete sich eine amerikanische Zigarette an, nahm einen großen Schluck aus der in seinen Händen schmächtig wirkenden Glasflasche und begann zu erzählen: »Sie müssen wissen, Edwards, dass hier alle Zwangsarbeiter in Munitionsfabrik waren. Alle. Wir haben hier gewohnt, gearbeitet, manchmal geschlafen und auch gestorben. Viele polnische Frauen waren in der Fabrik und haben Zünder für Granaten gebaut. Sie haben Augen kaputt gemacht für kleine Mechanismus, mussten ohne Lupe zusammenbauen. Wenn nicht mehr gut, weg, Landarbeit. So machen mit viele. Nur bekommen wenig Essen und schlafen wie Tiere im Stall. Das war nicht gut. Wir haben Deutschen nichts getan, dass uns wie Tiere behandeln. Jetzt haben Stadt keine Personal mehr und stellen dumme Polen ein. Wir arbeiten, um überleben. Wollen nur in Deutschland bleiben, aber ohne Nazis. Jetzt wir haben Essen, Trinken, Kohle von Stadtverwaltung. Stadt kein Personal, weil alle in Nazipartei. Jetzt hier Kommunist Bürgermeister. Nicht besser als vorher.« Krzysztof zuckte zusammen, als plötzlich in der Halle eine Glocke schrillte. »Ich muss gehen, ist etwas passiert!«

Captain Edwards sprang fast im gleichen Moment wie der Pole auf. »Können wir Ihnen helfen?«, fragte er.

»Ich weiß nicht. Wenn Alarm schrillt, hat sich jemand verletzt und muss geholfen werden. Hier manchmal sehr schlimme Verletzungen.« Er sprang zur Tür, riss diese auf und rannte davon. Der Offizier und die Soldaten folgten ihm.

Aus dem Bereich, wo die Lastwagen standen, schrie jemand ununterbrochen. Von allen Seiten rannten Männer dorthin. Als die Amerikaner ankamen, waren ein paar Männer gerade dabei, die Hinterachse eines Lastwagens mit Holzbohlen anzuheben und den darunter Eingeklemmten herauszuziehen. Das heruntergefallene Antriebsteil hatte dem Mann beide Hände zerquetscht. Während das Blut ununterbrochen lief und das Opfer auf seine Finger starrte, banden ihm zwei Leute die Oberarme ab, um die Blutung zu stoppen.

Sergeant Jimmy Piece, der Sanitäter der Scouts, warf einen kurzen Blick auf die Verletzungen und rannte daraufhin aus der Halle, um seine Verbandstasche zu holen.

»Soldat kann nicht sehen Blut?« Kris sah dem Mann missmutig hinterher. »Ist Schlappschwanz?«

»Private Piece holt Verbandszeug«, antwortete Corporal Jonas dem polnischen Vorarbeiter. »Ist Medizinmann!«

Wenige Sekunden später öffnete sich die Tür wieder und Piece kam zurückgelaufen. Er hatte bereits eine Tüte Desinfektionspulver mit seinen Zähnen aufgerissen. Kaum bei dem Verletzten angekommen, streute er das weiße Puder über die Hände. Dann prüfte er die Abbindung.

Der Mann schrie, als der Sanitäter die Hände berührte. »Ich brauche Alkohol. Wodka, Schnaps, Whisky, egal. Hauptsache es ist stark!«, rief er und schaute sich zwischen den Mechanikern um.

»Kontuschowka!«, rief da einer, während ein anderer das Gewünschte holte. Kurz darauf wurde Piece eine offene Flasche mit einer klaren Flüssigkeit hingehalten. »Ein Glas, Herrgott!« Der Sergeant verdrehte die Augen. Er formte mit den Händen ein Gefäß. Die Männer reichten ihm eine schmutzige Tasse. Der Sanitäter öffnete ein mitgebrachtes Tablettenröhrchen, entnahm sechs Stück daraus, warf sie in die Tasse und goss den Schnaps darüber. Da er keinen Löffel hatte, rührte er das schäumende Getränk mit zwei Fingern um und flößte es dem Verletzten ein.

»Piece, was geben Sie dem Mann da?«, wollte Edwards besorgt wissen.

»Eine Überdosis Phenacetin mit Alkohol wirkt Wunder. In fünf Minuten spürt er keine Schmerzen mehr und ist komplett in Trance. Der Mann muss jedoch sofort ins Krankenhaus! Ich kann ihm nicht helfen, die Verletzungen sind zu schwer. Vermutlich wird man ihm alle Finger amputieren.« Er strich dem hageren Mann über die Stirn und sah ihn aufmunternd an. Dieser lächelte, obwohl es ihm schwerfiel. Doch die Medizin wirkte bereits. Sein Körper entspannte sich sichtlich.

Nach zehn Minuten wurde er auf einen bereitstehenden Lastwagen geladen und zum nahen Vincentius-Krankenhaus gefahren.

Der Vorarbeiter hatte sich seine Cola aus dem Pausenraum geholt und betrachtete den Inhalt nachdenklich.

»Jede Woche ein anderer. Scztefan war ein guter Mann. Hat hier seine Frau und seine Kinder verloren. Kann nun nicht mehr arbeiten.« Er sah auf und Edwards, der neben ihm stand, in die Augen.

Dieser nickte mitfühlend. »Das Leben geht weiter.« Er klopfte dem Polen auf die Schulter, obwohl das eigentlich nicht seine Art war.

Edwards stellte fest, dass in letzter Zeit eine Veränderung in ihm vorging. Früher hätte ihn dieser Vorfall nicht beeindruckt. Inzwischen hatte er so viel Leid in Deutschland gesehen, dass er manchmal tiefes Mitgefühl mit den Menschen empfand. Dann zuckte wieder seine linke Gesichtshälfte, die vor Jahren einmal mit einem Gewehrkolben Bekanntschaft gemacht hatte. »Ist in letzter Zeit etwas Außergewöhnliches hier passiert? Bei Ihnen kommen doch die ganzen hohen Angestellten der Stadt vorbei, um ihre Autos reparieren zu lassen?«, fragte Edwards.

»Nein. Sind manchmal arrogant, ist aber normal.« Der Pole schüttelte den Kopf. »Moment mal, ich frage. Mateusz!«

Der Angesprochene drehte sich um. Krzysztof rief dem Mann etwas auf Polnisch zu, dieser überlegte kurz und schüttelte den Kopf. Doch dann hob er fast lehrerhaft den Finger und gab eine positive Antwort.

»Was hat er gesagt?« Obwohl Edwards bereits mit vielen Polen Kontakt hatte, konnte er keine einzelnen Wörter heraushören.

»Mateusz sagt, die neue Kohle taugt nichts mehr. Sie heizt angeblich nicht gut.«

Edwards winkte enttäuscht ab. »Lassen wir es gut sein.

Es war schön, Sie kennenzulernen. Vielen Dank für die Coke.«

Krzysztof wehrte mit den Händen ab. »Nein, Edwards, ich danke Ihnen für Hilfe. Und für guten Sanitäter. Eine Bitte habe ich noch. Können Sie uns bringen ein Dutzend Kisten mit amerikanischer Brotbackmischung, wenn ich Ihnen eine Information gebe?«

»Die muss aber dann schon verdammt gut sein. Ein Dutzend ist eine große Menge.«

»Also gut. Sie wissen, wo Bad Schönborn ist?«

Der Offizier nickte und spitzte die Ohren.

Der Pole nahm einen zusammengefalteten Zettel aus seiner Brieftasche. »Hören Sie mir gut zu. Ich verrate jetzt großes polnisches Geheimnis.«

MITTWOCH, 28. NOVEMBER 1945, 15 UHR

Das Ehepaar Brandt wurde in dem kleinen Laden regelrecht hingerichtet. Unbekannte hatten die beiden kleinen Mädchen gefesselt und geknebelt und dann vor deren Augen den alten Leuten ins Gesicht geschossen. Passanten auf dem Marktplatz hatten die Schüsse gehört und Hilfe geholt. Die zivile Polizei verständigte dann die Militärpolizei, wie es bei Mordfällen üblich war. Drei Stunden später waren Captain Edwards und First Sergeant Vickers vor Ort. *Operation Milkshake* zog immer größere Kreise.

Die Kinder saßen mit starrem Blick auf dem Boden des Kellerraums neben dem kalten Ofen. Die Polizei hatte die Leichen bereits entfernt. Der Fußboden und die Wände waren nach wie vor übersät mit Blutspritzern und einer großen dunkelroten Lache in der Nähe der Treppe. Um die unter Schock stehenden Mädchen hatte sich bisher niemand wirklich gekümmert. Die Polizisten lösten den beiden lediglich die Fesseln. Edwards und Vickers hoben sie vorsichtig hoch und drückten sie dann eine Weile an sich, bis sie sich wieder etwas beruhigt und aufgewärmt hatten. Während Lorchen, statt zu weinen, um sich schlug, war Hanni etwas gefasster. Mit tränenerstickter Stimme erzählte sie von zwei Frauen, die den Laden betreten hatten und Brandt in ein Verkaufsgespräch verwickelten. Eine der Frauen zog plötzlich eine Waffe, die andere fesselte die Kinder. Dann erschossen sie das Ehepaar. Ohne etwas mitzunehmen, verließen die beiden den Kellerraum durch den Hinterausgang in den Hof. Eine Beschreibung der beiden Frauen konnte sie nicht abgeben, es war ihr lediglich aufgefallen, dass die Schützin ihr rechtes Bein nicht beugen konnte und es deshalb hinterherzog.

Die beiden Soldaten, die ihr Fahrzeug direkt vor dem Laden geparkt hatten, brachten die zwei Mädchen in das Auto. Sie gaben ihnen etwas zu trinken, eine wärmende Decke und ein paar Bonbons, die Vickers zufällig bei sich hatte. Anschließend fuhren sie zu dem Hotel Erbprinz, wo sie im Hof parkten und etwas zu Essen organisierten.

»Lassen Sie uns noch zu dem Kohlenhändler Engel fahren, Vickers. Ich will mir den Laden mal ansehen.«

Der Fahrer nickte, meinte dann aber: »Sir, was machen wir mit unseren beiden Damen auf dem Rücksitz?«

Edwards lächelte die zwei kleinen Passagiere an. »Wir steigen nicht aus, wir fahren nur kurz vor die Tür«, beruhigte er sie.

Der Sergeant gab vorsichtig Gas, um die Kinder nicht zu erschrecken. Edwards wies ihm den Weg zurück nach Karlsruhe. Seit es vor einigen Stunden begonnen hatte zu regnen, verwandelten sich die Straßen mit ihren Schuttbergen an vielen Stellen in rutschige Schlammpisten. Erneut rumpelten sie mit dem Fahrzeug über den behelfsmäßigen Bahnübergang neben der zerstörten Eisenbahnbrücke über den Rangierbahnhof, vorbei an einer Menschentraube, die unter einem Vordach auf die Ankunft eines Dampfzuges aus dem Albtal wartete. »An der großen Kreuzung hinter der Unterführung müssen wir links ab. Nach dem Albtalbahnhof wieder links, Joey.«

Nachdem sie sich durch das Fahrzeuggetümmel auf der Ebertstraße gekämpft hatten, fanden sie die Breite Straße. Auf vielen der einst bebauten Flächen standen Notunterkünfte aus Holz und Blech. Aus zahllosen Kaminen stieg Rauch auf. Auf der linken Seite der Straße standen jedoch auch einige Fachwerkhäuser, die vom Krieg unversehrt geblieben waren. Das letzte Haus war das des Kohlenhändlers. Das Hoftor, des von einem mannshohen Bretterzaun umgebenen Betriebes, stand offen und quer davor parkte ein Lastwagen mit einem weißen Engel auf der Beifahrertür.

Edwards stopfte den Stadtplan zufrieden in die Ablage in der Lkw-Tür und zündete sich eine Zigarette an.

»Sir?« Vickers sah seinen Vorgesetzten ermahnend an und deutete mit dem Daumen nach hinten.

»Oh, sorry, ich habe nicht mehr an euch gedacht.« Der Offizier grunzte entschuldigend und schnippte die Zigarette aus dem Fenster. Er drehte sich um und musterte die zwei verängstigten Fahrgäste.

Die beiden abgemagerten Kinder kauerten sich während der ganzen Fahrt in eine Ecke des Fonds, hielten sich und die Decke fest umschlungen und schwiegen. Ihre Gesichter mit den eingefallenen Augen sprachen Bände, was sie in der letzten Zeit erlebt hatten. Ihre Haare waren blond und verfilzt, das graue Kleidchen von Lore war löchrig, die einst weiße Bluse und Strickjacke von Hanni mit undefinierbaren Flecken übersät, der geknöpfte Wollrock ausgefranst und schmutzig. Die Kinder waren verwahrlost. Wenigsten Lorchen hatte das Glück, Schuhe ihr Eigen nennen zu dürfen.

Während Edwards noch immer den Blickkontakt zu Hanni suchte, erbrach sich Lorchen auf den Kunstledersitz. Ihr Magen wollte die Scheibe Brot vom Erbprinz wohl nicht verdauen. Der Offizier bot ihr Wasser an, doch sie stieß die Flasche weg. Dem Kind ging es nicht gut.

»Sir, schauen Sie mal. Die Frau, die das Tor schließt, humpelt.« Während Vickers langsam vor das Grundstück des Kohlenhändlers gefahren war, kam plötzlich eine Frau aus dem Wohnhaus daneben gelaufen, warf einen kurzen Blick auf das Militärfahrzeug und schloss das breite Eingangstor. »Haben die was zu verbergen?«, fragte er beiläufig den Offizier. Edwards und Vickers starrten der Frau misstrauisch nach.

Der Geländewagen zuckelte behäbig an dem Lastwagen vorbei, dessen verbeulte Innenwände der Ladefläche nicht schwarz von Kohlen, sondern grauweiß gefärbt waren. Auch die Reifenprofile hatten weiße Spuren. Ebenso eine Pfütze unter dem Laster. Die Frau stand noch immer vor dem Tor, gaffte die Amerikaner an und humpelte zurück ins Haus. Edwards machte sich in seinem Heftchen ein paar Notizen. »Fahren Sie, Joey«, sagte er, ohne aufzusehen. »Wir kommen demnächst noch mal vorbei und stellen den Laden auf den Kopf.«

»Mister?« Hanni hatte den Kopf gehoben und schaute Edwards mit einem eigenartigen Blick aus ihren blauen Augen an. »Mister? Das war gerade die Frau mit der Pistole. Ich bin mir sicher. Sie zieht das rechte Bein hinterher.«

Dem Offizier fiel vor Überraschung der Bleistift aus der Hand und zwischen die Sitze. »Wirklich? Erkennst du sie wieder?« Edwards Hand tastete auf dem Fahrzeugboden nach dem Schreibwerkzeug. Nach kurzer Suche fand er ihn wieder.

Das Mädchen schniefte. »Das ist sie. Noch was, Mister. Meine kleine Schwester bewegt sich nicht mehr. Können Sie mal schauen?«

Hanni sprach alles so beiläufig, als würde es ihr nicht schwerfallen dergleichen auszusprechen.

Vickers hielt das Fahrzeug mitten auf der Straße an und drehte sich zu den Mädchen um. Er befühlte kurz den schlaff auf dem Sitz hängenden Kinderkörper. »Sie ist eiskalt«, flüsterte er dem Captain zu.

»Lorchen ist vielleicht tot, Mister.« Hannis Stimme klang völlig monoton und emotionslos. »Sie hat seit Tagen nichts mehr gegessen und getrunken. Sie will einfach nicht mehr leben. Ich wäre auch lieber tot.« Hanni seufzte, schloss die Augen und lehnte sich nach hinten. »Ich weiß nicht, warum ich hier leben soll. Es ist doch niemand mehr da, der sich um uns kümmert.« Sie verstummte.

»Joey, fahren Sie schnellstens zu diesem Waisenhaus. Dort, wo auch die Geburtsstation ist.« Er riss den Stadtplan aus dem Türfach hervor und faltete ihn hektisch auseinander.

»Gute Idee, Sir.« Vickers wendete den Wagen, fuhr die kurze Strecke zurück zur Ebertstraße und beschleunigte. Wenige Minuten später waren sie schon am Hauptbahnhof vorbei und rasten durch die Rüppurrer Straße. Nach schier endlosen Minuten stellte Vickers den kochenden Motor vor dem Sybelheim in der Südstadt ab. Jeder der Soldaten griff sich eins der Mädchen und sie rannten die Stufen hinauf in das große, mehrstöckige Waisenhaus aus der Kaiserzeit, welches sowohl als Kinderheim als auch als Entbindungsstation diente. Sie trugen Hanni und Lorchen in ein Behandlungszimmer, wo sich ein herbeigerufener Arzt sofort um die Kinder kümmerte.

»Wollen Sie bitte draußen warten? Ich untersuche die beiden und sage ihnen gleich Bescheid.« Mit diesen Worten schloss er die Tür hinter den Amerikanern.

Nach einiger Zeit kam der Arzt durch den Gang zu dem auf einer Holzbank wartenden Edwards. Vickers zog es vor, im Auto zu sitzen, seine Zeitung zu lesen und dort zu rauchen.

Der Offizier stand auf. »Ist alles okay?«

Der Arzt machte eine eigenartige Handbewegung und schüttelte langsam den Kopf. »Es tut mir leid, aber das kleine Mädchen war bereits verstorben, als sie es gebracht haben. Das andere Kind ist stabil und isst gerade etwas. Es ist vollkommen traumatisiert. Wir werden es im Waisenhaus aufnehmen. Es wäre gut, wenn Sie es in den nächsten Tagen besuchen würden.« Der Arzt streckte Edwards die Hand zum Abschied hin.

Edwards steckte ein Kloß im Hals. »Danke«, flüsterte er, drehte sich um und verließ wortlos das Gebäude.

Draußen am Wagen angekommen trat er gegen den vorderen Reifen, öffnete die Beifahrertür, stieg ein und gab Vickers den knappen Befehl: »Knielingen.«

Der Fahrer schwieg beharrlich, bis sie am Karlstor vorbeifuhren. »Was ist los, Sir? Schlechte Nachrichten?«, erkundigte er sich schließlich.

»Lorchen ist tot. Sie ist schon in unserem Auto gestorben. Hanni ist wohlauf.« Edwards bekam feuchte Augen und blickte schnell zum Fenster hinaus. Seine linke Gesichtshälfte zuckte wie wild. Er wollte jedoch vor Vickers keine Schwäche zeigen.

MITTWOCH, 28. NOVEMBER 1945, 19.30 UHR

Die leichten Schauer am Mittag waren nur die Vorboten gewesen. Denn seit einer knappen Stunde regnete es ununterbrochen stark. Das schmutzige Kopfsteinpflaster vor dem Haus von Frau Frey in Knielingen hatte sich in eine Rutschbahn verwandelt. Überall rann Wasser von den Dächern, zwischen verrosteten Dachrinnen strömten Wasserfontänen heraus, im Rinnstein bildeten sich große Pfützen, die sich zu Wasserläufen formten. Joey war den kurzen Weg von der Kaserne nach Hause gelaufen, der Poncho, den er schon bei der Invasion 1944 in der Normandie getragen hatte, leistete ihm noch immer gute Dienste. Obwohl er schwerer als die modernen Wachstuchregenmäntel der Army, beharrte er darauf, ihn behalten zu dürfen. Es war auch ein Stück Erinnerung an den Tag, als er mit einem vollgeladenen M3 Halbkettenfahrzeug die kilometerlange Pontonbrücke in Arromanche hinuntergefahren war. Die Briten hatten dort innerhalb weniger Tage eine künstliche Pier aus beweglichen Betonhohlkörpern am Rande des Watts versenkt und es ermöglicht, dass zahllose Frachtschiffe aus England unabhängig von Ebbe und Flut fünfzigtausend Fahrzeuge und zwei Millionen Tonnen Kriegsmaterial entladen konnten. Einige Tage zuvor waren hunderttausend Soldaten an den Stränden von Utah, Omaha, Gold und Juno abgesetzt worden.

Der First Sergeant klopfte an die Haustür von Frau Frey, die nach kurzer Zeit öffnete.

»Mister Vickers. Komme Se nei. Sie werre jo ganz nass.«

Joey schüttelte den Kopf. »Haben Sie etwas von Marlies gehört?«, erkundigte er sich.

»Nee, tut mer leid. Die Leit aus der Straß wisse auch nix. Aber gehe Sie mol zur Frau Köpperitz. Sie macht sich arge Vorwürfe, dass sie grad an dem Middag ned mit naus ging. Johnny isch auch bei ihr drobe. I muss noch mal kurz weg. Heut Abend isch der Bub aber wieder bei mir.« Frau Frey übernahm oft und gerne Babysitterdienste in der Nachbarschaft, was ihr half, über die Runden zu kommen, und den Eltern der Kinder die Möglichkeit bot, sich bei Fahrten aufs Land mit Lebensmitteln einzudecken.

Der Soldat bedankte sich und schlurfte traurig zu seiner Wohnung im Hinterhof. In der Wohnung roch es nach Marlies und dem Baby. Frau Frey und die Nachbarin Katrin Köpperitz hatten inzwischen etwas aufgeräumt, nachdem die MP ihre Untersuchungen beendet hatte. Joey betrat die kleine Küche, wo die Worte des Entführers noch an der Wand standen, setzte sich auf das Chaiselongue und barg sein Gesicht in seinen Händen. Welcher verfluchte Hurensohn hatte sein Mädchen entführt? Warum wusste niemand etwas? Während der Amerikaner leise weinte, wünschte er sich, zurück in Florida bei seinen Eltern zu sein. Falls Marlies tot war, würde er seinen Dienst in Deutschland sofort quittieren und mit dem Kind in die Vereinigten Staaten zurückkehren. Während er sich die Nase am Ärmel abwischte, hörte er ein leises Klopfen.

Katrin und ihr kriegsversehrter Ehemann Kurt waren lautlos von der darüberliegenden Wohnung heruntergekommen und standen nun verlegen an der Küchentür.

Der einbeinige Kurt klopfte Joey auf die Schulter und flüsterte: »Kopf hoch, Joey, ich habe oben noch eine Flasche Schnaps, die trinken wir jetzt.«

Mit zitternden Fingern zündete sich Joey eine Zigarette an und nickte. Alkohol war jetzt genau das Richtige.

DONNERSTAG, 29. NOVEMBER 1945, 6 UHR

Bevor die drei Beschäftigten der Firma Engel & Cie ihre Arbeit beginnen konnten, verschafften sich sechs schwerbewaffnete Militärpolizisten Zutritt zu dem Gelände des Kohlenhändlers, indem sie erst das Tor und dann die Haustür aufbrachen. Sie durchsuchten die Büro- und Wohnräume nach Indizien für den Mord an dem Ehepaar Brandt und beschlagnahmten die Geschäftsbücher. In einer Schublade in der Küche wurden sie auf der Suche nach einer Waffe fündig. Sie förderten eine geladene Pistole der Marke Luger 08 zutage, in der zwei Patronen fehlten. Daraufhin wurde Frau Engel unter dem dringenden Tatverdacht des zweifachen Mordes festgenommen und für weitere Verhöre in das Gefängnis in der Riefstahlstraße gebracht. Für die beiden Leichen aus Ettlingen wurde eine Autopsie beantragt.

Den sichtlich schockierten Herrn Engel ließen die Polizisten unbehelligt, da er keine Aussage zum Motiv seiner Frau machen konnte. Er wiederholte immer wieder, von all dem nichts gewusst zu haben. Bereits der Mord an seinem Kompagnon Schüssele habe ihn und den Kohlenhandel in eine schwere Krise befördert, beteuerte er.

Schließlich schien es, als habe er einen Nervenzusammenbruch, was die Soldaten so beeindruckte, dass sie weitere Fragen vermieden und wieder abzogen.

DONNERSTAG, 29. NOVEMBER 1945, 9:40 UHR

Captain Codellany von der MP, Edwards, Vickers, Roebuck und Jonas hatten sich in dem Büro des Offiziers zusammengesetzt, um bei selbst gebrautem Kaffee und Zigaretten die aktuelle Lage und die weitere Vorgehensweise in dem Fall *Milkshake* zu besprechen. Veelapinat war zu Jimmy Piece in dessen Kaserne gefahren, Farina war beauftragt worden, bei dem Kontaktmann, Herrn Schöller von der Stadtverwaltung, Informationen über die Engel & Cie. zu beschaffen.

Edwards erörterte dem stellvertretenden MP-Chef die Fakten, welche er bereits gesammelt hatte.

»Habt ihr noch keine Informationen zu der Mordwaffe von diesem Schüssele finden können?«, wollte Codellany schließlich wissen.

»Mordwaffe? Wir wissen, dass er erstochen wurde, die Waffe haben wir allerdings nicht erhalten. Wollt ihr die Ermittlungen hier selbst machen?« Edwards war irritiert. Er trank seinen Kaffee leer und stellte die Tasse neben seinen Sessel auf den Holzboden.

»John, wir haben euch einen Karton gegeben, in dem außer dem Pass alles drin war: eine Jacke, eine Hose, ein Kinderfoto und ein langes Messer. Den Ausweis haben wir bei uns im Archiv. Einer von deinen Jungs hat die Schachtel bei uns abgeholt, ich war selbst dabei.«

»Wir haben kein Messer, Cody.« Edwards sah Jonas fragend an. »Haben Sie den Karton noch, Corporal Jonas?«

Der Angesprochene schüttelte den Kopf. »Nein, ich habe ihn gestern in den großen Müllcontainer hinter unserer Baracke geworfen. Mitsamt den leeren Bier- und Colaflaschen von unserem letzten gemeinsamen Abend.«

»Sie haben ihn weggeworfen?« Edwards schlug verärgert mit der Hand auf den Tisch. »Warum denn?«

»Es war ein dreckiger Karton mit Müll drin«, entgegnete Jonas. »Soll ich meinen Müll denn ab jetzt aufheben, Sir?«

»Nein, Sie sollen sich nur vergewissern, dass Kartons, in denen Beweisstücke der MP waren, immer leer sind«, rief Edwards wütend.

Jonas warf Edwards einen strengen Blick zu. »Sir, Sie sagten selbst, dass der Karton auf den Müll könne, und warfen die erste Flasche hinein.«

»Tatsächlich?« Der Captain gab ein kurzes, verlegenes Knurren von sich.

Codellany sah zwischen den beiden hin und her und grinste.

Ohne die Aufforderung von Edwards abzuwarten, stand Jonas auf und verließ den Raum.

Wenige Minuten später war er, nun etwas aus der Puste, wieder zurück. Den regennassen Pappkarton hatte er sich unter den Arm geklemmt.

»Wo soll da jetzt das Messer sein?« Edwards warf einen kurzen Blick in die Schachtel, die nach Bier und Abfällen roch. Einer Eingebung folgend griff er hinein und klappte die Innenlaschen hoch. Dort klemmte das krumme Mordinstrument. Mit spitzen Fingern nahm er es heraus und hielt es triumphierend hoch. Gleichzeitig fing er sich von Codellany einen ärgerlichen Blick ein.

»Etwas mehr Sorgfalt bitte, Herr Kollege Holmes«, bemerkte dieser nur.

»Holmes?«

»Sherlock Holmes, der Meisterdetektiv. Kennst du den nicht?« Codellany winkte enttäuscht ab. »Als Kind habe ich alle Geschichten über ihn gelesen. Die sind von Arthur Conan Doyle. Und vor einigen Jahren kam *Der Hund von Baskerville* ins Kino. Danach stand für mich fest, ich muss zur MP.« Er machte eine künstlerische Pause. »Doch nun zurück zu der Waffe. Das Messer ist ein sogenanntes Ausbeinmesser, wie es von Metzgern oder Köchen verwendet wird. Dieses Beweisstück hat eine kleine Krone mit einem geschwungenen ›E‹ darüber auf der Klinge. Wir vermuten, dass es sich dabei um das Wappen des Hotels Erbprinz handelt. Die gleiche Krone befindet sich dort über der Tür. Ihr werdet als Nächstes dorthin fahren und das überprüfen. Zweitens muss geklärt werden, ob der Hotelier Engel vielleicht der Mörder von Schüssele ist. Wir wissen nach wie vor nicht, warum die Frau des Kohlenhändlers das Ehepaar Brandt erschossen hat. Bitte schaut euch noch mal diesen Kohlenhandel an, da ist etwas faul. Bei der Durchsuchung haben wir das Auftragsbuch mitgenommen. Wenn Farina mit der Auswertung fertig ist, wissen wir, wer alles in den letzten Wochen Kohlen von Engel erhalten hat. Bitte macht ein paar Stichproben in den Fabriken. Dann gebt ihr dem Unternehmer das Buch zurück und behauptet, es wäre reine Routine gewesen.«

»Was hat der Kohlenmann mit dem Mord zu tun, Captain?«, wollte Jonas wissen und goss sich einen Kaffee ein.

»Schüssele war sein stiller Geschäftspartner im Hintergrund. Er besorgte die Kunden. Aber er war auch der Drahtzieher. Als Mitglied des Stadtrats und Forstleiter war er eine große Nummer in Ettlingen. Wer dort auf die Jagd gehen wollte, musste an Schüssele vorbei. Die Reviere waren begrenzt. Viele Männer aus Karlsruhe fuhren zum Jagen extra nach Ettlingen. Beute heißt Fleischversorgung für ein paar Tage. Wer wildert, wird beseitigt. Das ist auch in den Wäldern von Iowa nicht anders. Jagdunfall nennt man das. Es wird einen Aufschrei der Erleichterung unter der Jägerschaft geben, wenn sie erfahren, dass der Stadtrat Schüssele das Zeitliche gesegnet hat. Das Hotel ist übrigens Großabnehmer für Wildfleisch. Ihr werdet dort anfangen.« Codellany erhob sich. »John, versuche irgendwie unauffällig in das Hotel zu kommen. Und wirf diesen verdammten Karton endlich in den Müll.«

»Alles klar, Cody.« Edwards stand auch auf. »Wie ich in den Erbprinz komme, ist ganz einfach.«

DONNERSTAG, 29. NOVEMBER 1945, 13 UHR

Die beiden zwölfjährigen Zwillinge Andreas und Thomas tollten schon seit Stunden zusammen mit dem Nachbarspudel Ollie auf der feuchten Wiese im Knielinger Tiefgestade herum. Bereits am Morgen hatten sie sich gefreut, dass das Wetter endlich besser wurde. Auch fast sechs Monate nach Kriegsende fand immer noch keine Schule statt. Es fehlte an Büchern, einer Tafel, Kreide, Sitzbänken, Heizmaterial, Lehrern und geeigneten Räumlichkeiten. Denn fast alle größeren Säle in Knielingen waren nach und nach von Flüchtlingen belegt und zu Unterkünften umgebaut worden.

Sie sahen zuerst einem Bauern zu, wie er auf einer zuvor stets leeren Pferdekoppel ein braunes Pferd sattelte, ihm Zaumzeug anlegte und dann ein paar Runden innerhalb des Zaunes umherritt. Bei jedem Atemstoß entwich dem Tier eine Dampfwolke durch die Nüstern, was die Jungs an eine Lokomotive erinnerte.

Vom einige Kilometer entfernten Rheinufer hörten sie das helle Tuten der Fanfare, die die Franzosen an der einspurigen Schwimmbrücke benutzten, um die Bewegungsrichtung des Brückenverkehrs wechseln zu lassen. Der Vater der Zwillinge hatte die beiden einmal ans Ufer begleitet, wo die gesprengte Rheinbrücke im Wasser lag.

Die zwei Buben waren schon mehrmals alleine dort gewesen, hatten dem Treiben der Soldaten zugeschaut, den gründlichen Passkontrollen, den Durchsuchungen von Wagen und Gepäck, Verhaftungen, Flucht- und Bestechungsversuchen. Wenn Zugpferde mitten auf der Brücke scheuten, wurde es besonders spannend. Da fielen schon mal einige mitsamt dem Wagen in die eiskalte Strömung. Andreas und Thomas hatten immer ihren Spaß. Die Franzosen störten sich daran, wenn Kinder auf der mit Stahltrossen gesicherten Uferrampe der Brücke standen, um das Auf und Ab der Pontons zu spüren. Wenn die Soldaten kamen, rannten sie sofort davon, um sich ein paar Minuten später, wenn die Luft wieder rein war, erneut dorthin zu begeben. Das konnte schon mal stundenlang dauern, bis die Franzosen keine Lust mehr hatten, die Kinder zu vertreiben.

Ein weiteres Gutes für die Zwillinge war, dass die Soldaten, die mit ihren Fahrzeugen die Brücke passierten, Süßigkeiten oder Kaugummi verschenkten. An manchen Tagen hatten sie so viel ergattert, dass sie nachts Bauchweh von den vielen Bonbons hatten.

An diesem Tag beschränkten sich die beiden darauf, nur Fußball auf der erst frisch gemähten Wiese zu spielen.

Andreas hatte von einem Absperrgatter neben der Grünfläche zwei lange Pfosten abmontiert, denn sie brauchten unbedingt ein Fußballtor. Während jeder der beiden abwechselnd darauf schoss, betätigte sich der Hund dahinter als Ballsucher. Wie ein Verrückter raste er dabei durchs Unterholz. Hatte der Pudel den Ball entdeckt, bellte er so lange, bis jemand zu ihm kam, ihn lobte und den Ball wieder an sich nahm.

Als Thomas das Leder mal wieder unhaltbar für Andreas in die obere Ecke des Tores geschossen hatte und dieser daraufhin in den Büschen dahinter verschwand, machten sich der Hund und der Torwart erneut auf die gemeinsame Suche. Andreas sah das Fahrrad schon aus einiger Entfernung auf dem Feldweg liegen. Und er bemerkte, dass aus der großen Brombeerhecke links davon, zwei Beine herausschauten. Der Radfahrer war wohl gestürzt, dachte er sich. Er konnte sich jedoch nicht erinnern, ihn in den letzten Stunden vorbeifahren gesehen zu haben.

Während der Hund sich dem Fremden näherte und zu bellen begann, blieben die beiden Kinder auf Distanz. Sie waren sich zumindest sicher, dass das, was da in dem Gebüsch lag, kein Soldat war.

Da sie sich nicht näher herantrauten, entschieden sie sich, den Bauern auf der Pferdekoppel zu verständigen. Dieser ließ die beiden Jungs auf dem Pferd reiten, während er mit ihnen zurück zur Brombeerhecke lief.

In der Nähe der Hecke angekommen, band er die Zügel des Pferdes an einen Kirschbaum, brach sich von diesem einen Ast ab und lief zu der bewegungslosen Person. Vorsichtig stieß er den Körper an, bückte sich und drehte den Unbekannten dann auf die Seite.

Thomas und Andreas erkannten sogar aus der Distanz, dass das Gesicht des Toten unnatürlich bleich war.

Der Bauer ließ den Körper zurückfallen, band sein Pferd wieder los, hob die beiden Jungs herunter, drückte ihnen den Fußball in die Hand und erklärte ihnen, sie sollten besser nach Hause gehen. Er würde den Vorfall der Militärpolizei melden.

DONNERSTAG, 29. NOVEMBER 1945, 15.30 UHR

Gelangweilt und ohne Interesse an der Sache hatte sich Private Farina über das nach Petroleum stinkende Auftragsbuch von Fa. Engel & Cie. hergemacht. Es enthielt nichts Weiteres als Datumsangaben, Zahlen, Firmenanschriften und eine Prozentangabe in der letzten Spalte, auf die er sich keinen Reim machen konnte. Hinter den meisten Kunden auf den neuesten Blättern war anfangs fünf Prozent, dann zehn und mit der dritten Lieferung zwanzig Prozent vermerkt. Das Kinderheim in der Sybelstraße war seit einigen Wochen sogar mit fünfzig Prozent dabei.

Er entschied sich, ein paar Namen aus Karlsruhe mit zwanzig Prozent und das hoch dotierte Waisenhaus zu notieren, während er Kaugummiblasen platzen ließ.

20%
Mullers Bonbonfabrik, Tullastrasse
Schnapsbrennerei Kammerkirsch, Hardtstrasse
DKW Automobile Maximilian, Stephanienstrasse
Stadt Karlsruhe, Lorenzstrasse
Strassenbahndepot Tullastrasse
Brauerei Sinner, Karlsruhe-Grunwinkel
Gloria-Palast, Karl-Friedrich-Strasse
Pali (Palast Lichtspiele), Herrenstrasse
Troullier Getranke, Barenweg (Neureut!)

50%
Waisenhaus Sybelstrasse

Das musste reichen. Er klappte das Buch zu und legte es zurück in Edwards Fach. Den Zettel mit den Notizen befestigte er daran mit einer Büroklammer. Ein Blick auf die Wanduhr bestätigte seine Hoffnung. Noch zehn Minuten bis Feierabend. Er verließ das Büro, zog die Tür hinter sich zu und schlurfte in den Aufenthaltsraum.

Dort hing seine Jacke. Aus seinem Spind holte er ein flaches Paket und lugte noch einmal hinein: *Mo'olelo Hawai'i* stand auf dem Buch. Veelapinat würde Augen machen, was er mit dem angeblich heiligen Schriftstück, außer es zu lesen, so alles anstellen würde.

In seiner Stube angekommen räumte er schnell den Tisch ab, holte den aus dem Schreibbüro geklauten Leim und das Skalpell aus seiner Tasche und begann sein teuflisches Werk.

DONNERSTAG, 29. NOVEMBER 1945, 16.10 UHR

Fast zur gleichen Zeit saß der junge Hawaiianer in der Kantine und nahm bereits sein karges Abendessen zu sich. Dazu trank er kaltes Wasser. Sein Glaube verbot ihm, gemischte Getränke nach Sonnenuntergang zu sich zu nehmen, Alkohol war komplett tabu. Er wünschte sich ein Glas von dem Ananassaft zurück, den es vor einigen Tagen hier gegeben hatte. Aus irgendwelchen Kanälen hatte der Kantinen-Sergeant diese Köstlichkeit aufgetrieben und verteilen lassen. Da viele Soldaten das klebrig süße Zeug nicht mochten, bekam Sammy Veelapinat von allen ihre Ration hingestellt.

Veelapinat galt als Außenseiter in der Kantine. Er aß das, worum andere einen großen Bogen herum machten: Gekochten Schinken in Lima-Bohnen, alle Arten von Frucht-, Schokoladen- und Zitronenkuchen aus der Dose und seine Lieblingsspeise Thunfisch in Salzlake mit Hartkeks und Kokosfett. Das alles stammte aus Überproduktionen der Feldrationen, die die Kasernenküchen systematisch aufbrauchen mussten. Wobei das Kokosfett eigentlich zum Schuhe putzen benutzt wurde. Wenn es wiederum *Shit On A Shingle* oder *Tater Tot Casserole* gab, machte Veelapinat einen großen Bogen um die Kantine. Er hasste diesen zusammengemischten Kram aus ungesunder Soße, Speck, Käse und Mehlprodukten. In diesen Momenten sehnte er sich nach dem hawaiianischen Nationalgericht *Lomi Lomi Tuna* – gebackenem Thunfisch auf Bananenblättern oder süßem Kokospudding.

Zumindest hatte er an diesem Abend einen Gesprächspartner. Als die Kantine schloss und der freundliche Private sich verabschiedet hatte, machte sich Veelapinat im Dunkeln auf den Weg zu Edwards Büro, wo er seinen Rucksack mit der Lektüre hatte stehen lassen.

Der Captain war sogar noch anwesend, er musste für die MP Berichte schreiben, was er gar nicht mochte. Momentan telefonierte er und kochte dabei vor Wut. Trotzdem winkte er den jungen Hawaiianer in den Raum, als dieser neugierig die Tür einen Spalt öffnete.

»Sie haben ihn verhaftet?«, brüllte er in den Hörer. »War das denn nötig? Jetzt können wir ihn nicht mehr befragen. Hat er schon eine Aussage gemacht?«

Die Stimme am anderen Ende der Leitung antwortete. Edwards Blick wanderte resigniert an die Zimmerdecke. »Sie haben nur den Befehl von Armstead befolgt? Warum hat er ohne uns zu informieren …? Das war mir klar, Lieutenant. Ich würde an Engels Stelle auch das Maul halten und auf den Anwalt warten. Als Hoteldirektor kann er sich das leisten. Viele Beweise sprechen gegen ihn. Rufen Sie mich an, wenn er redet!« Der Captain warf den Hörer auf die Gabel und machte sich einige Notizen. »Verdammter Idiot.« Er sah von seinen Zetteln auf und strahlte. »Ach, der junge Private holt seinen Rucksack. Setzen Sie sich, Veelapinat. Möchten Sie einen Kaffee?«

»Danke, nein, Sir.«

»Gefällt es Ihnen bei uns eigentlich?« Edwards goss sich etwas von der dampfenden Flüssigkeit in eine Tasse, die auf dem Schreibtisch stand.

»Ja, Sir.«

»Das genügt mir nicht. Mensch, Sie sind immer so wortkarg und emotionslos. Ich will mein Team, zu dem Sie jetzt auch gehören, kennenlernen. Wir sind keine Einheit, in der es nur Nummern gibt. Erzählen Sie mir doch mal, was Ihnen hier nicht gefällt.«

Der junge Mann sah nervös aus dem Fenster. Seine Unterlippe begann zu zittern. »Ich weiß nichd, was ich Farina gedan habe. Er bringd mich dsur Weißglud. Er machd sich über alles lusdig und beleidigd mich sdändig. Vielleichd auch wegen meiner Aussprache.«

Edwards zündete sich eine Zigarette an. »Ich weiß. Ohne ›T‹ und ›Z‹ hört sich Ihr Englisch etwas gewöhnungsbedürftig an.« Er vermied ein Grinsen, kratzte sich stattdessen die Bartstoppeln an der Kinnspitze und wischte sich über den Mund. »Ich wollte aber auf etwas anderes hinaus. Vickers hat mir von dem Streit erzählt. Sie haben Farina eine Ohrfeige gegeben?«

»Ja, Sir. Er nannde Hawai'i eine Affeninsel und die Bewohner Urmenschen aus der Sdeindseid. Das konnde ich nichd auf mir sidsen lassen.«

Der Offizier seufzte und nahm einen Schluck Kaffee. »Eine schwierige Situation. Eigentlich ist das eine Tätlichkeit, die bestraft werden sollte. Was war die Ursache des Streits?«

»Ich erdsählde ihm, dass ich innerhalb von fünf Minuden die von Firsd Sergeand Vickers ausgehändigden Manualblädder auswendig gelernd hädde.«

»Stimmt das?«

»Ja, Sir.«

»Das hat er Ihnen nicht geglaubt?«

»Nein, Sir.«

»Durchlesen hätte doch auch genügt. Hat Vickers Ihnen befohlen, die Blätter auswendig zu lernen?«

»Nein, Sir. Alles, was ich lese, ist dauerhafd in meinem Gehirn gespeicherd und ich kann es jederdseid Dseile für Dseile wiedergeben.« Der Private zuckte verlegen mit den Schultern. »Das isd hald so, Sir.«

»Das müssen Sie mir jetzt beweisen. Das technische Manual für den M37 habe ich hier irgendwo. Einen Moment, bitte.« Edwards stand auf, ging zu einem offen stehenden Schrank und durchsuchte einen Aktenstapel, der darin lag. Er zog ein bräunliches Heft daraus hervor und schlug es auf, ohne dass der Private etwas erkennen konnte.

»Fangen wir mal klein an. Manualnummer?«

»DM 9-8030 Bedrieb und Wardung der ¾ Donnen 4x4, M37, M42, M43, und V-41/GD-Fahrdseuge.«

Edwards stockte der Atem. »Okay, das könnte ich auch noch auswendig lernen. Welche Seiten erhielten Sie von First Sergeant Vickers?«

»Seide VII b und d aus dem Anhang C für ¾ Donnen Cargo Druck 4×4, M37.«

Der Captain schlug die genannte Seite auf. Es war eine Textseite mit Sollwerten zur Überprüfung von Motor und Fahrgestell vor Fahrtantritt und zur wöchentlichen Wartung. »Dann lassen Sie mal hören.«

Und Veelapinat wiederholte den Text exakt so, wie ihn Edwards mitlas. Sogar an einen Druckfehler, ein zu tief gesetztes ›e‹, konnte er sich erinnern. Mitten in den komplizierten Luft- und Öldrucktabellen unterbrach ihn der Offizier. »Stopp, stopp!«, stotterte dieser. »Das ist ja unglaublich! Wie können Sie sich das alles merken, Private?«

»Ich weiß nichd, Sir. Es isd wie ein persönliches Fodo. Ich verbinde die Wörder mit Dingen aus meinem Leben. Das isd gand einfach. Ich brauche dann nur daran du denken und …«

»Erklären Sie es mir nicht, Sammy«, Edwards erschrak über seine eigenen Worte. Er hatte den Mannschaftsdienstgrad versehentlich mit dem Vornamen angesprochen! Sein Gehirn begann, fieberhaft nach einer Ausrede zu suchen. Verflucht, wie konnte ihm das nur rausrutschen? »Ich möchte Sie gerne ab jetzt so nennen, wenn ich darf«, argumentierte er schnell.

»Gerne, Sir. Ich fühle mich geehrd.«

Der Captain war noch immer von dem Können des jungen Private fasziniert. »Wir machen jetzt Feierabend, Sammy. Ich würde mich freuen, wenn wir Sie Morgen wieder im Team hätten.«

»Nadürlich, Sir. Vielen Dank.« Veelapinat erhob sich und griff lächelnd nach seinem, durch das Buch darin, ausgebeulten Armeerucksack, der neben der Heizung an der Wand lehnte. Als er ihn berührte, sackte dieser plötzlich in sich zusammen. Der Sack war absichtlich so hingestellt worden, dass das Fehlen des Inhalts nicht sofort sichtbar war.

»Wo isd mein Buch?«, fragte der junge Mann.

»Welches Buch?«

»Das Mo'olelo war da drin! Es isd weg!« Veelapinat riss die Schnüre auf, mit welchen der Sack zugebunden war und starrte hinein. Sein Gesicht wurde dunkelrot vor Zorn. »Das war Farina!«

Pietro Farina war mit der Verschönerung – wie er es nannte – von Veelapinats Mo'olelo fast fertig. Er hatte zahlreiche Seiten an der Bindung herausgetrennt und woanders wieder, teilweise verkehrt herum, eingeklebt. Zeichnungen von Göttern hatte er mit einem Stift verschönert und ihnen Bärte, Brillen und Zigaretten ins Gesicht gemalt. Zusätzlich hatte er mit dem Skalpell ganze Sätze weggekratzt. Einige Buchseiten gingen beim Verleimen kaputt oder verklebten miteinander, diese zerriss er und warf sie fort. Auch der Einband blieb nicht verschont. Durch Einschnitte auf den Innenseiten ließ sich der einst stabile und harte Wälzer nun, wie das Telefonbuch von Philadelphia, zu einer Röhre rollen.

Der Soldat war mit sich so zufrieden, dass er mehrmals Kaugummiblasen platzen ließ. Schließlich nahm er den Kaugummi heraus und klebte ihn der Gottheit auf der zweiten Seite ins Gesicht. Sollte der Hawaiianer doch einen Tobsuchtsanfall bekommen. Die Revanche für die Ohrfeige war perfekt.

DONNERSTAG, 29. NOVEMBER 1945, 16.55 UHR

Katrin Köpperitz, die Berlinerin, war sehr besorgt um ihre Freundin Marlies, die seit zwei Tagen spurlos verschwunden war. In der Küche hatte der Entführer seine Forderungen zwar unmissverständlich an die Wand geschmiert, sich aber noch immer nicht gemeldet. Joey Vickers hätte sich die Zigaretten problemlos aus einem Lager holen können, aber er war genauso ratlos und bestürzt.

Der drei Monate alte Johnny war in der Abwesenheit seiner Mutter bei Frau Frey im Vorderhaus sehr gut aufgehoben. Sie und das andere Pflegekind namens Philipp kümmerten sich rührend um das Baby.

Hätte Joey nicht regelmäßig Lebensmittel bei Frau Frey abgeliefert, wären die Probleme jetzt sicherlich schon viel größer. Fast jeden Tag brachte er ihr kleine grüne Konservendosen, mit den abenteuerlichsten Speisen darin. Großer Beliebtheit erfreute sich natürlich das Kokosfett, welches sich zum Kochen und Backen hervorragend eignete. Frau Frey hatte nur für eine kleine Dose von dieser öligen Substanz, einen Kohlkopf, Zwiebeln und zwei ganze Hühnerbeine auf dem Markt eintauschen können.

Als Katrin sich außen an ihre Wohnungstür lehnte und eine amerikanische Zigarette rauchte, sah sie Frau Essig, die in mattem Licht auf ihrem überdachten Balkon stand. Sie umklammerte mit beiden Händen eine dampfende Tasse, sah zum bedeckten Abendhimmel hinauf und weinte. Frau Essig hatte während des Krieges mit ihrem Mann einen kleinen Laden auf der Saarlandstraße, gegenüber vom Bahnhof, gehabt. Anfang 1942 wurde genau dieses Bahngebäude durch mehrere Brandbomben getroffen und vollständig zerstört. Das Lebensmittelgeschäft war komplett ausgebrannt. Bei der Eroberung Karlsruhes am Ostersamstag 1945 durch die Franzosen und deren Artillerie-Dauerbombardement vom Elsass aus, schlug eine Granate direkt auf der Straße vor dem gerade renovierten Laden ein. Dabei war er erneut zerstört worden und drei Kunden hatten ihr Leben verloren. Ein paar Tage später erschossen marokkanische Besatzer zwei Frauen, die sie beim Plündern in einem Lager erwischt hatten. Die eine davon war Essigs Tochter, Wolles Ehefrau. Aus Gram und Verzweiflung über den Verlust des Geschäftes, den Tod der Tochter und die bevorstehende Ausweglosigkeit in den Nachkriegsmonaten hatte sich ihr Ehemann vor einigen Wochen vor eine Straßenbahn in Knielingen geworfen.

Die Frau erkannte die aufglimmende Zigarette und winkte betrübt zu Katrin herüber.

»Ick komm kurz rüber«, rief die Berlinerin, lehnte die Wohnungstür hinter sich an und lief in den Hof der Nachbarin, wo sich beide trafen.

Die aus Pforzheim stammende Frau Essig hatte eine kleine Petroleumlaterne mitgebracht und sie neben sich auf das hölzerne Bänkchen gestellt, auf dem sie im Sommer immer mit ihrem Mann gesessen hatte. Die Lampe verbreitete ein flackerndes Licht.

»Mir geht's heit gar ned gut«, sagte sie und brach in Tränen aus. »Stelle Sie sich vor, Wolle hat uns do drübe no des gonze Holz g'hackt un jetzt ischer von uns gange.« Sie wurde von einem Weinkrampf geschüttelt. »Erschd die Katastroph' mit de Helga, dann mein Erwin, Gott hab ihn selig, und jetzt a no unser Schwiegersohn …«

»Ist ihm auch etwas passiert?«

»Zwoi Kinner henn en heit Morge im Tiefg'schtad g'funne. Er isch mid'm Fahrrad g'schtirzt un hett sich arg verletzt. Jetzt ischer tot. Verbluded.«

»Wie furchtbar!«, flüsterte die Berlinerin, wurde gleichzeitig aber auch neugierig. »Was wollte er im Tiefgestade?«

»Mir henn do en Acker un friher a paar Hühner, aber die hammer all scho g'esse. Do hat's a no Holz zum Heize liege. Des isch ja soo furchtbar!« Sie schnäuzte sich und tupfte mit dem zerknüllten Taschentuch die feuchten Augen ab.

Katrin musterte den Hackklotz und die Holzstapel in und neben dem Schuppen. »Können Sie die Lampe etwas heller stellen?«, fragte sie die Nachbarin, was diese auch tat. Katrin nahm die Laterne und leuchtete damit herum.

Überall verstreut im Hof lagen Späne und kleine graue Holzsplitter. Der Boden, auf dem sie stand, war auch übersät damit. Diese Spur setzte sich bis raus auf den Gehweg fort. »Ich hab ihn vor ein paar Tagen sägen gesehen. Am Tag, als Marlies verschwand.«

Die Alte nickte. »Er hat von nem Bekonnte en Haufe alde Bretter bekomme, die hat er hier kloi g'schnitte. Seit er nemme im Gaswerk schaffe konnt, hielt er sich mit G'legeheitsarbeite über Wasser. Er hat sich geschdern e Weil mit der Marlies unnerhalde. Des hab i vom Abort aus g'hört. Die beide ware a kurz z'samme im Holzschuppe. Des weiß i, weil dem sei Tür quietscht.« Frau Essig erhob sich langsam und warf einen Blick in den Schuppen. Im Licht der Lampe entdeckte sie plötzlich einen Frauenschuh unter den Spänen. »Gugge Se mol. Isch des ned en Schuh von de Marlies?«

Katrin wurde immer nervöser. Lag hier die Lösung des Verschwindens ihrer Freundin? »Ich bin mir ganz sicher, dass der Marlies gehört. Ist da noch einer?« Sie griff sich den Schuh und durchsuchte den Rest des Schuppens, konnten aber nichts mehr finden. »Ich muss etwas überprüfen. Ich bin gleich wieder da!«, rief sie, stellte die Laterne zurück auf die Sitzbank und rannte in ihr Wohngebäude. Vor der Tür der unteren Wohnung angekommen, kniete sie sich nieder, zündete vorsichtig ein Streichholz an und musterte damit die Eingangsschwelle aus nächster Nähe. Und tatsächlich, dort lagen auch Sägespäne und ein klitzekleines, graues Holzstückchen. Wolle war hier! In ihrem Kopf schrillte eine Alarmglocke. Hatte Wolle etwa Marlies entführt? Warum denn bloß?

Sie erhob sich und rannte atemlos zurück in den anderen Hof, wo Frau Essig bereits die Haustür aufschloss.

»Wo ist denn der Hühnerstall?«

»Drunne im Tiefg'schtad. Warum wolle Se des wisse?«

»Wo denn genau? Kann ich den sehen?« Katrins Herz klopfte schwer vor Aufregung. Sie musste ein paarmal tief durchatmen.

»E flach Hütt mit 'em hohe Drahtzaun drumrum. I war do scho ewig nemme. I glaub, des isch uff de verlängerde Neufeldstroß, der Weg macht do so en Knick. Bin mer aber nemmer sicher. Der Schuppe isch middedrin. Ganz am End vom Weg isch d'Alb. Warum sin Se denn so uffg'regt?«

»Ick könnte schwören, dass Wolle in Marlies' Wohnung war. Auf der Schwelle liegen die gleichen grauen Späne wie hier. Der Halunke, der 25.000 Zigaretten will und sich nicht meldet, hat auch Marlies entführt. Ich bin mir sicher, dass in der Wohnung noch mehr Späne sind. Und Wolle war nicht zum Holzhacken bei den Hühnern, sondern er hat nach seiner Gefangenen geschaut«, sie schnappte nach Luft und starrte die vollkommen entsetzte Frau Essig an. »Wolle hatte ein großes Interesse an Marlies. Erst wollte er bei mir landen, aber ich hab ihn gleich abblitzen lassen. Bei jeder Gelegenheit hat er sie mit den Augen ausgezogen. Wollte beim Tratschen auf der Straße auch immer in ihrer Nähe stehen. Er hat uns schon im Sommer immer in den Ausschnitt geschaut. Ich kenne diese Männer. Ein Spanner, sagt man bei uns in Pankow.« Sie rannte aus dem Hof hinaus. »Ich muss sofort den Amis Bescheid sagen! Und Frau Frey soll bitte nach den Kindern sehen.« Dann war sie fort.

DONNERSTAG, 29. NOVEMBER 1945, 17.50 UHR

Das hastig zusammengetrommelte Suchkommando beeilte sich, um in das Tiefgestade zu kommen. Die bereits hereingebrochene Dunkelheit machte ihnen jedoch einen Strich durch die Rechnung, die Kleingärten und einzelnen Schuppen zu durchsuchen. Zusätzlich verwischte der ständige Regen die eventuell noch vorhandenen Spuren. Nach kurzer Zeit mussten sie die Aktion erfolglos abbrechen. Zumindest die Spänespur konnten sie bis in die Wohnung hinein verfolgen, wodurch nun bewiesen war, dass Wolle mit hoher Wahrscheinlichkeit der Einbrecher war. Leider kam die MP nicht auf die Idee, Fingerabdrücke an den Türen und in der Küche sicherzustellen. Stattdessen sollten die Nachforschungen bei Tageslicht fortgesetzt werden.

Sergeant Vickers, der den Trupp leitete, fuhr daraufhin noch einmal allein in das Tiefgestade. Stundenlang quälte er einen Willys Jeep der Polizei, auf dem ein heller Zusatzscheinwerfer montiert war, über die matschigen Wege. An jeder noch so verfallenen Bretterbude hielt er an, stellte den Motor ab und schrie sich verzweifelt die Lunge nach Marlies aus dem Hals, doch es brachte nichts, er bekam keine Antwort.

Als er weit nach Mitternacht vollkommen heiser und bis auf die Haut durchnässt in der Kaserne eintraf, war er mit den Nerven am Ende. Er kramte aus seiner Schreibtischschublade im Motor Pool eine halb volle Whiskyflasche hervor, setzte sie an und trank sie aus. Wütend und voller Hass gegen den Mann aus der Nachbarschaft, warf er die leere Flasche an die Wand, wo sie zersprang. Daraufhin trat er so lange auf den Blechmülleimer neben dem Schreibtisch ein, bis dieser nicht mehr zu gebrauchen war.

Als wenig später die vom Lärm aufmerksam gewordene Wache in dem Büro eintraf, um nach dem Rechten zu sehen, fanden sie den angetrunkenen und am Boden zerstörten Joey unter dessen Schreibtisch in einem jämmerlichen Zustand vor. Sie begleiteten ihn in seine Unterkunft und verabschiedeten sich vor der Tür. Joey warf enttäuscht die Jacke in eine Ecke, setzte sich auf sein Bett und zog sich umständlich das nasse Hemd, die Schuhe und die Hose aus. Dann nahm er die Bettdecke und wickelte sich frierend darin ein. Nach wenigen Minuten schlief er erschöpft ein.

DONNERSTAG, 29. NOVEMBER 1945, 22 UHR

Ein paarmal hörte Marlies einen Lastwagen draußen vorbeifahren, auch ihr Name wurde gerufen. Doch sie war bereits zu schwach, um zu antworten. Seit drei Tagen hatte sie fast nichts mehr getrunken. An einer Stelle des Hühnerstalls tropfte zwar der Regen durchs Dach, doch das war nicht genug. Sie zitterte ununterbrochen. Ihre nackten Füße und Knie waren vom ständigen Drehen und Wärmesuchen wund gescheuert und hatten sich teilweise entzündet. Jede neue Bewegung tat höllisch weh. Obwohl sie alle Fesseln hatte lösen können, war es ihr nicht möglich, die Außentür des Stalls zu öffnen.

Im Halbdunkel hatte sie begonnen, Teile des Strohs nach Ährenresten und Körnern zu durchsuchen, die die Hühner vielleicht übersehen hatten. Marlies Lebenswille war nach der erneuten Vergewaltigung nahezu erloschen, die Ausweglosigkeit ihrer Situation machte es nicht besser. Hunderte Male hatte sie sich schon überlegt, ihre Pulsadern mit demselben Nagel zu öffnen, mit dem sie ihren Peiniger verletzt hatte. Doch irgendetwas hielt sie immer wieder davon ab.

Ob Joey noch nach ihr suchte? War seine Liebe so intensiv, dass er nicht aufgab? Sie sank in einen tranceähnlichen Zustand aus Verzweiflung und dem Gedanken des Gefundenwerdens. Immer wieder lachte sie kurz. Nach stundenlangem Hungergefühl begann sie, ihre Finger blutig zu beißen und das eigene Blut abzulecken, bloß um einen anderen Geschmack zu bekommen. Irgendwann in der Nacht schlief sie zitternd vor Kälte ein.

FREITAG, 30. NOVEMBER 1945, 7 UHR

»Urlaub? Was soll das heißen, Joey?«

Der First Sergeant hatte dunkle Ringe unter den Augen, war unrasiert, roch nach Schweiß und nach Alkohol und trug immer noch einen Teil seiner Uniform vom gestrigen Tag. Er stand vor Captain Edwards Stube und bat um einen weiteren Tag Urlaub und die Erlaubnis, mit einem Suchtrupp alle Hütten im Tiefgestade von Knielingen aufbrechen zu dürfen. In einem dieser zahllosen Holzverschläge musste seine Freundin sitzen.

Der Captain war sich inzwischen nicht mehr sicher, ob die Suche Erfolg bringen würde. Angesichts des immensen Schadens, den die Leute bei ihrer Suche anrichten würden, musste er wohl überlegen, wie er sich entscheiden sollte. Edwards wusste, dass die Amerikaner bei den Karlsruhern schon unbeliebt waren. Er wollte die Geduld der Einheimischen nicht noch mehr auf die Probe stellen.

»Joey, ich kann diese Einbrüche nicht zulassen. Wenn

ich die Erlaubnis dazu gebe und der Generalstab findet das raus, bin ich geliefert.« Er holte tief Luft und sah, wie der First Sergeant den Kopf hängen ließ. »Gehen Sie erst mal zurück in Ihre Unterkunft, bringen Sie sich auf Vordermann und trinken einen kräftigen Kaffee. Ich muss mir das noch mal durch den Kopf gehen lassen. Wir sehen uns später an den Fahrzeugen.« Er ließ den First Sergeant vor der Tür stehen.

Dreißig Minuten später war der Captain frisch geduscht auf dem Weg zum Frühstück, als er unterwegs Private Farina vor der Mannschaftskantine antraf, der dort gelangweilt herumstand, mit einigen Privates von der MP redete und sich dabei einen Kaugummi in den Mund steckte. Doch statt den Offizier militärisch zu grüßen, murmelte er nur ein unfreundliches »Morgen« vor sich hin. Die beiden anderen Privates salutierten vor dem Captain und entfernten sich rasch. Sie hatten sofort gemerkt, dass Farina keinen Respekt vor dem Offizier zeigte, und wollten nun nicht mehr der Gruppe angehören.

Edwards überlegte, ob er sich den jungen Mann gleich zur Brust nehmen oder es auf später verschieben sollte.

»Private Farina, haben Sie schon gelernt, Ihren Vorgesetzten zu grüßen?«, wies er ihn ärgerlich zurecht.

»Ja. Guten Morgen, Sir.« Der Private bewegte sich keinen Millimeter, nahm auch nicht die Hände aus den Hosentaschen. Mit halb geöffnetem Mund lehnte er kauend an der Wand des Gebäudes. Sein Blick wirkte herablassend.

»Haben Sie zufällig gestern Veelapinats Buch in der Hand gehabt?«

Der Private schüttelte den Kopf und schürzte die Unterlippe. »Madonna! Das fasse ich nicht an. Der Steinzeitschrott von diesem Hurensohn geht mir doch am Arsch vorbei.«

Edwards ließ die Falle zuschnappen. »Ich wollte Sie nur warnen wie alle anderen auch. An das Buch kam letzte Woche eine Chemikalie, die die Finger blau färbt. Ich habe mir gestern die Hände deswegen zigmal waschen müssen. Ein Teufelszeug, diese Ascorbinsäure!«

Doch Farina fiel auf die billige Täuschung herein. Er zog die Hände aus seinen Taschen und betrachtete sie kurz. Dann wurde ihm sein Fehler bewusst und er verbarg sie schnell hinter seinem Rücken.

»Haben Sie das Buch also doch angefasst?«

»Äh … nein, Sir.«

Edwards lächelte. »Warum schauen Sie sich dann Ihre Hände an?«

»Rein instinktiv. So halt.«

»Aha.« Er machte eine kurze Pause. »Also wenn Ihr Instinkt der Meinung ist, er sollte das Buch an den rechtmäßigen Besitzer zurückgeben, sagen Sie mir doch kurz Bescheid, Farina. Ist das klar?« Edwards Lächeln wich einem strengen Blick, den er dem Private zuwarf.

Der Italiener ließ demonstrativ laut eine Kaugummiblase platzen. »Klar, Sir.«

»Sollte ich Sie dabei erwischen, dass Sie Veelapinats Buch in den Fingern haben und auch nur ein einziges Eselsohr hineinmachen, werden Sie sich wünschen, niemals mit Ihren Eltern nach Amerika ausgewandert zu sein, capisce?«

»Si, si, ist in Ordnung, Capitano.«

»Und wenn Sie nicht in einer Minute mit Ihrem Gepäck bei First Sergeant Vickers abfahrbereit hinter seinem Lastwagen stehen«, brüllte dieser, »dann bricht hier und jetzt ein Vulkan aus! Verschwinden Sie bloß aus meinen Augen, Mann!«

Der erschrockene Farina rannte wie ein geölter Blitz davon, um nach hundert Metern in eine wesentlich langsamere Gangart zu verfallen. Er sah sich noch einige Male nach dem Offizier um, doch dieser stapfte bereits zurück zum Motor Pool.

Den Kaffee konnte Edwards an diesem Morgen erst einmal vergessen. »Kindergarten«, murmelte er vor sich hin. »Ein verfluchter Kindergarten!«

FREITAG, 30. NOVEMBER 1945, 8.25 UHR

Farina erschien nicht nach fünf und auch nicht nach zehn Minuten. Er kam gar nicht. Vickers, der selbst vollkommen verkatert und wegen der Entführung zu nichts zu gebrauchen war, stand mit zitternden Händen hinter dem Laster und rauchte eine Zigarette nach der anderen. Neben ihm auf der Ladefläche des CCKW-Lastwagens stand eine dampfende Tasse Kaffee.

Als Edwards auf dem Platz eintraf und die bereits angetretenen Soldaten, Vickers, Veelapinat, Roebuck und Jonas begrüßte, war ihm schon klar, dass Farina nicht mehr kommen würde. Schon allein dieser Umstand trieb seinen Puls in die Höhe.

Sergeant Roebuck drückte dem Captain das obligatorische Straßenkartenmaterial in die Hand und meldete die Bereitschaft zur Abfahrt.

»Haben Sie alles, was Sie brauchen, Tony?« Der Captain hasste es, wenn Aufträge wegen irgendwelcher fehlenden Kleinigkeiten abgebrochen werden mussten.

»Ich glaube schon.« Der Sergeant klopfte an seine prall gefüllten Hosentaschen. »Die Schlüssel habe ich alle in Verwahrung.«

»Sie glauben …?« Der Captain schrie fast schon wieder.

»Ich weiß es, Sir«, antwortete dieser schnell.

»Na gut. Ich hoffe, ich kann Sie heute mal zwei Stunden unbeaufsichtigt auf Tour schicken.«

Roebuck grinste. »Sie können sich auf uns verlassen, Sir. Wir schauen uns das Proviantlager in Bad Schönborn an und kommen dann sofort zurück. Wir haben ja ein Funkgerät im Wagen, da können wir Kontakt mit Ihnen aufnehmen, um uns am Point Charly zu treffen.«

»Wer denkt sich bloß diese verfluchten Codes aus?«, meckerte Edwards weiter. »Charly, Romeo, Juliet. Das kommt doch sicherlich von der MP. Die mit ihrem verfluchten Hang zum Geheimdienst!«

Jonas und Roebuck lachten. »Wussten Sie, dass der Marktplatz zu *Pharao's Edge* umbenannt wurde? Auch 'ne Idee von der MP.«

»Wegen der Pyramide?« Der Captain griff sich theatralisch an den Kopf und täuschte starke Schmerzen vor. »Ein Kindergarten! Gibt's noch mehr solcher Ausrutscher?«

»Ja, Sir. Piece hat uns davon erzählt. Der Bahnhof heißt *Grand Central Station*, weil die Bahnhofshalle Ähnlichkeiten mit der in New York hat. Der Zoo ist *Animals Heaven* und das Rheinstrandbad nennen sie *Blondies Paradise* wegen der vielen blonden Frauen.«

Edwards hielt sich die Ohren zu. »Los geht's!«, rief er ungeduldig. »Verschonen Sie mich mit diesem MP-Unfug, Jonas. Wir treffen uns in vier Stunden am Ortsausgang von Rüppurr.«

»Point Charly, Sir.«

»Bullshit!« Als Edwards die Beifahrertür des M37 öffnete, rann von der Abdeckplane Regenwasser hinab und lief ihm über die Ärmel.

Ein verlegenes »Entschuldigung, Sir«, kam von der Ladefläche.

Plötzlich trat Vickers von hinten an den Offizier heran. »Sir, haben Sie es sich überlegt?«

Der Captain hatte die Bitte des First Sergeant bereits wieder vergessen. Er nickte resigniert und zog entnervt die nasse Jacke aus. »Können wir es dabei belassen, dass Sie die Hütten nur aufbrechen und nicht komplett zerstören, Joey?«

»Ja, Sir, natürlich. Vielen Dank!« Vickers strahlte. »Sie haben was bei mir gut.« Er salutierte und verschwand in Richtung der Werkstatthallen, um seine Kameraden zusammenzutrommeln.

Edwards sah ihm noch kurz hinterher, bevor er einstieg. »Können wir jetzt fahren oder wollen Sie noch schnell auf die Toilette, Veelapinat?«

Der Private zuckte zusammen. Soeben wurde ihm bewusst, dass der Captain nicht selbst fahren mochte. »Sir, ich kann doch nichd …«

»Bullshit! Natürlich können Sie!« Edwards schob den Mann hinters Steuer. »Fahren Sie los und erzählen Sie mir mal, was Sie in Hawaii machen, wenn Sie frei haben.«

Veelapinat beschleunigte den Lastwagen träge und steuerte ihn aus der Kaserne heraus. Der Captain wies ihn auf die Reichsstraße sechsunddreißig Richtung Süden. Roebuck und Jonas bogen hinter ihnen mit ihrem Fahrzeug nach Norden ab. »Also, wie verbringen Sie Ihre Freizeit?«

Der Hawaiianer schluckte schwer. »Ähem … ich gehe an den Sdrand zum Surfen.«

»Was machen Sie?«

»Auf den Wellen reiden, Sir. Das heißd bei uns *he'e nalu*. Ein Freund had mir aus Koaholds ein langes, leichd gebogenes Bredd gemachd, mid dem wir auf dem Wasser gleiden können. Am Sdrand von *Waikiki* und *Pupukea* gibd es an den Dagen nach einem Sdurm riesige Brecher. Wir paddeln hinaus aufs Meer, dordhin wo diese Giganden endsdehen. Dann fahren wir die Welle auf dem Bredd an ihrer vorderen Seide hinunder, die uns gleichdseidig vorwärds schiebd. Nadürlich nicht im Sidsen, sondern sdehend. Kurds bevor die Brandung sich überschlägd, springe ich vom Bredd, dauche in das Wasser und suche mir die nächsde Woge.«

»Ist das nicht gefährlich, Sammy?«, fragte Edwards.

Veelapinat lachte. Es war ein kurzes, aber glückliches Lachen. »Nein. Wir haben das Wellenreiden vor vielen Generadsionen erfunden. Damid das Bredd nichd verloren gehd, binden wir es mid einem Seil an den Fuß. Wenn du die Welle runderfährsd, bekommsd du ein irres Dempo drauf. Wenn du nichd aufpassd, dann verschlingd dich die Wasserröhre, die sich hinder dir überschlägd. Wenn wir das machen, sidsen unsere Familien am Sdrand under den Palmen, schauen uns dsu und feuern uns an. Manchmal kommen dsur Middagsdeid noch Dändser mit Insdrumenden hindsu und führen den dradidsionellen *Hula Hula* auf. Dann meind *Kanaloa* es gud mid uns.«

»Wer?«

»*Kanaloa*, der Godd des Meeres. Es gefälld ihm, wenn wir am Sdrand sind.« Veelapinat erzählte von duftenden Blumen, bunten Fischen in Korallenriffen, hummelgleichen Kolibris, dem Öffnen von Kokosnüssen, Schlafen in einer Hängematte, den aktiven Vulkanen und seiner kleinen Familie. Der Offizier saß schweigend daneben. Als der Hawaiianer langsam durch die Eisenbahn-Unterführung am Hauptbahnhof tuckerte und obendrüber ein Zug fuhr, glaubte Edwards, das Donnern der Meeresbrandung zu hören. Den strömenden Regen und die ungemütlichen Temperaturen hatte er in diesem Moment völlig vergessen.

Nach einer Stunde Fahrt, hauptsächlich über die Reichsstraße sechsunddreißig, erreichten Sergeant Anthony Roebuck und Corporal Michael Jonas das beschauliche Bad Schönborn. Kurz vor dem Ortsschild und den ersten Häusern bogen sie an einer kleinen Brücke nach rechts ab und fuhren noch einige Kilometer den kurvigen Weg zwischen den Äckern hinunter. Schließlich blieben sie in einem Wald vor dem Tor eines umzäunten Geländes stehen. Mehrere Schilder und Stacheldrahtrollen warnten bereits vom Weitem den Besucher.

ACHTUNG BLINDGÄNGER! EINSTURZGEFAHR! BETRETEN VERBOTEN!

In einiger Entfernung hinter dem Zaun standen zwei gigantische Holzscheunen, die einst zum Trocknen von Tabak verwendet wurden. Vor einem der dunkelbraunen Gebäude stand eine ausgebrannte deutsche Limousine zur Abschreckung von Plünderern.

Anthony Roebuck sprang aus dem Laster, schloss das Vorhängeschloss an dem Gatter auf, ließ Jonas auf das militärische Areal fahren und verschloss die Zufahrt wieder.

Vor dem hölzernen Tor des ersten Schuppens stellten sie den Lastwagen ab und stiegen aus.

»Ich hasse Blindgänger.« Jonas steckte fröstelnd die Hände in die Hosentaschen und schaute an der nassen Bretterwand der Scheune empor. Aus einer verrosteten Dachrinne lief Regenwasser in eine große Pfütze neben dem Gebäude. Er hasste auch dieses Wetter. Der Boden war schlammig und von den ringsherum stehenden Bäumen tropfte es ununterbrochen auf sie herab. »Mach die

Tür auf, Tony. Hoffentlich ist es da drin trockener. Ich bin echt gespannt, ob uns der Pole angelogen hat«, murmelte er, während Roebuck die Tür aufschloss.

Krzysztof hatte jedoch die Wahrheit gesagt. Die beiden Soldaten traten in das trockene Halbdunkel des Gebäudes und entdeckten vor sich bis unter die Decke gestapelte Kartons auf Holzpaletten, die mit einer riesigen Zeltplane abgedeckt waren.

»Jonas, hier und nebenan lagern jeweils dreihundertfünfzig Tonnen Lebensmittel für die Karlsruher Bevölkerung. Der Pole sagte, die Waren seien überlagert, zudem nass geworden und von 1944, kurz nach der Okkupation von Deutschland. Angeblich soll dies alles hier verbrannt werden, doch die Stabsstelle in Mannheim hätte es immer wieder aus Zeitmangel aufgeschoben. Nach einer Rückfrage in Heidelberg, hat uns der leitende Versorgungsoffizier, den ich übrigens gut kenne, gestern den Inhalt der beiden Riesenschuppen zur freien Verfügung überlassen.«

»Bist du immer noch dort in der Zahlstelle beschäftigt?«

Roebuck nickte und grinste. Er öffnete einige zufällig ausgewählte Holz- und Pappkisten und warf Jonas ein paar unversehrte Dosen mit Weizenbackmischungen, dunkler Schokolade, Heringen und Rohrzucker zu. »Ich muss sagen, der Tipp von Krzysztof war Gold wert. Frohe Weihnachten!«

FREITAG, 30. NOVEMBER 1945, 9.55 UHR

Besonders weit war Joey Vickers mit seinem Suchtrupp noch nicht gekommen. Gerade als er den Lastwagen besteigen wollte, hielt ihn einer der Soldaten vom Tankstellen-Team auf.

»First Sergeant Vickers?«

»Ja?«

Der Private First Class war vollkommen außer Atem. »Gut, dass Sie noch da sind«, japste er. »Die Jungs von der Delta Kompanie haben einen Ihrer Leute an den Müllcontainern beobachtet.«

»Oh mein Gott! Die Scouts haben etwas in den Müll geworfen?«, antwortete er amüsiert. »Ist das nicht normal?«

Der junge Mann in dem ölverschmierten Overall hielt sich erschöpft am Kotflügel des Lasters fest. »Ja, Mr. Vickers. Doch wenn jemand ein so großes Buch dort entsorgt, dann ist es nicht normal.«

»Einer von uns? Wer soll denn das gewesen sein?«

»Dieses Kaugummi kauende Großmaul aus Italien. Den Namen habe ich vergessen. Er kam heute Morgen aus seiner Unterkunft raus, schaute sich dauernd um und hat einen großen Stoffbeutel mit diesem komischen Ding in die Tonne geworfen.«

»Und woher wissen Sie, was in dem Beutel war?« Joey zündete sich eine Zigarette an.

»Private Goldman hat daraufhin den Sack wieder aus dem Müll gefischt und ihn genauer angeschaut. Drin war ein großes, handgeschriebenes Buch aus Hawaii und viele einzelne, herausgerissene Seiten. Alles war mit Leim beschmiert. Haben Sie nicht diesen Hawaiianer im Team?«

»Veelapinat.«

»Ach ja, *Peanut Pineapple.*« Der Private grinste. »Wenn der sein Buch zurückbekommt, wird er aber Augen machen.«

»Warum?«

»Innen sieht es aus, als hätte mein fünfjähriger Cousin mit Schere, Klebstoff und Stiften daran gearbeitet. Absolut grauenhaft.«

Vickers sah kurz auf seine Armbanduhr. »Können Sie das Machwerk bitte zu mir in den Motor Pool bringen? Ich muss jetzt wirklich los.« Er kletterte hinter das Lenkrad. »In spätestens zwei Stunden bin ich wieder da. Private, bitte kein Wort an den Italiener. Vielen Dank für die Information, ich werde mich erkenntlich zeigen.« Er schlug die Fahrertür zu, winkte dem jungen Mann freundlich zu, startete den Lastwagen und fuhr in Richtung Haupttor davon.

Zehn Minuten später hielten er und seine drei Helfer im Knielinger Tiefgestade in der Nähe der Neufeldstraße an der ersten Hütte. Sie schlugen mit Äxten die Tür ein, durchsuchten alles und nachdem sie nicht fündig wurden, liefen sie sogleich zum nächsten Schuppen. Ein paar Anwohner, die sich trotz des Regens in den Gärten befanden, wurden Zeugen des seltsamen Benehmens und beschwerten sich lautstark über die Aktion der Amerikaner. Schließlich teilte Vickers die Männer auf, um in kürzerer Zeit noch schneller zu sein. Ein Gefühl, dass sie zu spät kommen könnten, beschlich ihn dabei immer mehr. Rechts und links der verlängerten Neufeldstraße hinterließen sie ein Bild der Zerstörung.

*

Das Arsenal mit dem Stacheldrahtverhau hatten die beiden Soldaten schon längst wieder hinter sich gelassen. Doch statt nach Karlsruhe zurückzufahren, waren sie mit dem Lastwagen in den Vorort von Bad Schönborn, der sich Langenbrücken nannte, hineingefahren und hatten sich auf die Suche nach dem Bahnhof gemacht. Nachdem sie mehrere Passanten befragt hatten, fanden sie ihn schließlich. Die an dieser Stelle zweigleisige Eisenbahnstrecke hatte zusätzlich im Bereich der verwaisten Stückgutstelle ein altes Abstellgleis mit Prellbock. Allerdings auf der anderen Seite der Schienen. Direkt gegenüber dem Bahnhof stand eine geräumige Lagerhalle eines halb verfallenen Produktionsbetriebes.

Jonas hatte sich die Mühe gemacht, auszusteigen und in den unverschlossenen Schuppen hineinzuschauen.

»Da stehen ein alter Traktor, Wagen und Ackergerät drin. Das könnten wir ausräumen«, berichtete er Roebuck, der hinter dem Steuer saß. Er hatte keine Lust gehabt, weiter vom Regen durchnässt zu werden und sich geweigert, auszusteigen. Lediglich die Seitenscheibe hatte er hinuntergekurbelt.

»Meinst du, wir kriegen da ein paar Ladungen drin unter?«

»Ich denke schon. Vierhundert Kisten passen da auf jeden Fall rein. Wir sollten den Boden aber noch mit einer Plane auslegen. Für alle Fälle. Um den ganzen Kram abzutransportieren, brauchen wir mindestens zehn Lastwagen, die das Zeug hier abholen, fünfzehn oder zwanzig leere Waggons und mindestens ein Platoon von der Brigade, das alles verlädt.« Er schritt die Distanz zwischen der Scheune und dem Bahnhofsgleis noch einmal ab. Dann erklomm er den Gittermast einer Laterne, die einstmals den Bahnhofsvorplatz erleuchtet hatte, und sah sich um.

»Scheiße, das Abstellgleis ist auf der anderen Seite!«, brüllte er, zeigte mit dem Finger hinüber, stieg vorsichtig wieder hinunter und lief zurück zu dem CCKW. Während er einstieg und sich das Wasser aus den Haaren schüttelte, resümierte er: »Die Idee mit dem Schuppen können wir vergessen. Wir müssen den Kram direkt aus den Trucks in die Waggons laden. Anders geht's nicht.«

Roebuck stimmte zu. Er hatte sich eine Zigarette angezündet und rauchte diese gemütlich in seinem warmen Fahrersitz. Dass um ihn herum alle Scheiben beschlagen waren, interessierte ihn nicht. »Mike, steig mal nach hinten und rufe per Funk den Captain. Sag ihm, dass es etwas später wird. Wir wurden aufgehalten oder so. Lass dir was einfallen.«

Fünf Minuten später berichtete Jonas von seinem Misserfolg. »Das liegt am Wetter. Ich glaube nicht, dass Edwards mich gehört hat. Komm, lass uns zu den Polen fahren und die versprochenen zwei Dutzend Backmischung abgeben. Kris wird sich freuen.« Er sah auf seine Uhr und bekam einen Schreck. »Ich glaube, das wird zu spät, noch zu Point Charly zu fahren. Edwards wird es verstehen.«

*

Marlies konnte sich schon lange nicht mehr richtig bewegen. Die letzten Nächte waren hungrige Ratten bei ihr im Hühnerstall gewesen und hatten sie gebissen. Sie wehrte sich nicht, weinte nicht, fror nicht mehr. Ihre Lebensgeister waren gerade dabei, den jungen Körper zu verlassen, als plötzlich der ganze Stall bebte. Eine Axtklinge durchschlug die kleine Tür, Splitter flogen umher, Tageslicht fiel durch die Risse hinein. Nach drei Schlägen gab die Tür nach. Ein menschlicher Schatten riss sie aus ihren Angeln, warf sie beiseite, knipste eine Taschenlampe an und leuchtete ins Halbdunkel hinein.

Entsetzt starrte der Soldat auf das, was er daraufhin sah. Eine zusammengekrümmte und halbnackte Frau lag auf einer dünnen Schicht aus Stroh. Er drehte sich wieder um und blickte auf den Acker hinter ihm.

»Joey, hier her!«, schrie er aus Leibeskräften. »Ich habe sie gefunden! Mein Gott, holt sofort den Lastwagen!« Der Corporal kroch auf allen vieren in den Stall und näherte sich Marlies. Der fürchterliche Gestank in dem Verschlag nahm ihm den Atem. Er zog einen Handschuh aus fühlte mit den Fingern an ihrem kalten Hals nach dem Puls. Er fand ein sehr schwaches Lebenszeichen. »Hallo, Marlies, jetzt wird alles gut«, flüsterte er. »Wir bringen dich jetzt hier raus.« Er schlüpfte aus seiner warmen Winterjacke und hüllte sie um den Oberkörper der Frau. Dann kroch er zurück ins Freie. »Joey! Ich bin hier. Schnell, beeil dich!«

Vickers, der den ersten Ruf nicht gehört hatte, ließ erschrocken sein Beil fallen und rannte wie ein Irrer quer über die Wiesen. Sein Herz schlug bis zum Hals, als er endlich den flachen Verschlag, mit Corporal Cole darin, erreichte. Vor der Öffnung blieb er stehen. »Lebt sie noch?«, rief er.

»Ja, verdammt. Aber wir müssen uns beeilen. Sie ist stark unterkühlt.« Cole schaffte es, mit ein paar mühseligen Verrenkungen, Marlies ins Freie zu schaffen. Fast gleichzeitig fuhr neben dem Stall der verschlammte Militärlastwagen vor.

Das Mädchen bewegte sich nicht, hing wie eine schlaffe Puppe in den Armen ihres Retters. Der Corporal legte sie vorsichtig auf die Ladefläche, wo bereits ein dickes Lager aus Decken vorbereitet war. Vorsichtig hüllte er ihren nahezu leblosen Körper ein.

»Das Beste ist, wenn du sie wärmst, Joey. Zieh ein paar Sachen aus, leg dich hinter sie auf die Decken und umarme sie fest. Das ist besser als jede Wärmflasche. Los mach schon. Wir packen euch dann richtig warm ein.« Cole nickte Joey zu und schob ihn nach oben. »Ich sah mal in den Rocky Mountains einen Bergsteiger, den man zuvor aus einer Schneelawine gegraben hatte. Durch die Umarmung hat er überlebt.«

Vickers kam sich zwar etwas blöd vor, als er in grüner Unterwäsche und Socken zu dem Mädchen unter die Decken kroch, doch er tat, was die Kameraden sagten. Aus nächster Nähe betrachtete er seine hilflose Freundin. Marlies Körper und die Reste der Bekleidung waren vom Hühnerkot und Staub grauschwarz gefärbt und sie roch dementsprechend. Er schmiegte sich trotzdem an sie und legte seine Arme um ihre Hüfte. Entsetzt starrte Joey gleichzeitig in ihr geschundenes Gesicht, dabei rollten Tränen über seine Wangen. »Gebt ihr noch etwas zu trinken.«

Ein zweiter Corporal aus dem Suchteam holte eine Trinkflasche aus seiner Beintasche hervor, drehte sie auf und ließ etwas Wasser über ihre Lippen laufen. Marlies Mund öffnete sich wenige Millimeter und die Flüssigkeit benetzte ihre Zunge. Vorsichtig gab er ihr mehr zu trinken. Sie trank gierig. Mit seinem Schal wischte er ihr anschließend vorsichtig über den Mund und die Augen. Gleichzeitig steckte Cole seine behandschuhten Hände unter die Decken und massierte die Beine und Füße der Frau, um die Durchblutung wieder anzuregen. »Entschuldige, Joey, aber das muss sein. Sonst dauert es ewig, bis sie warm wird.«

Fast wie in Zeitlupe kehrte Leben in Marlies zurück. Die wohlige Wärme und der Atem eines Menschen hinter ihrem Rücken belebten sie.

Der Lastwagen hatte sich schon wieder in Bewegung gesetzt und fuhr langsam Richtung Krankenhaus. Joey sprach unentwegt auf Marlies ein, doch sie reagierte anfangs nicht. Er wusch mit dem nassen Schal sanft den Schmutz aus ihrem Gesicht, rieb mit seinen Händen über ihre Haut und küsste sie vorsichtig auf den empfindlichen Hals. Nach einer halben Ewigkeit und erst kurz vor dem Krankenhaus erkannte sie ihn endlich und kuschelte sich an ihn. Er weinte vor Glück.

FREITAG, 30. NOVEMBER 1945, 11.40 UHR

Sammy Ka'hale Veelapinat steuerte den Dodge M37 direkt vor das gusseiserne Tor, hinter dem die Nobelherberge in einem parkähnlichen Anwesen zu sehen war.

Im Gasthof Erbprinz konnte man schon kurz nach Kriegsende wieder gut essen. Trotz Einsparungen im täglichen Angebot, gelang es den Köchen aus dem Wenigen etwas Schmackhaftes zu zaubern. Viele der amerikanischen Offiziere hatten es sich mittlerweile angewöhnt, Lebensmittel-Konserven und Frischfleisch mitzubringen, bei der Hotelküche abzugeben und sich daraus etwas kochen zu lassen.

»Lassen Sie den Wagen vor dem Eingang stehen, Sammy. Wenn es einem hier nicht passt, soll er ihn selbst wegfahren.« Etwas verspannt kletterte Edwards aus dem Laster und streckte sich. »Wer hat vor mir in diesemDuckssitz gesessen? Ein Elefant?« Der Offizier warf die

Tür wütend ins Schloss und drehte sich weg vom Lkw. Während der Fahrt hatte er sich eine Krawatte umgebunden und auf dem zerknitterten Hemd glatt gestrichen. Statt seiner fleckigen Schirmmütze setzte er ein Offiziersschiffchen auf und zog die Offiziersjacke des Heeres an. Veelapinat musterte den Captain und schien beeindruckt ob seiner Verwandlung. So hatte er seinen Vorgesetzten noch nie gesehen.

»Haben Sie nichd noch ein paar Orden, Sir?«

»Soll das ein Witz sein? Ich brauche keine Orden. Den verfluchten *Purple Heart* wegen einer Schussverletzung habe ich in meiner Kleidertruhe gelassen. Was anderes haben die mir noch nicht verliehen. Leider habe ich noch keine Armee von Feinden alleine niedermetzeln können.«

»So wie Audie Murphy mit seinen sechdsehn Orden?«

Edwards lachte gequält. Lieutenant Murphy war der am höchsten dekorierte Soldat des Zweiten Weltkriegs. »Genau. Ich bin froh, dass ich ein gutes Team um mich habe. Zwei oder drei weitere ordentliche Männer wie Sie wären mir lieber.« Er klopfte dem Private freundschaftlich auf die Schulter. »Kommen Sie mit, wir müssen mit den Leuten im Hotel sprechen. Haben Sie das Messer?«

Hinter der Mauer und dem Tor öffnete sich ein Garten mit Steinskulpturen und zwei durch niedrige Mauern voneinander getrennten, teils überdachten Steinterrassen. Trotz Spätherbst mit Dauerregen und kühlen Temperaturen sah alles hier bestens gepflegt aus. Die vor ihnen liegenden, im rechten Winkel zueinander stehenden Gebäude machten auf beide einen einladenden Eindruck.

Edwards fragte sich, warum er nicht schon früher etwas von diesem Haus gehört hatte. Im Moment wäre ihm eine gemütliche Tasse Kaffee unter dem Sonnenschirm, zusammen mit Codellany, direkt neben dem plätschernden Springbrunnen lieber gewesen als der Grund, der ihn hierher führte. Auf dem Weg zum Eingang fiel ihm eine Gruppe amerikanischer Soldaten auf, die hinter großen Bleiglasfenstern, in einem holzgetäfelten Raum, standen. Alle hatten Gläser in der Hand. Einer von ihnen, ein Major mit Orden behangener Brust, hielt gerade eine Rede.

Der Captain und der Private betraten das Hotel und steuerten auf direktem Weg die Rezeption an.

Ein in einen edlen Anzug gehüllter Angestellter des Hotels begrüßte die beiden Männer freundlich und wies ihnen gleich den Weg. »Folgen Sie mir bitte zum Salon Sibylla. Major Laskin und seine Begleiter sind bereits eingetroffen. Die Herren nehmen gerade einen Aperitif an der Hausbar. Wen darf ich anmelden?«

Edwards sah den Mann finster an. »Wir gehören nicht zu der Gesellschaft. Wir sind deswegen da«, er klatschte das Messer auf den Tresen.

Der Angestellte, sein Namensschild wies ihn als ›Arthur Knopf – Rezeption‹ aus, ließ sich keine Gefühlsregung anmerken. Er rückte sein Schild betont langsam korrekt und betrachtete das Ausbeinmesser aus einer gewissen Distanz. Dabei rümpfte er die Nase und zog eine Augenbraue hoch. »Ein Messer vom Erbprinz«, bemerkte er lapidar.

Edwards stützte sich mit beiden Händen auf die dunkelgrüne Steinplatte der Theke und beugte sich leicht vornüber. »Woher wissen Sie das?«, fragte er neugierig und musterte den Snob von oben bis unten.

»Sehen Sie, dort auf der Klinge ist unsere Krone. Die haben wir letztes Jahr an die Ettlinger Jäger verschenkt.«

»Verschenkt?«

»Ja, Monsieur. Die Jäger aus dem Umland versorgen unser Hotel seit Jahren mit frischem Wild.« Knopf machte eine kurze Pause und sah sich kurz um. Dann sprach er etwas leiser weiter: »Hat das etwas mit der Verhaftung von Herrn Direktor Engel zu tun?«

»Ja, eigentlich schon. Das ist die Mordwaffe.« Edwards flüsterte auch, obwohl niemand außer ihnen in der Empfangshalle war.

»Soll damit etwa Herr Engel einen Mord begangen haben?«

Edwards nickte.

Der Rezeptionist schüttelte den Kopf. »Nein, niemals nicht. Herr Engel hat uns damals selbst erzählt, dass ein Jäger mit diesem Messer sehr sorgsam umgehen müsse. Da die Klinge sehr dünn sei, bestünde die Gefahr, dass das Messer abbricht. Nur ein Kretin benutzt so etwas, jedoch nicht Herr Direktor Engel. Er ist gelernter Koch. Das ginge gegen seine Ehre.«

»Sicher?«

»Ja, mein Herr. Diese Messer wurden extra in Solingen von einer renommierten Firma für die Jagdgesellschaft hergestellt. Vierundzwanzig Messer für vierundzwanzig Jäger. Jedes ist einzigartig. Anhand der Liste lässt sich sicherlich herausfinden, wem es einmal gehörte.«

»Sie haben eine Liste mit Namen?«

Knopfs Mund umspielte ein überlegenes Lächeln »Naturellement.« Wieder zog er abschätzig eine Augenbraue hoch. »Bitte bewahren Sie etwas Patience, ich hole den Maître de Cuisine. Er soll die Liste gleich mitbringen.« Der Rezeptionist verschwand durch einen Seitengang.

Während der kurzen Wartezeit fuhr draußen vor dem gusseisernen Tor eine amerikanische Limousine vor. Zur Überraschung des Captain betrat kurz darauf Lieutenant Colonel Armstead in Galauniform den kleinen Park. Der hinter ihm laufende Adjutant Mendoza musterte den verdreckten Armeelastwagen, der den ganzen Torbereich für sich beanspruchte. Kaum hatten sie das Hotel betreten, erblickte Armstead den Offizier an der Rezeption und steuerte auf ihn zu. Mendoza blieb auf Distanz.

»Captain Edwards, schön Sie zu sehen. Hat Laskin Sie auch eingeladen? Wir waren gerade alle auf der Beerdigung des Ettlinger Stadtrats Schüssele. Sehr traurig. Wird Codellany auch noch kommen?«

Der Captain begrüßte den Lieutenant Colonel militärisch und schüttelte den Kopf. »Nein, Sir, wir wurden nicht eingeladen. Wir ermitteln hier gerade in unserem Mordfall.«

Armstead lachte laut. »Das können Sie sich sparen. Die MP hat schon gestern den Direktor von diesem Hotel verhaftet. Die Beweise sind erdrückend. Nur er konnte es gewesen sein. Wie ich sehe, haben Sie die Stichwaffe sogar mitgebracht. Wir haben die Jäger schon überprüfen lassen. Von denen hat nicht einmal ein Drittel den

Krieg überlebt. Der Direktor konnte sich also problemlos solch ein Messer beschaffen und Schüssele, seinen großen Widersacher, ermorden.«

»Sir? Wir haben gerade erfahren, dass er es nicht sein konnte.«

Der Stabsoffizier wirkte desinteressiert. »Sie haben Ihren Job gut gemacht, Edwards, aber nun können Sie wieder nach Hause fahren. Ihre Arbeit ist erledigt worden.« Armstead lächelte mitleidig, nebenbei musterte er den Hawaiianer so abschätzig, als habe er einen Negersklaven vor sich. »Lassen Sie uns gehen, Mendoza.«

Mit resigniertem Gesichtsausdruck stand Edwards unschlüssig da und ließ den Kopf hängen. Veelapinat, der die Szene beobachtet hatte, war entsetzt. Lieutenant Colonel Armstead hatte Edwards gerade wie ein kleines Kind behandelt.

»Josef Witschel ist mein Name. Was kann ich für Sie tun, Captain?« Der Küchenmeister sprach ein perfektes Englisch.

Edwards fuhr herum. »Lassen Sie es gut sein. Der Mörder wurde bereits gefunden.« Er griff nach der Stichwaffe.

»Monsieur! Der Maître de Cuisine hat sich extra kurz für Sie Zeit genommen. Da ist auch die Liste.« Der Rezeptionist betrachtete das Messer ein weiteres Mal, gab es dann an den Koch weiter. Vorsichtshalber hatte er sich inzwischen weiße Handschuhe angezogen.

Der Küchenchef war das absolute Gegenteil von dem hochnäsigen Arthur Knopf. Ein etwa fünfzig Jahre alter Mann mit rotem Gesicht, ruhelosen Augen und Pausbacken, einem gepflegten Kinnbart und einer hohen Kochmütze, stand in einer tadellos weißen Uniform, deren rote Knöpfe hervorstachen, vor ihnen.

Knopf händigte Edwards die Liste aus. Der Hawaiianer durfte auch einen kurzen Blick darauf werfen.

»Es tut uns leid, dass wir Sie belästigt haben.« Edwards nahm dem Koch das Messer aus der Hand. »Der Fall ist erledigt. Goodbye.«

Doch Witschel hielt ihn auf. »Warten Sie. Wenn Sie nichts mehr unternehmen, wird unser Chef spätestens Morgen exekutiert. Sie wissen genauso gut wie ich, wie schnell das bei der Militärregierung in Karlsruhe geht. Alle in diesem Hotel wissen, dass er unschuldig ist. Wir möchten nicht, dass seine Frau am morgigen Tage Witwe wird. Dann können wir schließen. Wenn Sie das wünschen, machen wir alle eine beeidete Aussage vor Gericht. Das sind wir unserem Engel schuldig.«

»Mein Herr«, Edwards wurde langsam sauer. »Der Lieutenant Colonel hat uns gerade den Fall entzogen. Es ist vorbei. Alle Beweise sprechen gegen Ihren Direktor.«

Der Koch sah Edwards eindringlich an. Er war sichtlich verzweifelt. »Direktor Engel würde niemals solch ein Messer benutzen. Ich bitte Sie! Das wäre, als würde ein Scharfschütze Speer und Schleuder benutzen, statt das angebotene Sniper Rifle daneben zu nehmen. Diese Messer wurden letztes Jahr an vierundzwanzig Jäger verschenkt. Keins davon blieb hier. Ich schwöre es bei Gott.«

Der Captain seufzte.

In diesem Moment mischte sich Veelapinat ein. »Sir,

auf der Lisde sdehd auch der Bruder von dem Hodeldirektor. Isd das nichd der Kohlenhändler?«

»Ja, kann sein«, antwortete dieser. »Was hat das mit dem Mord zu tun? Aus welchem Grund sollte Engel den Stadtrat und Geschäftspartner töten?«

»Keine Ahnung, Sir.«

Witschel kratzte sich unter der Kochmütze. »Der Bruder des Direktors hat natürlich auch ein Messer bekommen. Er ist zwar kein Jäger, aber er hat uns damals mit dem Stadtrat Schüssele bekannt gemacht. Das hat uns Tausende Reichsmark gespart. Wir hätten das Fleisch sonst bei dem Schlachthof teuer kaufen müssen. Der Stadtrat besorgte uns das Wild und wir verpflegten die Jäger. Allerdings lief die Sache etwas aus dem Ruder.« Er verstummte, denn ein weiterer Offizier betrat den Eingangsbereich. Der Rezeptionist brachte ihn jedoch gleich zu Major Laskins Gesellschaft.

»Hören Sie«, sprach der Koch leise weiter. »Wir alle hier in der Küche glauben, dass unser Direktor von dem Ettlinger Stadtrat erpresst wurde. Er war nämlich nicht in der Lage, für all das angelieferte Fleisch eine angemessene Gegenleistung aufzubringen. Schüssele tauchte hier ständig auf und feierte ein Fest nach dem anderen. Mal war es ein Geburtstag, mal eine Kommunion, dann wieder Einladungen zum Essen. Dabei wurde nicht nur gegessen, sondern auch einiges getrunken. Ein paar von den Gästen blieben auch mal über Nacht. Nicht weil es ihnen so gut gefiel, sondern weil sie sternhagelvoll waren. Ich bin mir sehr sicher, dass er diese Rechnungen bis heute nicht bezahlt hat.«

»Das sind sehr schwere Anschuldigungen gegen den Stadtrat.«

»Ja, verdammt. Es gäbe aber jemanden, dem ich diesen Mord zutrauen würde. Und dieser hätte durchaus nutzen davon.«

»Wer soll das sein?«

»Der Bruder des Direktors. Der Kohlenhändler.«

Edwards schüttelte den Kopf. »Warum sollte der seinen Kompagnon umbringen? Er hat durch ihn doch erst die Jägerschaft als Kunden bekommen?«

»Er ist der Einzige, der mit dem Messer nicht umgehen kann. Er ist weder Jäger noch Koch. Dem würde ich das dennoch zutrauen.«

»Woher bekommen Sie Ihre Kohlen?«, fragte Veelapinat urplötzlich dazwischen.

»Wir haben einen örtlichen Händler«, berichtete dieser. »Auch wenn das Engel gar nicht passt. Seit er seinen Brennstoff an die Stadt und große Betriebe verkauft, taugen sie eh nichts mehr. Das hört man von vielen Stellen.«

»Woran könnte das liegen?«, stocherte Edwards weiter.

Witschel zuckte entschuldigend mit den Schultern. »Ich weiß es nicht. Die Jäger, die sie auch kaufen müssen, sind mit diesem Zeug jedenfalls nicht sonderlich zufrieden.«

»Ich verstehe das alles nicht mehr. Zu viele Fakten.« Edwards nahm das Messer an sich, bedankte sich bei den beiden Angestellten und verließ nachdenklich das Hotel. Ob es ein Fehler gewesen war, den Direktor zu verhaften? Wer außer ihm, käme hier noch infrage?

Der Offizier stieg grübelnd zurück in den M37.

Veelapinat sah ihn eine Weile schweigend vom Fahrersitz aus an. Schließlich startete er den Motor und zuckelte langsam durch das Eingangstor zurück auf die Straße Richtung Point Charly, während sich im Hotel die amerikanischen Offiziere den Whisky schmecken ließen.

FREITAG, 30. NOVEMBER 1945, 13.45 UHR

Edwards und Veelapinat waren trotz strömenden Regens und einer Sicht von höchstens fünfzig Metern zuerst am vereinbarten Treffpunkt angekommen. Während der Insulaner das technische Betriebsbuch des M37 studierte, las Edwards auf der Sitzbank der Ladefläche die aus der Kaserne mitgebrachten Papiere. Besonderes Interesse schenkte er der seltsamen Liste von Farina, deren Inhalt dieser am Vortag aus Engels Geschäftsbüchern kopiert hatte. Dass es dabei um Kohlenbestellungen der einzelnen Kunden ging, verstand Edwards noch. Doch die Prozentangaben stimmten nach mehrmaligem Überprüfen immer noch nicht. Was hatte Farina da bloß für einen Mist abgeschrieben? Er würde ihm den Arsch aufreißen, wenn sie am Abend wieder in der Basis ankamen. Nicht zum

Dienst zu erscheinen, war ein Ding der Unmöglichkeit und glatte Befehlsverweigerung. Er würde dafür sorgen, dass der Italiener ein entsprechendes Verfahren bekam.

Zum wiederholten Mal betätigte er die Sprechtaste des Funkgerätes im Fond des Wagens, fragte nach Lebenszeichen seines Teams, doch er erhielt noch immer keine Antwort. Scheiß Regenwetter! Die Jungs von der Wettereinheit in Heidelberg hatten die nasse Witterung für noch mindestens drei weitere Tage vorausgesagt.

Einen Captain von den *Blackhawks* hatte er erzählen hören, dass inzwischen zahlreiche Bäche und Flüsse über die Ufer getreten und auch der Rheinpegel weiter gestiegen waren. Sogar die Schienen des teilweise im Flussbett der Alb geführten Trümmerzuges standen schon einen halben Meter unter Wasser. Anfangs waren die Lokführer noch mit stoischer Ruhe durchgefahren. Doch nachdem sie selbst großes Treibgut nicht mehr in der braunen Brühe des Flüsschens erkennen konnten, stellte sie die Fahrten zum Rheinhafen ein. Stattdessen wuchs nun ein riesiger Schuttberg im Bereich des unbebauten Gebietes in der Nähe des Entenfangs.

Edwards war ratlos. Die Befragung des Hotelpersonals hatte sich in eine vollkommen andere Richtung entwickelt, als er erwartet hatte. Immer wieder tauchte der Namen des Kohlenhändlers auf. Er nahm Farinas Liste und hielt sie wortlos dem Hawaiianer hin. »Können Sie mit diesem Wisch etwas anfangen, Sammy?«

Dieser studierte die Daten kurz und überlegte. »Das sind Kunden der Firma Engel. Bei einem davon waren wir bereids: dem Fahrdseuglager in der Waffenfabrik. Das versdehe ich noch. Aber die Prodsendangaben. Wodsu? Wird die Kohle mit edwas vermischd?« Der Hawaiianer knetete seine Unterlippe. »Welche Sorden gibd es davon in Deudschland?«

Edwards nickte. Die Idee mit dem Mischungsverhältnis könnte gar nicht so abwegig sein. Zum wiederholten Mal wischte er mit dem Ärmel die beschlagenen Fenster frei und sah hinaus. Diesmal bemerkte er einen älteren Mann, der in einiger Entfernung gerade das Hoftor des letzten Hauses in der Straße aufschloss und sein Fahrrad hineinschob.

Der Offizier öffnete die Beifahrertür und sprang hinaus. »Ich bin gleich zurück«, rief er, um das Rauschen des Regens zu übertönen. Dann lief er zu dem bereits wieder geschlossenen Hoftor und klopfte dagegen. Der Alte öffnete ihm verwundert. Edwards redete auf ihn ein, zeigte einmal zum Lastwagen und zum Kamin auf dem Dach. Der Hausbesitzer antwortete ihm, zeigte ihm mit den Fingern die Zahl vier und gestikulierte weiter. Kurz darauf gab der Offizier dem Mann die Hand und kam zurück zum M37. Wenig später saß er klatschnass, aber zufrieden im Auto und wischte sich über Gesicht und Haare.

»Es gibt vier Arten von Kohle: Holz-, Braun- und Steinkohle und Koks. Die Erstere wird allerdings nur selten angeboten. Die direkte Verfeuerung von Holz ist praktikabler. Es wird in den Haushalten zumeist Steinkohle verbrannt, die zwar einen höheren Preis als Braunkohle, aber einen besseren Heizwert hat. Dem Mann war bisher nicht bekannt, dass Braun- und Steinkohle miteinander vermischt ausgeliefert werden. Das hat einen einfachen Grund. Steinkohle wird als loses Schüttgut geliefert, die Braunkohle wird von den Kohlehändlern nur als Briketts angeboten, ist also stapelbar. Koks wird nur an Gewerbebetriebe geliefert.« Edwards grinste. Er war beeindruckt über den Bericht, den er gerade von sich gegeben hatte. »Somit fällt das Vermischen von Kohlen untereinander schon mal aus.«

»Ich versdehe nicht, was dieses Prodsenddseichen soll, Sir. Isd das wieder ein dummer Wids von Farina?« Veelapinat schlug mit der flachen Hand aufs Lenkrad. »Ich draue ihm so was durchaus dsu.«

»Da hilft nur, bei den Betrieben vorbeizufahren und die Kohlen anzuschauen. Was anderes kommt in der kurzen Zeit nicht infrage.«

Kaum zehn Minuten später knackste der Lautsprecher des Funkgerätes. »Geleitschutz ruft Flugzeugträger! Bitte kommen. Over«, rief eine kaum verständliche Stimme, begleitet von einem starken Rauschen.

»Jonas, sind Sie das?«

»Ja, Sir«, kicherte dieser. »Geleitschutz an Flugzeugträger, wir haben Wassereinbruch auf der Brücke und müssen zurück in den Heimathafen.«

»Hören Sie auf mit dem Bullshit, Jonas! Was ist los?«

»Sir, wir haben den Schatz gefunden, einen Teil davon gehoben und segeln nun zurück. Wir machen aber unterwegs noch einen Umweg über einen polnischen Hafen.«

Edwards war genervt. Hatten die beiden getrunken oder was sollte dieses Theater? »Reden Sie Klartext mit mir! Haben Sie das verdammte Proviantlager gefunden, Jonas? Geben Sie mir auf der Stelle Roebuck!«

Stille. Es knisterte und knackte im Äther. Gleichzeitig wurde draußen der Regen wieder stärker. Der Captain hämmerte mit der Faust auf das Funkgerät ein. Ein paar Lämpchen blinkten, dann erloschen sie alle urplötzlich. Gleichzeitig gingen sämtliche Zeiger der Anzeigeinstrumente auf null. »Roebuck, verflucht noch mal, antworten Sie gefälligst!« Er drückte wütend einige Male die Sprechtaste. »Tony, wo sind Sie!« Schließlich warf er das faustgroße Mikrofon so fest in eine Ecke des M37, dass das Spiralkabel abriss.

»Jedsd isd es kapudd, Sir.« Veelapinat las die Bruchstücke von der Pritsche auf.

»Scheiß drauf!« Er steckte sich zitternd eine *Lucky Strike* an und rauchte. »Kindergarten«, murmelte er verbissen. »Ein großer Kindergarten.« Und nach einer langen Pause: »Ich habe die Schnauze voll. Fahren Sie uns bitte nach Hause, Sammy.«

FREITAG, 30. NOVEMBER 1945, 14.10 UHR

Nachdem First Sergeant Vickers seine Freundin Marlies im Krankenhaus abgeliefert hatte, sie dort in guten Händen wusste und von den Ärzten hinausgeschickt wurde, machte er in dem Nebengebäude der Station einen Kurzbesuch bei dem französischen Piloten Lucien Keller. Dieser hatte sich von der Prügelattacke auf dem Flugfeld inzwischen einigermaßen erholt und saß mit Kopfverband und Bademantel zwischen anderen Patienten in einem Aufenthaltsraum. Vickers bot ihm eine Zigarette und Feuer an, die dieser dankend annahm. Eine junge Krankenschwester verteilte Blechtassen mit Pfefferminztee. Es stellte sich heraus, dass sowohl Keller als auch der Amerikaner Deutsch sprachen. Vickers erfuhr von Keller, dass ihn sein Vater am nächsten Tag besuchen wollte. Trotz des Umstands, dass Kellers Vater ein ranghoher Offizier war, sollte alles möglichst privat ablaufen. Die Information hatte bereits weite Kreise gezogen, sodass allen klar war, dass sich Lieutenant Colonel Armstead diesen Besuch nicht entgehen lassen würde.

Beim Abschied versicherte sich der Pilot, dass sein Doppeldecker noch einige Tage auf dem Flugfeld stehen konnte.

Eine Stunde später war Vickers zurück in der Knielinger Kaserne. Von den Leuten aus dem Werkstatt-Team wurde er informiert, dass Private Farina sein Zimmer noch immer nicht verlassen hatte.

Der First Sergeant machte sich gleich auf den Weg zur MP, um dort die Befehlsmissachtung und die Sachbeschädigung des Italieners bekannt zu geben.

Zu Vickers Erstaunen war der leitende Offizier nicht verwundert über dessen Verhalten. »Bei Ihnen ist Farina also gelandet, First Sergeant?«

»Ja, seit er da ist, schießt er quer. Er streitet mit den Leuten und hat keinen Respekt gegenüber unserem Captain.«

»Das war bei uns nicht anders. Sie können sich sicherlich denken, warum er noch nicht befördert wurde.«

Vickers nickte.

»Wir haben uns hier sechs Monate mit ihm herumgeärgert.«, er winkte zwei Corporals zu sich. »Bertrand und Spinelli, begleiten Sie bitte den First Sergeant und nehmen Sie Private Farina fest. Zelle eins ist leer, setzen Sie ihn dort bis zum Verhör fest.«

»Ja, Sir.« Die beiden Polizisten griffen zu Helm und Schlagstock. Vickers folgte den beiden zu ihrem Fahrzeug. Schweigend fuhren sie zu dem Unterkunftsgebäude, wo der Soldat im zweiten Stock, unter dem Dach, wohnte.

»Möchten Sie uns helfen oder halten Sie sich lieber heraus?«, fragte Spinelli, als die drei das oberste Geschoss erreicht hatten.

»Ich unterstütze Sie gerne. Ist nicht die erste Verhaftung, die ich miterlebe. Sie gehen mit Ihren Diskussionsbeschleunigern vor«, er zeigte grinsend auf die zerkratzten Schlagstöcke. »Ich komme als Rückendeckung hinterher, wenn Sie einverstanden sind.«

Bevor sie jedoch anklopfen konnten, öffnete sich die Tür von Farinas Stube und der Italiener trat heraus. Anstatt die Flucht zu ergreifen, begann er ein Gespräch mit den beiden MPs.

»Mamma mia, die Zwillinge Bertrand und Spinelli! Was macht ihr denn hier? Immer zusammen unterwegs, was?«, spottete er. »Kann ich euch bei der Arbeit helfen oder kommt ihr mit mir in die Snackbar?« Er knackte eine Kaugummiblase und zog sich umständlich seine Uniformjacke an.

»Halt die Fresse, Pietro«, Spinelli schob den Italiener zurück in sein Zimmer. »Wir sind deinetwegen hier. Wegen Befehlsverweigerung und Sachbeschädigung bist du hiermit verhaftet. Deine Rechte kennst du ja.«

Farina lachte laut und ließ demonstrativ eine weitere Blase platzen. »Bullshit! Der Captain wollte, dass ich innerhalb einer Minute mit Gepäck zum Parkplatz komme. Das konnte ich niemals schaffen. Joey, du hast doch gesagt, ich kann hierbleiben, weil Edwards mich nicht braucht. War doch so, oder?«

»Das habe ich nie gesagt, Farina!« Vickers wurde sauer. »Sie waren doch gar nicht auf dem Parkplatz. Edwards und die anderen wollten nicht länger warten. Außerdem wurden Sie beobachtet, wie Sie Veelapinats Buch in den Müll geworfen haben. Also haben Sie es ihm geklaut. Ich wusste übrigens noch nicht, dass ich Ihnen das Du angeboten hatte.«

»Das stimmt doch gar nicht. Du hast mir das Du am ersten Abend aufgedrängt, als wir zusammen in der Stadt waren. Ist es dir jetzt etwa peinlich?« Er grinste den First

Sergeant frech an. »Veelapinat hat mir sein Buch gegeben, weil es auseinanderfiel. Ein paar Seiten haben sich gelöst. Ich habe nur versucht, es mit Leim zu kleben.«

Vickers merkte, dass er einen Fehler gemacht hatte. Er war zurückgekehrt, ohne sich das Buch in der Werkstatt anzuschauen. Das hätte er vorher machen sollen.

Die Polizisten führten den Soldaten ab und ketteten ihn gegen seinen Willen mit Handschellen im Auto an. Farina wehrte sich dagegen und schrie herum.

Schließlich zog Corporal Spinelli seinen Schlagstock heraus und hielt ihn dem Randalierenden unter die Nase. »Pietro, hör auf oder ich benutze das Ding!«, schrie er.

»Das traust du dich nicht, figlio di puttana!« Er spuckte den MP an.

Dieser holte, ohne mit der Wimper zu zucken, aus und schlug ihn mit dem Stock. Der Italiener duckte sich, brüllte vor Schmerz und trat dann Spinelli, aus dem Jeep heraus, in die Magengrube, worauf dieser keuchend in die Knie ging.

Bertrand hatte nun genug, er stürzte sich auf Farina und hieb mit seinem Knüppel solange auf ihn ein, bis dieser bewusstlos auf dem Rücksitz zusammensackte. Anschließend fuhren sie zurück zur Wache.

Vickers war von der Aktion beeindruckt. Selten hatte er zwei Corporals derart gegen einen zu verhaftenden Kameraden vorgehen sehen. Unwillkürlich musste er grinsen. Er zog den gefütterten Kragen seiner Jacke hoch, steckte sich eine Zigarette an und schlurfte in dem langsam nachlassenden Regen zurück zur Werkstatt, um auf die anderen zu warten und einen Blick in das Buch zu werfen.

Als er fünf Minuten später sein Büro betrat, traf er dort einen Corporal, der mit einem Klemmblock unter dem Arm auf ihn wartete.

»Was kann ich für Sie tun, Stevens?«

Der Soldat klappte eifrig seine Notizen auf und legte Vickers eine Materialliste auf den Schreibtisch. »Das ist die wöchentliche Bestellung für die Werkstatt, Sir.«

Der Sergeant nickte, überflog kurz die Liste und setzte seine Unterschrift darunter. »Danke, Stevens. Noch was?«

»Nein, das war's.« Der Corporal wollte gerade die Tür hinter sich schließen, als Vickers doch noch etwas einfiel. »Stevens, können Sie mir bitte ein sauberes Paar Gummihandschuhe aus der Werkstatt holen?«

»Ja, natürlich. Einen Moment, Sir.« Der Corporal schloss die Tür.

Vickers nahm den inzwischen an den Ecken durchweichten Leinenbeutel hoch und legte ihn vor sich auf den Tisch.

Es klopfte und Stevens erschien mit den Handschuhen. Interessiert blieb er stehen und betrachtete den First Sergeant bei dessen Arbeit. Nach wenigen Sekunden verließ er das Büro und kam nach nicht einmal einer Minute mit einer kleinen Schüssel voll Wasser, einem Schwamm und einem Stapel alter Handtücher zurück und übergab alles Vickers.

»Können Sie mal bitte hier den Stoff halten, Stevens?«

Der Corporal staunte, was unter dem Leim zum Vorschein kam. Die Wasserfarbenmalerei auf dem Buchdeckel war bereits völlig verschmiert, trotzdem tupfte Joey den Leim vorsichtig herunter. Da an vielen Stellen der Leim aus dem Buch herausquoll, begannen sie damit, das Buch erst einmal fest zusammenzudrücken, um den überschüssigen Kleber zu entfernen. Danach reinigten sie das Buch Seite für Seite und versuchten zu retten, was zu retten war. Glücklicherweise hatte Farina zum Verzieren der zahlreichen Götterbilder einen weichen Bleistift benutzt. Dieser ließ sich mit einem Radierer leicht entfernen. Nach einer guten halben Stunde hatten sie alle Götter von Bärten, Zigaretten, Pfeifen, Brillen und Zahnlücken befreit. Sorgen bereitete ihnen jedoch ein Porträt am Ende des Buches. Das Gesicht war so stark geschwärzt und mit einer Rasierklinge verändert worden, dass der Mann darauf nun große Ähnlichkeiten mit Adolf Hitler hatte.

Es klopfte erneut und ohne eine Antwort abzuwarten, öffnete sich die Tür und Captain Edwards betrat das Büro des Motor-Pool-Leiters. Der Corporal sprang auf und salutierte.

»Keine Meldung. Machen Sie weiter.« Er warf einen Blick auf Veelapinats Mo'olelo und verzog das Gesicht. »Bekommen Sie es wieder hin?«

Vickers schüttelte enttäuscht den Kopf. »Der verfluchte Pizzabäcker hat ganze Arbeit geleistet. Es fehlen knapp zwanzig Seiten und einige Blätter und Zeichnungen sind durch den Leim nicht mehr lesbar oder unkenntlich. Wenn Veelapinat das sieht, bekommt er einen Anfall oder einen Nervenzusammenbruch. Ich tippe eher auf Zweiteres.«

Edwards war nicht sonderlich begeistert, wenn Vickers abfällige oder rassistische Bemerkungen machte. Doch durch die Anwesenheit des fremden Corporal fühlte er sich mehr denn je gestört. »Corporal, könnten Sie bitte kurz vor die Tür gehen? Ich muss mich mit dem First Sergeant dienstlich unterhalten.«

»Ja, natürlich, Sir.« Stevens salutierte erneut und verließ den Raum.

Edwards erwiderte den Gruß und wartete, bis sie allein waren. Daraufhin wurde Vickers zurechtgewiesen. Bevor Edwards erwähnen konnte, dass Veelapinat draußen wartete, hörten die beiden einen erstickten Schrei im Flur. Die Tür flog auf und Veelapinat stürzte leichenblass in das Büro hinein. Auf dem Tisch entdeckte er sofort den Mo'olelo. Er drehte das Buch um hundertachtzig Grad und blätterte vorsichtig und mit zitternden Fingern hindurch. Dann sank er vor dem Schreibtisch auf seine Knie und begann bitterlich zu weinen. Er verbarg sein Gesicht in seinen Armen und schluchzte.

Edwards drehte sich zur Tür um, wo der Corporal mit hochrotem Kopf stand und die Lippen zusammenpresste »Ich wusste nicht, dass das Buch ihm gehört«, beteuerte er. »Ich habe es wirklich nicht gewusst. Es tut mir leid, Sir.«

»Okay, Corporal. Können Sie uns bitte etwas Alkoholisches besorgen? Der Hawaiianer braucht jetzt mindestens einen Doppelten, um wieder auf die Beine zu kommen.«

Stevens wechselte kurze Blicke mit Vickers, der zustimmend nickte. Nach nicht einmal einer Minute war er mit einem Glas mit einer braunen Flüssigkeit darin zurück.

»Private Veelapinat?«, flüsterte er zu dem zusammengesunkenen Mann vor dem Schreibtisch. »Trinken Sie das. Das hilft Ihnen vielleicht etwas über den Schmerz hinweg. Das ist ein Befehl!«

Doch der Hawaiianer hielt sein Gesicht in den Armen verborgen. »Mein schöner Mo'olelo«, schluchzte er. »Warum machd Farina so edwas? A'ano haole, a'ano – verdammder weißer Mann!« Er hob seinen Kopf und wischte die Tränen an seinen Ärmeln ab. Er schwor sich, an Farina Rache zu nehmen, zog seine Nase geräuschvoll hoch, richtete sich auf und klappte das Buch zu. Schweigend und mit verquollenen Augen verließ er den Raum.

FREITAG, 30. NOVEMBER 1945, 19 UHR

Dem Geschäftsführer und Eigentümer Johann Cuczich war nur noch zum Heulen zumute. Er stand vor den rauchenden Überresten seiner von Kriegsschäden reparierten Bonbonknet-, Portionier- und Einpackmaschine. Am Vormittag hatten die vier verbliebenen Mitarbeiter der Süßwarenfabrik Müller in der Tullastraße noch auf die endlich fertiggestellte Produktionslinie für zuckerfreie Halsbonbons mit einem Bier angestoßen. Nur wenige

Stunden nach Feierabend hatte ein Brand in der Heizanlage alles zerstört, wofür Cuczich in den letzten Monaten seit Kriegsende seine Freizeit und große Teile des übrig gebliebenen Firmenvermögens geopfert hatte. Wie hatte es nur zu solch einem Feuer kommen können? Die Karlsruher Brandwehr hatte lediglich verhindern können, dass das Feuer auf andere Gebäudeteile übergriff, zu retten war nichts mehr.

»Es war vermutlich ein Schwelbrand in eurem Kohlelager, Johann.« Der Brandmeister Erwin Pfefferle zog seine schweren Stulpenhandschuhe sowie den verrußten Feuerwehrhelm aus und wischte sich über die Stirn. »Es tut mir leid.«

Cuczich zuckte resigniert mit den Schultern. »Schade ums Geld. Fangen wir halt wieder von vorn an. Oder wir machen gleich ganz zu.«

Ehe der Brandmeister und seine sechs Kollegen das Löschgerät zusammenräumen und die Schläuche aufrollen konnten, kam von der Zentrale der nächste Alarm per Funk rein: Im *Pali Lichtspielhaus* in der Herrenstraße brannte es im Keller. Löschzug zwei sei schon auf dem Weg dahin.

Zehn Minuten später donnerte der altersschwache Büssing-Feuerwehrwagen mit lauter Sirene die Durlacher Allee Richtung Innenstadt hinunter, da kam der dritte Großalarm des Abends. In einem Autohaus in der Amalienstraße stand die Kfz-Werkstatt im Hinterhof in hellen Flammen. Es drohten bereits Fässer mit Benzin zu explodieren.

Die Brandzentrale entschloss sich, die freiwilligen

Wehren von Grünwinkel, Rüppurr, Rintheim und Mühlburg in die Alarmkette zu involvieren.

Als der vierte Brand innerhalb von drei Stunden, nun bei der Firma *Kammerkirsch* in Mühlburg, aufflammte und infolgedessen das Labor in die Luft flog, glaubte niemand mehr an einen Zufall.

SAMSTAG, 1. DEZEMBER 1945, 9.15 UHR

»Cody, ich bitte dich. Der Hoteldirektor ist nicht der Mörder. Sein Personal versicherte mir, dass er dieses Messer niemals als Mordwaffe verwenden würde. Das würden angeblich nur ahnungslose Amateure machen.«

Der stellvertretende Militärpolizeichef nickte zustimmend. »Das klingt einleuchtend. Würden die Leute das unterzeichnen, John?«

»Sie sind absolut loyal«, Edwards pochte mit dem Zeigefinger auf den Tisch. »Ich bin mir hundertprozentig sicher, dass sie das auch dem Richter sagen würden. Könnte ich bloß einmal mit dem Hoteldirektor selbst sprechen, wäre mir schon viel geholfen.«

»Das ist vollkommen unmöglich. Das darf nur die Militärpolizei. Du könntest ihn beeinflussen.«

»Wobei denn? Keine Messer an Jäger mehr zu verschenken? Das ist doch Bullshit.« Edwards war enttäuscht über so viel Engstirnigkeit.

»Tut mir leid, John. Ich kann und darf keine Ausnahme machen.« Codellany nahm das Telefon, wählte eine Nummer und nachdem sich die Gegenseite meldete, verlangte er einen Major zu sprechen. »Hier ist Captain Codellany von der MP in Karlsruhe, Major. Ich bitte um Aufschub der Exekution des Hoteldirektors Engel aus Ettlingen. Wir haben neue Beweise, die ihn in diesem Fall unschuldig erscheinen lassen.« Codellany hörte zu und nach wenigen Sekunden verabschiedete er sich: »Vielen Dank, Sir. Fünf Tage. Das reicht uns.« Dann legte er auf.

»John, du hast Zeit bis Mittwoch, den Mörder zu finden.«

»Tut mir leid, aber ich glaube, du musst ihn selbst finden.«

»Warum denn? Ihr wart doch wirklich erfolgreich.«

»Wir haben Armstead in dem Hotel getroffen. Er hat uns den Fall mit der Verhaftung Engels durch die MP entzogen. Wir sind raus, Cody. Er hat uns wie kleine Jungs nach Hause geschickt.«

»Okay.« Codellany überlegte kurz. »Ihr habt doch diese Liste von Farina bekommen?«

»Ja.«

»Du erzähltest mir vorhin, es hat irgendetwas mit der Kohle zu tun. Macht euch auf den Weg und überprüft die Betriebe. Vielleicht findet ihr einen Hinweis, was diese Prozentangabe soll. Fangt bei Troullier in Neureut an, das ist nicht weit. Dann geht ihr zu dieser Schnapsbrennerei nach Mühlburg und …«

Der im Raum anwesende Corporal, der für Schreibarbeiten zuständig war, mischte sich plötzlich ein: »Captain Codellany, ein Teil der Schnapsbrennerei ist gestern Abend ausgebrannt.«

»Wie bitte? Dort hat es gebrannt?«

»Ja, Sir. Wir waren heute Morgen schon dort und haben uns alles angeschaut. Den Bericht tippe ich gerade.«

Edwards ging von hinten auf den Soldaten zu und blickte ihm neugierig über die Schulter:

> Am Abend des 30/XI/I945 gegen 23.I5 Uhr hatten Anwohner den Brand aufgrund der Rauchentwicklung hinter der Villa entdeckt. Die Feuerwehr von Mühlburg hatte den Brand in der Schnapsbrennerei schnell unter Kontrolle. Wegen des starken Funkenflugs der glimmenden Kohlevorräte durch den Verbindungsschacht kam es in dem darüberliegenden Versuchslabor zu einer Explosion. In dem Raum waren zahlreiche Behälter mit Alkohol unsachgemäss gelagert. Brandursache: Kurzschluss in der elektrischen Anlage, Fremdverschulden kann aber nicht ausgeschlossen werden. Um I:30 Uhr wurde eine Brandwache gestellt und der Einsatz beendet.

Der Offizier las den Text zweimal durch. »Warum benutzen Sie keine ›1‹ bei Datum und Uhrzeit, Corporal?«

»Diese Taste ist kaputt«, er deutete in die fächerförmig

angeordneten Schlaghebel der Schreibmaschine. »Das Metallklötzchen mit der Zahl und dem Ausrufezeichen darauf, brach plötzlich ab und flog mir vor drei Wochen beim Schreiben davon. Ich hab's nicht wiedergefunden. Das große ›i‹ geht aber auch.« Er grinste.

Edwards klopfte ihm anerkennend auf die Schulter und richtete sich wieder auf.

»Fiel Ihnen dort etwas auf?«

»Nein, Sir. Ende 1944 hat es schon einmal im Keller gebrannt. Der Produktionsleiter erzählte uns etwas von einem Kurzschluss in der elektrischen Anlage.«

»Na gut. Wir fahren trotzdem hin.« Edwards wandte sich zur Tür und klopfte im Vorbeigehen mit den Fingerknochen auf die Theke. »Wir sehen uns später, Cody. Passt schön auf Farina auf!«

First Sergeant Vickers wartete derweil noch immer in dem geräumigen Dodge Carryall, als der Captain aus der Polizeiwache heraustrat und sich eine Zigarette anzündete.

Veelapinat und Jonas saßen im Fond des Fahrzeugs. Der Hawaiianer hatte am Vorabend noch das von Farina halb zerstörte Mo'olelo zurückbekommen. Sein Hass auf den Italiener war gewachsen, je mehr er die entstellten Gottesbilder, die herausgerissenen Seiten und den Tapetenleim, der auf vielen Seiten die Buchstaben komplett aufgelöst hatte, besehen hatte. Doch am Morgen danach war der Ärger bereits wieder etwas verflogen, Veelapinat starrte stattdessen nur noch traurig und mit dunklen Ringen um die Augen vor sich hin. Selbst Vickers erfolgreiche Suche nach dessen Freundin konnte ihn nicht aufheitern. Während der Fahrt nach Neureut lehnte er sein Gesicht an die kalte und beschlagene Seitenscheibe des Autos und betrachtete die Regentropfen, die außen daran herunterliefen.

Wenig später hielten sie schräg gegenüber dem Neureuter Bahnhof vor dem Gebäude der Firma Troullier an. Im Hof standen mehrere rot lackierte Holzgaslaster mit weißen Coca-Cola-Schriftzügen und warteten auf eine neue Beladung. Der aus Frankreich angelieferte Sirup wurde in dieser kleinen Fabrik mit Wasser gemischt, Kohlensäure hineingepresst und in kleine Flaschen gefüllt. Aus einer offenen Tür des Hintergebäudes hörten sie das Klappern zahlloser Glasbehälter. Wasserdampf quoll aus einem Rohr am Dach. Ein Arbeiter schichtete mehrere hundert Holzkisten zu einem kunstvollen Stapel auf, während sein Kollege Glas in eine Stahltonne schaufelte.

Ein Mann in einem hellen Anzug und mit einem Schirm kam aus dem Haupteingang auf die Straße herausgelaufen. Er begrüßte die Amerikaner in bruchstückhaftem Englisch und bat sie hinein. In einem beleuchteten Vorraum, dessen Wände mit bunten Werbeplakaten des amerikanischen Mutterkonzerns und farbigen Luftaufnahmen von Getränkefabriken bedeckt waren, ergriff Captain Edwards das Wort. »Wir müssen einen Blick auf Ihre Kohlevorräte werfen. Bitte zeigen Sie uns den entsprechenden Raum.«

Der Mann, der sich als Betriebsleiter vorgestellt hatte, war erstaunt, denn er hatte ein anderes Ansinnen vermutet. Oft kamen Amerikaner vorbei, um sich eine frische Kiste Cola zum Vorzugspreis zu holen.

»Bitte begleiten Sie mich in den Betrieb.« Er öffnete eine Stahltür und sofort wurden alle wieder von dem Lärm des Abfüllbetriebes umgeben. Sie liefen an verschiedenen Maschinen vorbei, die nahezu automatisch ihre Arbeit verrichteten. Lediglich ein paar Arbeiter überwachten die Anlage. Ganz zum Schluss setzte ein elektrischer Greifer stets zwölf Flaschen gleichzeitig in die Holzkisten, die über ein Förderband in eine andere Halle rollten.

»Wir haben unsere Abfüllanlage aus Amerika bekommen«, berichtete der Betriebsleiter und versuchte, den Lärm zu übertönen. »In Spitzenzeiten schaffen wir neuntausend Flaschen am Tag. Wir liefern nach Hockenheim, Bruchsal, Ettlingen, bis Pforzheim.« Sie kamen zu einer Treppe, die nach unten führte. »Hier unten sind Ihre Kohlen. Der Heizer, Herr Specht, hilft Ihnen weiter.«

Edwards, Jonas und Vickers stiegen in den Keller, während Veelapinat fasziniert der Betriebsanlage beim Ausspülen der Glasflaschen zuschaute. Ein Mann vom Wartungspersonal hielt dem erstaunten Hawaiianer eine Cola hin, die dieser jedoch kopfschüttelnd ablehnte.

Der Mitarbeiter war verblüfft. Ein Amerikaner, der keine Cola mochte, war ihm noch nicht begegnet. »Kaffee?«, schrie er ihn an.

»Wasser!« Veelapinat lächelte. »Nur ein Wasser, bidde schön«, rief er zurück.

Der Captain untersuchte den Steinkohlenhaufen nur sporadisch. Er suchte einige ungewöhnlich aussehende Brocken heraus und verglich sie miteinander. »Ist das die Kohle von der Firma Engel?«, brüllte er den Heizer an.

»Nein, die Kohle von Engel war scheiße. Wir haben sie zurückgegeben.«

»Geht das denn?«

»Ja«, der Heizer stützte sich auf seine Schaufel und zündete sich eine angebotene Zigarette an. »Bei dreitausend Zentner im Jahr geht das. Wir bekommen unsere Steinkohle jetzt von Schultheiß aus Leopoldshafen.«

»Warum haben Sie die Kohle nicht verwendet?«

»Sie war halt nix. Das war mein Kollege, der hier noch geschafft hat. Der hat sie zurückgehen lassen. Er hat etwas gefunden, was nicht normal war.«

»Was denn?« Edwards hoffte, endlich der Lösung näher zu kommen.

»Ich glaube, die Steinkohle war mit Brikettbruch vermischt.«

»Braunkohle?«

»Ja, genau! Die brennen sehr schlecht und unser Verbrauch steigt rapide an. Das machen aber andere Händler auch. Die denken wohl, wir merken das nicht.« Der Heizer lachte. Er rauchte den Rest der Zigarette auf und warf das feuchte Ende in den Ofen. »Muss weitermachen«, brüllte er.

Edwards verabschiedete sich. Enttäuscht liefen er und die anderen beiden wieder nach oben, wo Veelapinat mit einem Glas Orangensaft in der Hand stand. Freudig begrüßte er die anderen und zeigte ihnen die kühle Errungenschaft. »Die machen auch Safd hier. Das isd ein Pulver aus Idalien, woraus Orangenlimonade gemachd wird. Willsd du mal probieren, Jonas? Schmeckd gud.«

»Nee, lass mal, Sammy. Eine Cola ist mir lieber, als dieses klebrige Zeug.« Jonas verzog das Gesicht.

»Jungs wir müssen weiter«, Edwards scheuchte seine Männer auf, von denen plötzlich jeder eine volle Flasche in der Hand hielt. »Trinkt aus, wir fahren in drei Minuten!«

Der Betriebsleiter, der die ganze Zeit daneben stand, verabschiedete die Soldaten und empfahl sich.

SAMSTAG, 1. DEZEMBER 1945, 11.15 UHR

Der Polizeibeamte im Präsidium am Marktplatz traute seinen Augen nicht, als er die Zelle Nummer vier öffnete, um die mutmaßliche Mörderin des Ehepaars Brandt zum Verhör abzuholen. Frau Elisabeth Engel hatte den dunkelbraunen Leinensaum der grauen Militärdecke fein säuberlich abgetrennt, daraus einen stabilen Strick geknüpft und sich an der Lampe erhängt.

Ein eilig herbeigerufener Amtsarzt konnte nur noch den Tod der Frau feststellen.

Praktisch im gleichen Moment entwickelte sich der Gefängnisaufenthalt für Private First Class Farina besser, als dieser es jemals erwartet hatte.

Denn in der Telefonzentrale der MP schrillten die Alarmglocken, als verschiedene Abteilungen rund um das neu gebaute Baseballfeld der Blackhawks eine Massenschlägerei auf dem Spielfeld meldeten. Die gesamte anwesende Militärpolizei rückte innerhalb von wenigen Minuten mit allen Fahrzeugen aus, um am anderen Ende der Kaserne für Ruhe zu sorgen.

Als sie mit heulenden Sirenen dort ankamen, bot sich ihnen ein Bild des Schreckens: Die zwei neu gebildeten Baseball-Mannschaften der Kaserne wollten an diesem Vormittag eine erste gemeinsame Trainingseinheit durchführen. Aufgrund einer Schiedsrichterentscheidung gerieten sie aber schon beim ersten *Inning* dermaßen aneinander, dass nach kurzer Zeit die Fetzen flogen. Schließlich gingen alle Spieler mit ihren Schlägern aufeinander los und schlugen aufeinander ein. Sogar drei Schiedsrichter mischten bei der Prügelei mit.

Verschiedene Spieler waren bereits zu Boden gegangen oder schleppten sich mit blutenden Platzwunden aus der Kampfzone.

Als sich die MP mit gellenden Trillerpfeifen und ihren Hickory-Schlagstöcken unter die Kampfhähne mischte, trat relativ schnell Ruhe ein. Innerhalb von wenigen Minuten klickten zahlreiche Handschellen und die herbeigerufenen Sanitäter konnten sich an die Versorgung der Verletzten machen. Im Laufe von fünfundzwanzig

Minuten wurden die erhitzten Rivalen zur Polizeistation transportiert und inhaftiert.

Einer der Wachhabenden, der Farina noch nicht kannte, verwechselte ihn mit einem Insassen aus einer der Nachbarzellen und ließ ihn deswegen frei. Wegen der restlichen Strafe würde die MP sich bei ihm melden, es wäre ihm aber untersagt, die Kaserne zu verlassen. Der überraschte Italiener musste ein auf einen gewissen Technical Specialist Zacharias ›Zack‹ Cohen ausgestelltes Amnestie-Dokument unterschreiben und wurde in die Freiheit entlassen. Gleich darauf wurden die Zellen mit je vier wütenden Baseballspielern besetzt.

Der von der Schlägerei mit seinen MP-Kameraden lädierte Farina konnte es noch immer nicht fassen. Die Wache hatte ihm sogar eine Packung Zigaretten zum Abschied mitgegeben. Zusätzlich dazu bekam er Cohens Zimmerschlüssel von einer Unterkunft im Gebäude der Panzereinheiten, knapp acht Dollar Bargeld und dessen Führerschein. Andere Utensilien, mit denen er nichts anzufangen wusste, warf er in die nächste Mülltonne. Specialist Cohen war Panzerfahrer aus einer der Sherman-Einheiten, die die Kaserne in den nächsten Wochen verlassen sollten. Farina machte sich auf den Weg in dessen Unterkunft und beschloss erst einmal, dort ein Nickerchen zu machen und seinen Brummschädel zu beruhigen.

Die Revanche an Edwards konnte auch noch am Nachmittag stattfinden. Mit einem breiten Grinsen im Gesicht klebte er seinen Kaugummi unten an den Bettrahmen und schloss seine Augen.

SAMSTAG, 1. DEZEMBER 1945, 12 UHR

Nach nicht einmal dreißig Minuten Fahrt hielten die vier Scouts in der Hardtstraße in Mühlburg vor dem villenartigen Firmengebäude der *Kammerkirsch* an, dessen Name in großen geschwungenen Lettern über einem schmiedeeisernen Tor angebracht war.

Die Soldaten stiegen aus und sahen sich in der trostlosen Straße um. Irgendwo in dem verregneten Mühlburg schlug eine einsame Glocke gerade zwölfmal. Auf dem gegenüberliegenden Platz stand eine Kirche mit eingestürztem Dach. Direkt davor war ein kleiner, bis zum Rand mit Wasser gefüllter Löschteich. Auf dem Platz hatten die Anwohner Parzellen angelegt, in denen verschiedenes Gemüse wuchs. Einige der großen Linden, die den Platz umgaben, waren in der Vergangenheit gefällt worden. Drei kleine Kinder und ein Jugendlicher mit einem Beil hockten in einem Erdloch und gruben Reste des Wurzelholzballens aus, um an billiges Brennholz zu gelangen. Auch in dieser Straße hatte der Krieg gewütet. Zahlreiche Häuser waren auch sechs Monate nach Kriegsende nur große Schuttberge.

An der Buntsandsteinmauer, die neben dem Eingang, das Anwesen der Schnapsbrennerei zur Straße hin, abschottete, hingen zahlreiche Werbetafeln von Mühlburger Geschäften.

Der Hawaiianer, der mit den Händen in den Hosentaschen die Reklame musterte, deutete auf eins der Schilder. »Capdain Edwards, sehen Sie mal, dieser Name hier sdand auch auf der Lisde der Jäger.«

Der Offizier, der gerade die Eingangsglocke an dem Firmentor betätigt hatte, wurde aufmerksam. Er warf einen Blick auf das Plakat, welches mit einem markanten Werbespruch versehen war:

›WURST vom PFERD, WILD und SCHAF,
bei METZGER JOSEF HENKENHAF!
Mühlburg, Gluckstraße‹

»Konnten Sie sich das etwa merken, Veelapinat? Ich habe Ihnen die Liste im Hotel doch keine fünf Sekunden gezeigt.«

»Ja, Sir.« Der Hawaiianer lächelte stolz. »Das hat gereichd. Ich habe mir alle Namen gemerkd.«

»Fantastisch, Sammy. Sie beeindrucken mich immer wieder. Wissen Sie auch, wo die Metzgerei ist?«

Veelapinat nickte. »In der Glucksdrasse. Die Nummer habe ich vergessen«, er kicherte kurz über seinen eigenen Witz, wurde aber schnell wieder ernst. »Es dand nur die Sdraße drauf, Sir.«

Ein Mann trat aus dem Gebäude heraus, um das Eisentor zu öffnen. Doch Captain Edwards hatte sich bereits umentschieden. »Es hat sich schon erledigt«, rief er diesem zu. »Wir kommen vielleicht später noch einmal hierher.«

»Wie Sie möchten. Auf Wiedersehen.«

Edwards nickte dem Bediensteten zu, lief zum Auto und öffnete die Beifahrertür. »Kommen Sie, wir fahren zu dem Metzger. Ich erhoffe mir da mehr Informationen, als die Kohlen von irgendwelchen Firmen zu kontrollieren.«

Jonas murrte. »Sir, ich habe Hunger. Können wir nicht vorher etwas essen gehen? Wir sind schon stundenlang unterwegs und mein Magen knurrt.«

»Wie stellen Sie sich das vor, Sergeant? Möchten Sie im strömenden Regen ein Barbecue machen?«, antwortete ihm Edwards genervt.

»Nein, Sir. Ich möchte in die Kaserne zurück.«

»Okay. Meinetwegen. Wir fahren kurz in die Forstner-Kaserne. Das fällt vielleicht nicht so auf.«

Vickers wartete, bis alle wieder im Dodge saßen, und fuhr dann zur Moltkestraße und von dort über die Hindenburgstraße die mitten im Wald liegende Kaserne an.

SAMSTAG, 1. DEZEMBER 1945, 12.40 UHR

Der schwarze Matford der französischen Armee hielt mit leise blubberndem V8-Motor vor der Verwaltung des städtischen Krankenhauses an. Ein Chauffeur öffnete die hinteren Türen der Limousine, um dem französischen Regimentskommandeur Lieutenant-colonel Keller aus Baden-Baden den Zutritt zum Krankenlager seines Sohnes zu ermöglichen. Der ergraute Mittfünfziger trug ein schwarz-rotes Képi, eine elegante dunkelgrüne Heeresuniform mit zahlreichen Orden und einen Paradesäbel. Mit erhobenem Kopf schritt er an den verwundert dreinblickenden Patienten vorbei in das Lazarettgebäude hinein. Nachdem er seinen Wunsch, den eigenen Sohn zu sehen, einer Schwester gegenüber geäußert hatte, geleitete ihn ein herbeigeholter Arzt auf die Station. Vater und Sohn begrüßten sich kurz, indem sie sich umarmten und viermal auf die Wangen küssten, dann ließen sich beide auf Stühlen im Gang nieder. »Wie ergeht es dir hier, Lucien?«

»Die Amerikaner versorgen mich gut, Vater. Dank der Rettung durch die beiden Unteroffiziere auf dem Flugfeld habe ich überlebt. Zwei andere Soldaten hatten mich zuvor für einen Russen gehalten.«

»Einen Russen?«, fragte der Lieutenant-colonel entsetzt.

»Ja, sie wussten es nicht besser. Sie hatten weder ein russisches noch jemals ein französisches Flugzeug gesehen.«

»Apropos Flugzeug«, der Offizier strich sich nachdenklich durch den Bart. »Wo ist der Doppeldecker?«

Lucien Keller erstattete seinem Vater kurz Bericht über die Notlandung und den erbärmlichen Zustand der Caudron-275 Luciole. »Vater, ich mache mir Sorgen, dass jemand das Flugzeug stiehlt. Es steht schon so lange dort herum.« Lucien bekam plötzlich einen Schreck. »Die Papiere, die du mir gegeben hast, sind auch noch darin. Was passiert, wenn sie weg sind?«

Der Vater legte seinem Sohn die Hand auf die Schulter. »Das ist nicht schlimm. Hauptsache, dir geht es gut. Die Papiere kann ich ersetzen lassen. Ich lasse das Flugzeug in den nächsten Tagen mit einem Lastwagen nach Baden-Oos transportieren und in der Werft reparieren. Die Genehmigung dazu besorge ich mir von den Amerikanern. Sicherlich nur eine kurze Formalität. Ich soll dich übrigens von deiner Mutter und deinem Bruder Gérard grüßen. Es gefällt ihm sehr gut auf der Offiziersschule.«

»Danke, Vater.«

Nachdem die beiden eine Tasse Tee getrunken und Neuigkeiten aus Baden-Baden ausgetauscht hatten, erhob sich der Lieutenant-colonel schwerfällig, setzte seine Kopfbedeckung auf und verlangte von dem Arzt, zurück zu seinem Auto gebracht zu werden.

Er verabschiedete sich herzlich von seinem Sohn, wünschte schnelle Genesung und versicherte ihm eine baldige Überführung in ein französisches Krankenhaus.

Wenige Minuten später fuhr ihn sein Chauffeur in die Nähe des Mühlburger Tors, wo sich das Sub-Headquarter der siebenten Armeegruppe in Karlsruhe befand. Dort versuchte er, sich die Erlaubnis zur Überführung des Flugzeugs in die französische Zone nach Baden-Baden zu besorgen, was der Ortskommandeur ihm jedoch verwehrte. Aus rechtlichen Gründen hatten sie die Maschine beschlagnahmt und in einen der leer stehenden Hangars gestellt. Lucien war verbotenerweise mit einem zivilen Flugzeug auf einem militärischen Flugfeld gelandet und hätte damit gegen verschiedene Auflagen der amerikanischen Besatzungsmacht verstoßen. Gnade vor Recht wollte der Karlsruher Befehlshaber nicht walten lassen.

Verärgert musste Keller daraufhin seinen Weg nach Knielingen in die Blackhawk-Kaserne antreten, denn nur über die dort ansässige Militärpolizeistation konnte er einen Antrag zur Durchsuchung des Flugzeugs nach persönlichen Unterlagen bekommen.

SAMSTAG, 1. DEZEMBER 1945, 14 UHR

Die geräumige Snackbar der Forstner-Kaserne war verraucht und wie an Wochenenden üblich total überfüllt mit gelangweilten Soldaten, die bei schlechtem Wetter erst recht nicht aus der Kaserne wollten. Die Küche bot den Männern Hotdogs, Sandwiches, mexikanische Tacos, Coca-Cola, Dr. Pepper und Sodawasser zum Selbstkostenpreis an. Fruchtsaft und Tee wurden kostenlos ausgeschenkt. Für einen Dollar konnten sich hier mehrere Leute satt essen.

Vickers, Jonas und Veelapinat suchten sich ein paar freie Plätze, nachdem sie sich an der Theke eingedeckt hatten. Captain Edwards zog es vor, in der Offiziersmesse etwas zu sich zu nehmen.

Die Scouts hatten sich für 15 Uhr wieder am Kasernentor verabredet. Doch waren alle vier schon früher am Treffpunkt, denn in den überfüllten Messen war es ungemütlich und zu laut für eine normale Unterhaltung oder Entspannung.

»Diese Kaserne ist nichts für mich«, meckerte Vickers. »Ich bin wirklich nicht anspruchsvoll, aber das Essen war scheiße.«

Jonas pflichtete ihm bei. »Die Köche bei uns haben zumindest noch ein Fünkchen Wissen, doch hier …«, er verdrehte die Augen. »War es bei Ihnen besser, Sir.«

Edwards wirkte enttäuscht. »Nein, den einzig freien Platz bekam ich neben einem Lieutenant, der eine stinkende Pfeife rauchte. Mein bestelltes Essen war noch nicht da, als ich ging, der lauwarme Kaffee wurde durch die Bohne geschossen.«

»Was wurde der Kaffee?« Veelapinat schaute Edwards erstaunt an. »Das kenne ich nichd. Die Ordonnands had Sie mid Kaffeebohnen beschossen?«

»Nein, es wurde nicht geschossen, Sammy.« Edwards lachte. »Der Kaffee war so dünn, dass ich den Boden der Tasse sehen konnte. Das heißt dann durch die Bohne geschossen. Nichts Gefährliches«, winkte er ab.

SAMSTAG, 1. DEZEMBER 1945, 15.50 UHR

Trotz mehrmaligen Nachfragens bei Passanten fanden die Franzosen nach einer abenteuerlichen Irrfahrt, die sie sogar nach Daxlanden geführt hatte, den Stadtteil Knielingen. Als ihnen auf der Saarlandstraße ein Lastwagen der französischen Armee begegnete, hielten sie diesen an. Der freundliche Fahrer musste sich zwar unfreiwillig Luciens Schicksalsschlag anhören, doch dann schenkte er dem verzweifelt wirkenden Lieutenant-colonel schließlich seinen persönlichen Karlsruher Stadtplan.

Mit hochrotem Kopf sprang Keller fünf Minuten später aus seiner Limousine, marschierte grimmig und unbeirrt an den Wachen vorbei in das Wachbüro am Haupteingang der Blackhawk-Kaserne und forderte auf Deutsch sein Recht ein, das Flugzeug im Hangar besichtigen zu dürfen.

Die dort anwesenden US-Soldaten verstanden ihn nicht und riefen aufgrund seines beeindruckenden Äußeren Verstärkung in Person des Kasernenoffiziers.

Nach endlosen Minuten des Wartens kam die Erlösung. In dieser Zeit trafen den wachhabenden Second Lieutenant die bösen Blicke des Lieutenant-colonel. Der herbeigerufene Major begrüßte den hochrangigen Offizier in holprigem Französisch.

»Bonjour, Lieutenant-colonel, was kann ich für Sie tun?«

»Mein Sohn ist vor einigen Tagen mit einem Flugzeug

auf Ihrem Landeplatz notgelandet. Jetzt liegt er hier verletzt im Krankenhaus. Bis mein Sohn transportfähig ist, will ich das Flugzeug zurück in die französische Zone bringen lassen. Können Sie das bitte veranlassen?«

»Ähem …«, der Major kratzte sich am Kopf. »Das ist nicht einfach, Monsieur. Heute ist Samstag. Viele Offiziere sind nicht in der Kaserne.«

»Ich bin extra von Baden-Baden hierher gefahren. Was soll ich jetzt machen?«, fragte Keller und stützte sich entrüstet auf die Theke. »Es muss doch einen Weg geben, wenigstens zu dem Flugzeug zu kommen.«

»Es tut mir leid, Monsieur. Ich kann Ihnen nicht wirklich weiterhelfen. Ich werde ein paar Telefonate führen, um die Erlaubnis für Sie zu bekommen.«

»Vielen Dank, Major. Wo kann ich auf das Ergebnis warten?«

»Fahren Sie in der Kaserne die zweite Straße links zum Offizierskasino. Ich informiere Sie, wenn ich etwas Neues weiß.« Der Kasernenoffizier gab den Wachen einen Wink und ließ die französische Limousine passieren. Daraufhin ging er in das Wachgebäude und verlangte ein Telefon.

*

»Geschlossen!«, rief Jonas und rüttelte an der Tür der Metzgerei. »Was machen wir jetzt, Sir?«

Im ersten Stock des Hauses öffnete sich ein Fenster. Eine alte Frau schaute auf die Soldaten herab. »Wollen Sie zum Henkenhaf?«

»Ja.« Der Sergeant trat ein paar Schritte rückwärts und starrte an der Hauswand empor.

»Mein Mann isch uff de Jagd. Hott bei Ettlinge en Waldstück, wo er alles schießt, was em vor die Flinte kommt.«

Jonas hatte keine Lust, ständig nach oben, in den Regen zu schauen. »Kommen Sie runter zu uns!«, befahl er der Frau.

»Noi, i kann nett. Mir henn nur oinen Schlissel, un den hat mein Mann mitg'nomme.«

»Machen Sie sofort die Tür auf!«

»S'geht net!«, rief die Frau verärgert.

»Okay, wenn Sie nicht öffnen wollen, dann kommen wir jetzt zu Ihnen rein.« Er grinste die Alte auf dem Fensterbrett an. »Ohne Schlüssel.«

Jonas winkte zu Vickers und Veelapinat, gleichzeitig sah er Edwards fragend an. Der kletterte aus dem warmen Auto, setzte sich seine durchnässte Schirmmütze auf und lief geduckt zu der Haustür. Er wollte nicht noch nasser werden, als er bereits war. »Die Jagd ist verboten in der amerikanischen Zone«, bemerkte er zu den anderen. »Das müsste er als Jäger aber wissen. Brechen Sie den Eingang auf, Jonas. Ich habe keine Lust hier rumzustehen. Die Frau ist eine wichtige Zeugin.«

Mit vereinten Kräften warfen sich die drei Soldaten gegen das massive Holz, doch das gab nicht nach. Der Captain verlor nun den Rest seiner Geduld, zog seine Dienstwaffe hervor, entsicherte sie und schoss dreimal auf das Schloss. Mit einem heftigen Tritt gegen die gleiche Stelle flog die Haustür auf. »So geht das«, kommentierte er. »Gehen Sie voran, Vickers.«

Sofort bemerkten sie den intensiven Geruch von Schinken und Geräuchertem. Die Männer blickten sich um. Am Ende eines kurzen Ganges zu ihrer Rechten, versperrte eine blank polierte Edelstahlschiebetür den Zugang zu der Metzgerei. ZUTRITT ZUR SCHLACHTEREI NUR IN ENTSPRECHENDER BEKLEIDUNG stand daran. Vor ihnen tat sich ein weitläufiges Treppenhaus auf. Sämtliche Wände waren mit Jagdtrophäen bedeckt. Auf dem Boden lag ein dunkelgrüner Teppichboden, der sich nach oben auf den Treppenstufen, von goldenen Querstangen gehalten, fortsetzte. Oben am Absatz zur ersten Etage hingen zwei ausgestopfte Wildschweinköpfe mit gigantischen Hauern.

Die erschrockene Hausherrin kam soeben aus einem Zimmer gestürzt. »Sie habbe unsere Tür kaputt g'macht!«, schrie sie die Männer an.

»Wir haben unsere eigenen Schlüssel. Die passen überall.« Edwards steckte die gesicherte Pistole in den Gürtel zurück.

»Wer ersetzt uns den Schaden?«

»Keiner. Sie hätten uns auch öffnen können«, er deutete kurz zu dem Schloss, dessen intakter Riegel nicht aus dem Stulp hervorstand.

Als Vickers die Tür zur Metzgerei nicht öffnen konnte, lief er zurück, griff nach dem Geländer und sprang die knapp zwei Dutzend Stufen in Windeseile hinauf. Oben schob er die Frau beiseite, die sich ihm in den Weg zu stellen versuchte. Er öffnete ein paar Türen und blickte hinein. Alles war heimelig eingerichtet. In einem Zimmer stand ein Klavier mit einer goldenen Uhr darauf, an den Wänden hingen Bilder mit Jagdszenen und Urkunden vergangener Zeiten. Auf allen Möbelstücken lagen fein gestickte Decken mit Troddeln daran. Auch auf den Kohleöfen, die nicht in Betrieb waren. Die Parkettböden waren mit schweren Läufern bedeckt. Im Esszimmer hing ein Hirschgeweih über der Eckbank, daneben stand ein Ofen. Hinter einer kniehohen Trennwand befand sich ein aus gehämmertem Blech getriebener, viereckiger Eimer, bis zum Rand mit Steinkohle gefüllt, und eine kleine Schaufel. Aus diesem Raum hatte die Frau aus dem Fenster lehnend mit ihnen gesprochen.

»Wann kommt ihr Mann wieder?«, fragte Edwards barsch, nachdem er die Treppe hinaufgekommen war. Es war ihm egal, dass er Dreck von der Straße auf den Stufen verteilt hatte. Allerdings schien es Frau Henkenhaf nicht egal zu sein, denn Edwards bemerkte ihren entsetzten Blick. »Warum geht ihr Mann auf die Jagd, obwohl wir es verboten haben?«

»Des Verbot betrifft ihn nicht, sagt er. Er hat vom Schüssele en Freischein bekomme.«

»Vom Stadtrat?« Edwards war überrascht, verstand dies aber zu verbergen.

»Ja. Der hat bis zum Tod den einflussreichsten Personen in Karlsruhe und Ettlingen solche Scheine ausg'stellt, dass se im Wald von Ettlinge legal schieße dürfe«, sie bemühte sich hörbar, ihren Dialekt zu verstecken. »Den haben aber nur die gekriegt, die bei seinem Kompagnon auch Kohle gekauft haben. Schlau, gell?« Die Frau lachte. »Am Montag isch mein Mann wieder im Lade.«

»Haben Sie eigentlich ein Messer, das ihr Mann vom Erbprinz geschenkt bekommen hat?«, setzte der Offizier seine Fragen fort.

Die Frau nickte. »Des Ausbeinmesser? Ja, des liegt unde in der Schlachterei. Wollen Sie des mal sehe?«

»Ja.«

Die Soldaten folgten der Frau wieder nach unten.

Die Frau öffnete die Schiebetür. »Bleiben Sie bitte hier stehen, meine Herren, Sie dürfen nicht hinein. Die Gesetze verlangen es. Der Schmutz von drauße darf niemals in die Metzgerei!« Die vier warteten geduldig. Sie hörten, wie sie eine Schublade aufzog, darin kramte und die Lade wieder zuschob. »Da ist es.« Frau Henkenhaf wirkte erleichtert. »Gestern hab ich noch damit g'schafft«, berichtete sie.

Edwards betrachtete die Schinken, die an dicken Schnüren hinter der Tür von der Decke baumelten. »Haben Sie damit Wild zerlegt?«

»Nein. Frischfleich hatten wir schon lange nicht mehr. Im Wald gibt's fast schon keine Viecher mehr. Wer en Reh oder en Hasen schießt, hat echt Glück gehabt. Als die Franzosen hier waren, sind die mit Maschinengewehren und Handgranaten jagen gegangen.«

Vickers hatte sich an den Türrahmen angelehnt. »Kann man mit so einem Messer jemanden töten?«, warf er in den Raum.

Die Frau des Metzgers sah ihn überrascht an. Sie winkte ab. »Unter Umstände. Damit könne Se jemandem die Pulsadern aufschlitze, aber zusteche isch zu g'fährlich.«

»Warum denn?«

»Es könnt abbreche. Des Messer isch lang un dünn un sauscharf, deshalb isch die Gefahr zu groß, dass es beim Zustoße an nem Knoche abbricht. Und wenns ganz dumm läuft, kriegen Sie es nimmer raus, weil die Klinge sich vielleicht in den Knoche eing'schnitte hat.« Es dauerte einen kurzen Moment, bis sie die Frage verstanden hatte. »Hat jemand den Schüssele mit sonem Messer erstoche?«, fragte sie misstrauisch, doch die Antwort zu dieser Frage hatte sie bereits bekommen. »So was macht doch nur einer, der keine Ahnung hat. So einer wie …« Sie überlegte.

»Engel?«, fragte der Captain.

»Ach was, nein. Ich meinte den Brandt!« Die Frau wirkte genervt.

»Brandt? Welchen Grund hätte der haben sollen?« Die Überraschung war Edwards ins Gesicht geschrieben.

»Wissen Sie, der Kürschner hat damals die Sache mit dene Jäger und dem Schüssele ins Rolle gebracht, aber nie eins von den g'schossene Viechern abbekomme. Mir habe den mal bei einem Empfang im Erbprinz kenneg'lernt. Der wollt die Dinger immer ausstopfe. Der Engel vom Hotel hat da immer dagegeg'schteuert. Die Felle hat der Schüssele an die Franzmänner verschachert. Er und Brandt haben sich einige Male heftig gestritte. Ich glaub, g'prügelt habe sie sich a emol.«

»Ich meinte eigentlich den Kohlenhändler«, entgegnete Edwards irritiert.

»Ach was!« Die Metzgersfrau schüttelte den Kopf.

»Der verkauft seine teuren Kohlen und macht sich ein schönes Leben in Frankreich.«

»In der französischen Zone?«

»Nein, er fahrt regelmäßig nach Lauterburg, direkt hinter der Grenz. Er hat da 'nen Cousin, der ihn mit auf die Jagd nimmt. Doch statt das Wild zu schießen, fahren sie es nach Ettlingen und lassen es dort in den Wäldern wieder frei. So hat er sich bis zum Schluss die Freundschaft mit dem Stadtrat Schüssele erhalte. Der Engel ist ein ganz schlauer Fuchs«, berichtete sie augenzwinkernd.

»Haben Sie auch Kohle von dieser Company?«, fragte Vickers.

»Ja, leider.«

Edwards deutete nach oben. »Steht oben neben dem Ofen nicht ein Eimer mit Steinkohle?«

Die Frau nickte.

»Ist Ihnen daran mal etwas aufgefallen? Beimischung oder andere Kohlensorten darin?«

»Nein, tut mir leid. Die Kohle ist immer einwandfrei. Das Einzige, was bei der Anlieferung auffällt ist, dass diese immer in Säcken kommt. Andere Kohlenhändler schütten sie auf einer Rutsche in den Keller hinunter. Julius Engel liefert alles in Säcken ab.«

Die Männer bedankten sich bei der Frau und verließen das Eckhaus.

Während Vickers zurück zur Kaserne fuhr, saß der Captain neben ihm und dachte laut über das Gespräch mit der Frau nach: »Der Stadtrat wurde von jemandem ermordet, der vielleicht keinen Freischein bekam. Somit kann es nicht der Hoteldirektor Engel sein, denn der ist kein Jäger. Und sein Bruder ist es auch nicht, denn der hat von dem Kohlenhandel ja profitiert.« Er rieb sich über die Stirn. In seinem Kopf schwirrte es. »Das bedeutet, wir müssen alle Jäger abklappern und uns die geschenkten Messer zeigen lassen.«

»Ja, Sir.« Der Sergeant kletterte in den Dodge. »Sollen wir gleich mit der Liste anfangen? Sammy hat sich ja sicherlich alle Namen und Adressen gemerkt.«

»Sind Sie wahnsinnig, Sergeant Jonas?« Edwards schlug mit der Faust auf das Armaturenbrett. »Frühestens am Montag! Wir fahren jetzt schnellstens zurück in unser Lager und erstatten Codellany Bericht. Die MP soll am Montag eine große Razzia machen.«

»Entschuldigung, Sir, können wir noch bitte einen Abstecher zu Marlies machen? Sie würde sich sicherlich freuen«, sagte Vickers.

»Meinetwegen. Wir warten vor der Tür, Sie gehen kurz hoch, Joey.« Edwards strich seine zerknitterte Uniformjacke glatt. »Ich bin von dem verdammten Regen so aufgeweicht, dass ich keinen unnötigen Meter mehr laufen will.«

Kaum im Krankenhaus angekommen, sprang Vickers aus dem Auto und lief eilig in das Patientengebäude. Er meldete sich bei der Schwester an und hastete die Treppe hinauf, immer drei Stufen auf einmal nehmend. Er stieß die Stationstür auf und kollidierte mit dem jungen Lucien, der just auf dem Weg zurück in sein Zimmer war. Die beiden Soldaten erkannten sich sofort und schüttelten sich herzlich die Hände.

»Quelle surprise!«, rief der Franzose, doch Joey verstand ihn nicht. Sie stellten jedoch schnell fest, dass sie beide Deutsch sprachen.

»Ich bin Joey Vickers. Ich hatte hier nicht mit dir gerechnet«, rief Joey. »Hast du dich gut erholt?«

»Mein Name ist Keller, Lucien. Freut mich. Ohne dich hätte mich der Corporal erschlagen. Er hat mir drei Rippen gebrochen und mir eine Gehirnerschütterung zugefügt.« Der Pilot deutete auf seine Verbände am Oberkörper.

Joey verzog das Gesicht. »Wann lassen sie dich hier gehen, Lucien?«

»Vielleicht in einer Woche. Wenn es gut läuft und mein Vater mich nach Baden-Baden bringen lässt.« Er öffnete die Tür zu seinem Einbettzimmer. »Ich habe hier amerikanischen Kaffee. Zum Glück nicht diesen Muckefuck vom Krankenhaus.« Er öffnete einen Schrank und holte eine Thermoskanne heraus. »Möchtest du eine Tasse?«

Joey schüttelte den Kopf. »Mein Chef und ein paar Jungs sitzen unten im Auto und warten auf mich«, er ging zum Fenster und deutete hinunter. »Sie sitzen da unten in dem Dodge und frieren sich sicher den Arsch ab. Wenn du noch drei Tassen hast, hole ich sie. Sie müssen dich kennenlernen.«

»Fahren sie nicht ohne dich los?«

»Nein, ich bin der Fahrer.«

Lucien lachte und setzte sich auf den Rand seines Bettes. »Ich habe aber nur einen kleinen Becher. Wo wolltest du eigentlich hin?«

»Meine Freundin liegt eine Etage höher in der Frauenabteilung. Ich wollte zu ihr. Habe mich in der Etage geirrt. Kommst du mit rauf?«

»Wir dürfen da nicht rein, Joey.«

»Come on, let's go!« Der Amerikaner zog den Franzosen aus dem Zimmer. »Wir sind Besucher.«

Sie stiegen im Treppenhaus die Stufen hinauf. Nach relativ kurzer Zeit war Lucien aus der Puste, klammerte sich ans Geländer und hielt sich mit schmerzverzerrtem Gesicht seinen rechten Brustkorb. »Ich bin nicht schnell. Gib mir eine kurze Pause«, ächzte er.

Joey hakte Lucien unter und half ihm die letzten Schritte nach oben. Als er durch die Milchglastür trat, begann sein Herz zu klopfen. Eine junge Schwester mit einem Tablett Äpfel trat ihnen entgegen und hielt sie auf. »Meine Herren, Sie dürfen hier nicht hinein. Das ist nur für Verwandte der Patientinnen erlaubt. Das gilt auch für Sie, Monsieur Keller.« Die Schwester lächelte den Piloten an.

»Ich bin der Verlobte von Miss Marlies Kruschwitz«, erwiderte Vickers und nahm sich ohne Erlaubnis den größten Apfel vom Tablett. »Und das ist mein Cousin Lucien aus der französischen Zone.«

Die Schwester zog die Stirn kraus. »Cousin? Aha. Ich möchte hier bitte keinen Skandal.«

Joey schaute Lucien an. »Wir benehmen uns.«

»Ich bitte darum.« Die Krankenpflegerin zwinkerte Lucien zu und nickte. »Ich komme nachher noch einmal zu Ihnen hinunter, Herr Keller. Sie benötigen noch Ihre Abendmedizin.« Sie drehte sich um und verschwand mit den Äpfeln in einem der Patientenzimmer.

Joey biss herzhaft in die Frucht hinein und sah der attraktiven Frau hinterher. »Abendmedizin?«

»Ja. Sie holt sich einen Gute-Nacht-Kuss ab«, er grinste. »Anna und ich sind … un couple. Du verstehst?«

»Ja. Wie lange bist du schon hier?«

»Fünf Tage. Es ging ganz schnell bei uns. Sie hatte die letzten Tage Nachtschicht.«

»Lucien, erzähl mir bitte keine Details«, Joey klopfte sacht an die Tür zu Marlies' Zimmer und trat ein. »Hier liegt meine Süße.«

Sie betraten den Raum nacheinander. Marlies lag auf ihrem Bett und schlief. Ihre schwarzen Haare waren zu einem Zopf gebunden und wurden von einem grünen Band gehalten. Entsetzt stellte der Amerikaner fest, dass das Gesicht seiner Freundin durch Schwellungen und blaue Flecken entstellt war. Ihre Unterlippe war einseitig dick angeschwollen und sie hatte einen breiten Verband am Hals.

Eine Infusionsnadel war an ihrem rechten Handgelenk befestigt und der Schlauch daran führte zu einem Metallgestell, an dem ein Beutel mit Flüssigkeit hing.

Vickers beugte sich über sie, küsste sie zärtlich auf den Mund und flüsterte ihren Namen. Marlies schlug die Augen auf und sah ihn an. Sie lächelte. Dann entdeckte sie Lucien. »Ist das der Franzose?«, flüsterte sie heiser. »Schwester Anna hat mir etwas erzählt.« Sie verzog ihr Gesicht. »Schau mich nicht an, Joey. Ich bin hässlich geworden. Lass mich allein. Bitte!«

»Was ist mit dir, Baby?« Der Amerikaner setzte sich auf den Bettrand und streichelte zärtlich ihre Hand.

»Es tat alles so entsetzlich weh. Nun kann ich meine Füße nicht mehr fühlen. Der Doktor sagte …« Sie begann zu weinen.

Joey küsste sie erneut. »Erzähle es mir«, hauchte er.

»Sie werden nicht mehr richtig durchblutet. Ich werde nur noch an Krücken gehen können«, schluchzte sie. »Den Rest meines Lebens.« Sie presste ihren Kopf in Joeys Hand und liebkoste sein Handgelenk. »Ich werde Johnny nie mehr herumtragen können.«

»Ich werde dir helfen, wenn du meine Hilfe brauchst. Habe noch ein paar Tage Geduld, bis wir unseren Auftrag abgeschlossen haben. Wir sind der Lösung ganz nahe.« Er küsste sie erneut, verabschiedete sich leise von ihr und schenkte ihr den angebissenen Apfel. »Ich muss wieder runter, Edwards wartet unten im Hof auf mich. Werde schnell gesund, Johnny und ich holen dich dann ab.«

»Geht es ihm gut?«, fragte sie leise.

»Ja. Er ist mal bei Katrin oder mal bei Miss Frey. Wenn Katrin nicht so clever gewesen wäre, hätten wir dich nicht gefunden. Sie schickt dir Grüße.« Er öffnete die Tür hinter sich und warf ihr eine Kusshand zu. »Ich komme morgen wieder, Sweetheart.« Als er die Tür von außen schloss, liefen Tränen sein Gesicht hinunter. Lucien stand bereits betreten im Treppenhaus, stützte sich auf des Treppengeländer und wartete auf seinen neuen Bekannten.

SAMSTAG, 1. DEZEMBER 1945, 17.55 UHR

Private First Class Farina schreckte von seinem Lager hoch. In dem Mansardenzimmer trommelte der Regen auf die Dachziegel. Draußen war es bereits finster. Er stand auf, streckte sich, lief zu dem kleinen Dachgiebelfenster seiner Stube und schaute hinaus. Der unter ihm liegende Kasernenhof mit dem angrenzenden Fahrzeug- und Panzerstandplatz lag im Dunkel. Der nur zweihundert Meter Luftlinie entfernte Fahrzeugpool der Militärpolizei war stattdessen hell erleuchtet. Auch in dem Verwaltungsgebäude neben der Polizeistation war Licht. Nicht weit davon entfernt befand sich der Eingang zur Snackbar, vor deren Tür sich öfters Schlägereien ereignet hatten. Aufgrund der Lichtreflexionen konnte er erkennen, dass sich die Tür des Gebäudes pausenlos öffnete und wieder schloss.

Der Soldat mit italienischer Abstammung verspürte Hunger. Er musste sich auf den Weg in seine eigene Stube machen, denn dort lag eines der Fresspakete, die ihm seine Eltern regelmäßig schickten. Er war noch nicht mal dazugekommen, das letzte aufzumachen. Dieser verfluchte Edwards und seine Idiotentruppe hatten ihn immer wieder davon abgehalten. Er schwor sich zudem, es den beiden Corporals Bertrand und Spinelli bei nächster Gelegenheit heimzuzahlen. Die würden ihre Brutalität gegen ihn noch bereuen.

Er verließ das Zimmer, warf den Schlüssel in einen Mülleimer und machte sich auf den Weg zu seiner eigenen Kammer. Es interessierte ihn wenig, ob ihn eventuell jemand erkannte. Zehn Minuten später stand er durchnässt in dem Gang vor seiner Tür und erinnerte sich, dass die MP ihm alles abgenommen hatte, bevor sie ihn in die Zelle gesteckt hatten. Farina verfluchte gerade seine Leichtsinnigkeit, als ein anderer Soldat, mit einer Zigarette im Mund, den Flur betrat und die Tür schräg gegenüber von ihm aufschloss.

»Was ist los, Pietro? Haste was vergessen?«

Dieser nickte. »Ja, merda! Mein Schlüssel liegt im Auto im Motor Pool.«

»Das ist doof, aber kein Hindernis. Die mache ich in fünf Minuten auf. Die Deutschen, die das Haus bauten, haben ein System angewendet, welches nur zehn Schlüssel kennt. Du hast die 406. Stube 416 hat den gleichen Schlüssel. Sag es aber bitte keinem weiter.«

Farina schlug dem freundlichen Corporal anerkennend auf die Schulter und bedankte sich per Handschlag. Dann gingen beide zu dem anderen Unterkunftsraum und hämmerten gegen die Tür. Ein verschlafener Schwarzer in weißem T-Shirt und Shorts öffnete und rückte seinen Zweitschlüssel ohne Rückfragen raus. Erstaunlicherweise passte der wirklich in die Tür zu Farinas Stube. Der Soldat stürzte sich, sobald er die Tür hinter sich zugeworfen hatte, auf das Fresspaket. Er riss es auf, entnahm den Marsala-Wein, die kubanischen Habanos-Zigarren, den geliebten Panettone mit Karamellgeschmack und eine Holzschachtel mit *frutti di martorane* – täuschend echte, aber verkleinerte Marzipanfrüchte in acht verschiedenen Ausführungen.

Pietro ließ sich Zeit, als er den Kuchen anschnitt. Er genoss den Geruch, den das erste Stück verbreitete. Die Karamellsoße lief aus dem Teig heraus und wurde vom Sizilianer genüsslich vom Messer geleckt.

Er öffnete die Weinflasche, goss etwas in ein Wasserglas und zündete sich eine Zigarre an. Während er von Philly und dem Restaurant seiner Eltern träumte, rauchte, aß und trank er. Das war sein Leben. Das feine Nichtstun und andere arbeiten lassen. Pietro genoss den Abend, ohne zu wissen, dass es sein letzter bei der Armee werden würde.

*

An einem anderen Ende der Kaserne machte sich Captain Edwards daran, dem nur zwei Gebäude entfernten Offizierskasino einen Besuch abzustatten und seinen Freund Cody Codellany zu treffen. Doch dieser hatte an diesem Abend unerwartet Dienst und musste in der Oststadt an einer Razzia gegen polnische Zigarettenschieber teilnehmen. Diese Polizeiaktion würde sie bis in die Nacht beschäftigen.

Edwards hatte das Gebäude im Lichte einiger Laternen verlassen und lief, den undichten Dachrinnen ausweichend, im Schatten der Hauswände entlang. Leider hatten auch andere Soldaten diese Idee. Deshalb musste man sich gegenseitig ausweichen. Der Captain hatte dabei eindeutig die besseren Karten, da niedrigere Dienstgrade ihm ausweichen mussten, während er selbst mehr oder weniger trocken blieb.

Einige Minuten später hatte er die Eichentür des Kasinos erreicht und öffnete sie. Eine Wolke aus Zigarettenrauch und laute Wortfetzen wallten ihm entgegen. Die kleine Garderobe platzte fast vor lauter Regenmänteln und rund um den Schirmhalter stand ein große Pfütze Regenwasser.

Edwards wurde als Stammgast von der Ordonnanz begrüßt und in dem zur Hälfte mit Besuchern gefüllten Gastraum an einen leeren Tisch mit zwei Sesseln geleitet. Direkt neben einem Sessel stand ein deutscher Volksempfänger und spielte Country-Musik vom Soldatensender AFN. Während der Offizier seinen ersten Kaffee serviert bekam und sich eine Zigarette anzündete, entdeckte er den französischen Lieutenant-colonel in einer Ecke des Kasinos, der sich mit einem Major unterhielt. Dieser erkannte nach kurzer Zeit den neu angekommenen Edwards und steuerte gleich auf ihn zu.

»Captain Edwards, Sie sind meine Rettung!«, sagte er und strich sich theatralisch den Schweiß von der Stirn. »Der Franzose da hinten braucht einen Übersetzer.«

»Warum fragen Sie mich, Cowley? Ich kann kein Wort Französisch! Okay, ein paar Schimpfwörter von früher, aber mehr nicht. Wie stellen Sie sich das vor? Fragen Sie doch jemand anderes. Ich will meine Ruhe haben.«

Doch der Major schien Edwards nicht zugehört zu haben, denn er war bereits wieder bei dem Franzosen und geleitete ihn an den Tisch des Captains.

Der Lieutenant-colonel setzte sich unaufgefordert dem

Captain gegenüber in den Ledersessel. Edwards konnte dem Major noch einen bitterbösen Blick zuwerfen, da ergriff der Franzose bereits das Wort: »Bonsoir, Monsieur, ich bin Lieutenant-colonel Keller, Regimentskommandeur des 31. Stabskompanieregiments der französischen Armee in Baden-Baden.«

»Willkommen in Karlsruhe«, antwortete Edwards kurz angebunden auf Deutsch und hoffte, der Franzose würde bald das Interesse verlieren. »Was verschafft mir die Ehre, Monsieur?«

Der Franzose sprach mit starkem französischen Akzent, war aber doch ganz gut zu verstehen. »Capitain Edwards, mein Sohn Lucien ist letzte Woche mit einem Flugzeug hier in Karlsruhe notgelandet. Er liegt in einem Krankenhaus.«

»Ja, ich bin informiert. Einer meiner Männer hat heute seine Verlobte besucht, die ebenfalls im Krankenhaus liegt. Dabei traf er zufällig ihren Sohn. Er war auf dem Flugplatz dabei, als dieser verprügelt wurde.«

»Ein Sergeant Vickers, der in dieser Kaserne stationiert ist, hat ihm das Leben gerettet.« Der Franzose lächelte.

»Ja, Monsieur. Das ist mein Fahrer. Er ist immer sehr hilfsbereit.«

Der französische Offizier schwenkte auf das Thema um, welches ihm am meisten Sorgen bereitete: »Monsieur Edwards, ich muss das Flugzeug sehen. Mein Sohn hatte wichtige Papiere dabei, die sich vermutlich noch im Flugzeug befinden. Diese brauche ich dringend. Und vielleicht auch den Doppeldecker.« Keller lehnte sich besorgt nach vorn. »Wir möchten das Flugzeug gerne zurückhaben. Es war sehr teuer.«

»Es ist nicht Eigentum der Armee?«

»Nein, es gehört meinem Sohn Lucien. Ich habe es ihm zu seinem achtzehnten Geburtstag geschenkt. Mein Sohn ist ein sehr erfahrener Pilot. Er fliegt einmal pro Woche vom Aérodrome de Nancy nach Baden-Oos. Letzten Dienstag ging leider etwas schief und er wurde durch einen Motordefekt vom Kurs abgetrieben. Lässt sich da nichts machen?«, bat er eindringlich. »Capitain, ich bin extra aus Baden-Baden hierhergekommen, um meinen verletzten Sohn zu besuchen und einen Blick auf die beschädigte Maschine zu werfen. Ich bitte Sie unter Offizieren um diesen Gefallen.« Er verschwieg, dass der Befehlshaber von Karlsruhe diese Bitte bereits abgelehnt hatte.

Der Amerikaner überlegte. Die Flugfeldwache hatte die Maschine sicherlich schon in einen der leer stehenden Hangars gezogen. Es würde sicher niemanden stören, wenn er jetzt noch vorbeikäme. Edwards zündete sich eine weitere Zigarette an. Sein Kaffee war inzwischen kalt geworden. Er orderte sich und dem fremden Offizier einen neuen.

Um auf das Flugfeld zu fahren, brauchte er Vickers. Der Leiter des Motor Pools durfte jederzeit ein Fahrzeug nehmen, ohne dass eine andere Dienststelle Verdacht schöpfte. Er seufzte. »Also gut. Haben Sie ein Fahrzeug, Monsieur Keller?«

»Ja, meine Kommandeurs-Limousine. Die steht auf einem Parkplatz. Mein Chauffeur wartet seit einigen Stunden darin auf mich.«

Edwards erhob sich schwerfällig. »Ich gehe kurz telefonieren. Mein Fahrer wird uns gleich hier vor dem

Kasino abholen. Das ist dann nicht so auffällig, wie mit ihrem Auto zu fahren. Wir haben aber noch genug Zeit, um den Kaffee zu Ende zu trinken.«

Der Lieutenant-colonel lächelte den Captain an. Er schien in seinen Augen jemanden für seine Belange gefunden zu haben.

SAMSTAG, 1. DEZEMBER 1945, 21.45 UHR

First Sergeant Joey Vickers hatte es sich in einem Sessel in seiner Stube gemütlich gemacht. Er zog seine Uniformjacke aus, schaltete das Radio ein, öffnete sich eine Flasche Bier und rauchte eine Zigarette. Nach zehn Minuten schlief er in dem bequemen Sitzmöbel ein. Er träumte von Marlies, die singend in einem Neuwagen aus dem Autohaus seines Vaters saß und auf dem Footballfeld in seiner Heimatstadt Gainesville Kreise fuhr. Gleichzeitig saß er auf der Tribüne und versuchte verzweifelt, Johnny die Brust zu geben. Dieser trug einen Strampelanzug in den Farben der amerikanischen Flagge. Die Fütterung wäre ihm fast gelungen. Doch er schreckte aus dem Schlaf, da die Wache an seine Tür klopfte. Er griff einer Gewohnheit folgend an seinen Gürtel nach der Waffe. Doch schlagartig wurde ihm bewusst, dass der Krieg aus war und die Angst ums eigene Leben seit Monaten ein Ende hätte haben sollte.

Schlaftrunken zog er sich etwas über und verwarf den Gedanken, weiter über das soeben Geträumte nachzudenken. Es war eh der blanke Unsinn gewesen. Er nahm Edwards Befehl von der Wache entgegen, trottete in den dunklen Motor Pool hinunter und borgte sich dort einen vollgetankten Dodge M37.

Während er nun mit laufendem Motor vor dem Kasino stand und fröstelnd auf den Offizier und Wärme aus der Autolüftung wartete, kam dieser mit einem seltsam gekleideten Soldaten aus dem Offiziersheim. Beide stiegen zu ihm in das Fahrzeug und Joey erhielt die Anweisung, zur Forstner-Kaserne zu fahren.

Unterwegs stellte sich der Franzose dem Fahrer vor und dankte ihm aufrichtig für die Rettung seines Sohnes.

Während Vickers Augen den Lichtkegeln des Dodge durch die stockdunklen Karlsruher Straßen folgten, hörte er sich die lobenden Worte eine Weile an und beschloss, dem redseligen Keller weiterhin mit etwas Distanz zu begegnen. Dieser übertrieb seine Dankrede so maßlos und lobte die Zusammenarbeit mit der US-Armee auf allen Ebenen, dass Vickers das Gefühl beschlich, irgendetwas stimme nicht.

»Der redet totalen Bullshit, der Frenchy«, flüsterte der Fahrer zwischendurch dem neben ihm sitzenden Edwards ins Ohr. Der Captain knuffte ihn daraufhin gegen den Oberschenkel. »Ich weiß. Halten Sie die Klappe!«, zischte er.

Nach einer Weile erreichten die Männer das geschlossene Tor des Flugfeldes. Vickers ließ den Motor laufen, stieg aus und unterhielt sich kurz mit der Wache, die misstrauisch hinter dem Tor stand. Er übergab dem Wachmann verdeckt einen Zehn-Dollarschein. Daraufhin schob dieser das Tor zur Hälfte auf und ließ das Fahrzeug ohne weitere Kontrolle in den Kleinflugplatz hineinfahren.

Vor der Halle II stoppte der Dodge und die Männer stiegen aus. Vickers öffnete eine Metalltür an der Seite der halbkreisförmigen Vorderseite der Wellblechhalle. Am Sicherungskastens legte er einen Schalter um, worauf die Halle in ein diffuses Licht getaucht wurde. Mitten in dem Shelter stand der im vorderen Bereich stark verrußte Doppeldecker vom Typ Caudron-275 Luciole. An den Rädern hing noch das Gras der Landebahn und im Bereich der Pilotenkanzel war rechts ein großes Loch in der Verkleidung zu sehen. Diverse Stahldrähte hingen dort aus dem Rumpf. Das Flugzeug war bei der Bergung stark beschädigt worden. Den großen Propeller hatte bereits jemand ausgebaut und mitgenommen. Seine sechs Befestigungsschrauben lagen vor der Motorhaube auf dem Boden. Keller stieg mühselig auf den Flügel der Maschine und beugte sich in die Pilotenkanzel hinein. Dabei verlor er einige Orden und Knöpfe seiner Galauniform. Diese waren an den abstehenden Metallfetzen hängen geblieben und zu Boden gefallen. Der Franzose fluchte für alle gut hörbar und stieg wieder herab.

»Die Akten wurden gestohlen!«, japste er enttäuscht. Das Besteigen des Fliegers hatte ihn scheinbar sehr viel Kraft gekostet, denn der Stabsoffizier taumelte plötzlich und hielt sich an einem der Flügelspanndrähte fest. Sein Atem ging kurz und schwer. Schweißtropfen bildeten sich auf seiner Stirn.

»Alles in Ordnung, Monsieur Keller?« Edwards trat besorgt auf den Franzosen zu.

»Ja. Es geht schon wieder. Mein Herz ist diese Belastung nicht mehr gewohnt. Können Sie mir vielleicht etwas Wasser besorgen? Der starke Kaffee von vorhin tut mir nicht gut.«

»Lassen Sie uns zu der Wachmannschaft gehen. Die haben ein beheiztes Office und sicherlich auch etwas zu trinken für Sie.«

Der Lieutenant-colonel klammerte sich an Edwards. Die beiden trotteten langsam zu dem Wachthaus neben dem Eingang. Ein Sergeant hatte bereits die Eingangstür geöffnet und sah den französischen Offizier besorgt an. Dieser ließ sich innerhalb des gewärmten Raums auf den ersten Stuhl fallen.

»Geben Sie ihm etwas Wasser, Sergeant«, befahl Edwards.

Ein Corporal, der sich gerade einen Munitionsgürtel angelegt hatte, reichte Keller eine volle Flasche und verließ das Büro. Draußen hörte man den Motor eines Autos, welches sich rasch entfernte.

Keller trank etwas Wasser und seufzte. »Das war heute doch etwas zu viel für mich.« Er faltete die Hände, beugte sich vor und stützte sich mit den Unterarmen auf seinen Beinen ab.

Vickers, der sich mit dem Wachhabenden unterhielt, musste sich plötzlich bücken, denn Farinas Notizzettel mit den Kohlelieferungen war ihm versehentlich aus der Tasche gefallen. Jetzt lag dieser unter dem Stuhl des Franzosen.

Als er sich bückte, um ihn wieder aufzuheben, stießen die beiden Soldaten mit den Köpfen zusammen, denn Keller hatte sich auch nach dem Blatt gebeugt. »Was ist das?«, fragte er Joey interessiert und überreichte ihm das Papier.

»Unser aktueller Fall, den wir von der MP bekommen haben.«

»Sie müssen als Scouts Polizeiarbeit machen?« Er schüttelte entrüstet den Kopf. »Mon dieu! Das gäbe es bei uns nicht.«

»Die MP hat zu wenig Personal. Wir sollen einen Mörder finden. Auf diesem Zettel stehen Daten von Kohlelieferungen, die verschiedene Firmen erhielten«, berichtete Vickers und drehte dabei den Zettel zu Keller. »Hier hinten stehen Prozentangaben, die uns Rätsel aufgeben. Wir haben aber nicht die Zeit, alles zu überprüfen.«

Der Lieutenant-colonel zuckte mit den Schultern und schnitt eine Grimasse. »Ja, wer hat heute schon Zeit für Details?« Er trank noch einen Schluck aus der Flasche und erhob sich langsam. »Können wir bitte fahren, Mr. Edwards? Mein Visum gilt nur bis 24 Uhr. Danach bin ich illegal hier.« Er warf einen kritischen Blick auf seine goldene Armbanduhr und verzog das Gesicht. »Ich habe noch vierzig Minuten Zeit.«

SONNTAG, 2. DEZEMBER 1945, 9.10 UHR

Captain Edwards war sprachlos. Das kam zwar relativ selten vor, aber in diesem Fall verschlug es ihm trotzdem die Sprache. Denn der Motor Pool war komplett leer gefegt. Kein einziges Fahrzeug, nicht mal ein Harley-Davidson-Motorrad der MP war an diesem Morgen zu bekommen. Ein Drittel der schweren Lastwagen war abkommandiert worden, um Kohle aus Mannheim zu holen, ein weiteres wurde zur Unterstützung der Verteilung des Brennstoffs innerhalb der Stadt eingesetzt und die restlichen fünfzehn Dodges wurden nach Langenbrücken befohlen, um bei der Lagerräumung der Lebensmittelrationen zu helfen. Die sonst meist untätigen und gelangweilten Panzermannschaften wurden zum Kohleschaufeln oder Kartontragen herangezogen. Die Motorräder mussten die in den Jeeps sitzenden Offiziere eskortieren. Eine einsame Planierraupe und ein fast vollkommen zerlegter CCKW waren alles, was in den Garagen von Vickers Motor Pool herumstand. In der ganzen Kaserne war es, aufgrund des Großeinsatzes, still, als wären alle im Tiefschlaf. Lediglich die MP war mit einer Notbesetzung anwesend. Edwards kontrollierte eine Garage nach der anderen, schließlich gab er auf.

First Sergeant Vickers war der Erste, der die Wut des Offiziers zu spüren bekam: »Wie konnten Sie es zulassen, dass alle Fahrzeuge abkommandiert wurden, Joey?

Haben Sie denn nicht bedacht, dass wir auch ein Transportmittel brauchen?«

»Der Befehl kam von ganz oben, Sir«, gab dieser kleinlaut zurück. »Seit der Sache gestern Abend mit dem Franzosen und dem Flugzeug bin ich bei Armstead endgültig in Ungnade gefallen. Er hat mich um 7 Uhr zu sich bestellt und mich fast angesprungen, als ich sagte, wir wären mit den Ermittlungen noch nicht zu einhundert Prozent fertig.«

»Was will er denn noch? Der Hoteldirektor ist wieder auf freiem Fuß und wir haben den Schuldigen entlarvt.«

»Ja, Sir. Das reicht ihm aber nicht. Er will Engel in Handschellen hier zum Verhör haben.« Vickers trat verlegen von einem Fuß auf den anderen.

»Wir müssen ihn uns schnappen. Doch ohne Fahrzeug geht das nicht!«, erwiderte Edwards.

»Armstead sagte noch, dass er heute ein Ergebnis braucht und *Operation Milkshake* endlich abschließen will.«

»Heute? Ohne Auto?« Der Offizier lachte bitter und wurde wieder ernst. »Vickers, beschaffen Sie uns einen fahrbaren Untersatz, egal was es ist. Das ist ein Befehl!« Er drehte sich um und warf einen Blick auf die anderen Soldaten, die ihn betroffen anstarrten. »Wer zuerst ein Fahrzeug bringt, bekommt drei Tage Sonderurlaub!« Er scheuchte die Männer auseinander. »Los, los! Das gilt auch für Sie, Joey.«

Bevor Edwards Männer Zeit hatten, auszuströmen, wies sie Vickers an, ihn zu begleiten, da er bereits eine Idee habe. Roebuck, Jonas und Veelapinat folgten dem

Unteroffizier und verschwanden gemeinsam zwischen den Gebäuden.

Nach knapp zwanzig Minuten und zwei Zigaretten hörte der Captain aus einer anderen Ecke der Kaserne einen dumpfen Knall gefolgt von einem lauten Scheppern. Anschließend vernahm er das tiefe Röhren eines Motors, welches immer lauter wurde und zu seiner Überraschung sah er auf der Kasernenstraße einen Stuart M5A1 um die Ecke und direkt auf ihn zufahren. Zehn Meter vor dem Offizier stoppte der Panzer, der Motor starb ab und die Kommandantenluke im Turm öffnete sich. Anthony Roebucks Oberkörper erschien und grinste zu Edwards hinunter. »Das ist das schnellste Gefährt, das wir finden konnten, Sir. Vickers sagt, er müsse noch an den beiden Motoren eine kleine Änderung vornehmen, dann könnten wir damit vierundvierzig Meilen pro Stunde fahren, vielleicht sogar noch etwas mehr!« Er strahlte Edwards an. »Wir haben vollgetankt und warten nur auf Sie, Sir.«

Edwards verschlug es die Sprache. Wie sollte er das später Armstead erklären? Mit einem Panzer durch die Stadt? »Also gut. Ich komme rauf. Mitgefangen, mitgehangen.« Etwas außer Übung erklomm er das Fahrzeug und dessen Turm. Sergeant Roebuck übergab ihm lächelnd die Schutzbrille und den Kopfhörer mit der Gegensprecheinrichtung.

»Ihr seid wahnsinnig, Jungs!«, schrie Edwards in den Panzer hinein. »Das kostet mich meinen Kopf.«

Von unten drang Gelächter herauf. »Unseren auch«, rief Vickers zurück.

»Was hat da vorhin so geknallt? Waren Sie das?«

Roebuck öffnete den zweiten Turmdeckel und machte es sich neben dem Verschluss der 37-Millimeter-Kanone bequem, so gut es ging. »Ja, Sir«, erwiderte er. »Wir sind beim Rangieren an dem Werkstatttor hängen geblieben und haben es aus den Angeln gerissen.«

Edwards setzte bereits den Helm auf und prüfte die akustische Verbindung zum Fahrer. Gleichzeitig versuchte er sich an die einstige Kurzeinweisung Stuart von 1944 zu erinnern. »Hatte denn niemand etwas dagegen, dass Sie einfach einen Panzer mitnehmen?«, erkundigte er sich.

»Nein, Sir. Der in der Werkstatt anwesende Master Sergeant lachte uns anfangs nur aus. Einen Sherman wollte er uns nicht anvertrauen. Stattdessen stellte er uns das älteste Vehikel seines Fuhrparks zur Verfügung. Das dumme Grinsen verging ihm, als Vickers die angeblich defekten Motoren startete und beim Rausfahren das Stahltor mitnahm.«

Der letzte Kommentar des Offiziers zu dieser irrsinnigen Aktion ging in dem neuerlichen Gebrüll der beiden Cadillac-Achtzylindermotoren unter. Mit einem sanften Ruckeln aus dem Getriebe legte Vickers den Vorwärtsgang ein.

»Fahren Sie uns langsam aus der Kaserne, Joey. Lassen Sie aber bitte die Pforte samt Schranke heile!«

SONNTAG, 2. DEZEMBER 1945, 10.10 UHR

»Lieutenant Soberski, Captain Edwards von den Scouts bittet um Erlaubnis zum Verlassen der Kaserne.«

Der angesprochene Wachleiter saß an seinem Schreibtisch in der Wachstube des Nebentors an der Eggensteiner Straße. Er studierte angestrengt ein Kreuzworträtsel, welches er in einem der herumliegenden YANK-Magazine gefunden hatte. »Er soll mal seinen Auspuff reparieren lassen«, antwortete dieser, ohne aufzusehen. »Indischer Adelstitel mit neun Buchstaben und einem ›m‹ am Anfang?«

»Sir, ich glaube der Auspuff ist in Ordnung.« Der Wachmann sah noch einmal ungläubig hinaus. »Er und seine Leute möchten kurz in die Stadt fahren.«

»Erlaubnis erteilt. ›M-A-H-A-R-A-J-A-H‹.«

Als das laute Klappern von draußen wieder einsetzte, hob der Lieutenant seinen Kopf und erschrak. Das war nicht der Auspuff, sondern die Ketten eines Panzers, die er gehört hatte. Er erkannte gerade noch das kantige Heck, als dieser aus der Kaserne fuhr, im rechten Winkel auf der Straße drehte und auf der Pionierstraße ratternd Richtung Innenstadt davonfuhr.

»D… das ist ja der Stuart!«, schrie er den wachhabenden Corporal an.

»Ja, Sir. Der stand seit dem Einmarsch Anfang Juli in der Werkstatt herum. Ich bin da auch schon mal dringesessen. Wollte schon immer mal in einem Panzer sitzen. Motorschaden, sagten die vom Personal.«

»Und nun? Sie können doch die Scouts nicht mit diesem Ding losfahren lassen. Holen Sie sie gefälligst zurück!«

Der Wachmann rannte auf die Straße und sah sich hektisch um. »Er ist weg, Sir!«, schrie er von dort.

»Kommen Sie wieder rein. Mensch, alles muss man selber machen.«

Mit hängendem Kopf trottete der Corporal zum Tor zurück auf seinen Posten, während der Lieutenant zum Telefonhörer griff und die MP verständigte.

Allzu weit kamen die Scouts mit dem Aufklärungspanzer allerdings nicht. Nach einigen heftigen Fehlzündungen ging der linke Motor des Stuart während der Fahrt aus. Da der rechte jedoch weiterlief, drehte das Kettenfahrzeug mitten auf dem Durlacher Weg kurz vor dem nördlichen Teil der Telegraphen-Kaserne eine ungewollte Pirouette. Die Besatzung wurde dabei herumgeworfen und musste ein paar blaue Flecken in Kauf nehmen.

Während Vickers fluchend an dem Motor herumschraubte, waren bis auf Edwards alle ausgestiegen und reckten ihre geschundenen Glieder. Das ungewohnte und unbequeme Sitzen in dem engen Panzer strengte sehr an und ließ ihre Beine taub werden. Des Weiteren machten die beiden Cadillacs während der Fahrt einen Höllenlärm.

»Haben Sie sich Schrott andrehen lassen, Joey?«, meckerte der Offizier und hielt sich das schmerzende Knie. Er saß auf dem offenen Deckel des Geschützturms, lehnte sich an das Periskop und sah dem Mechaniker zwei Meter unter sich, bei der Arbeit zu.

»Es war das einzig verfügbare Fahrzeug. Der blöde Master Sergeant hat keinen Sherman rausgerückt. Der wäre gegenüber diesem Schätzchen nur eine lahme Krücke.« Er nahm ein Teil des Vergasers ab und blies kräftig hindurch. Dann spuckte er prustend aus. »Das Standgas ist verstellt und der Bowdenzug klemmt.« Aus dem Motorraum kam ein quietschendes Geräusch. Ein Schraubenschlüssel fiel auf den Blechboden und Vickers machte ächzende Laute.

»Haben Sie's hinbekommen?«, fragte Edwards nach unten.

»Ich muss es versuchen. An dem Motor ist alles verstellt worden. Kein Wunder, dass der so unruhig lief.«

»Beeilen Sie sich bitte, wir müssen in dem beschissenen Regen auf Sie warten.«

Der Fahrer kletterte erneut nach vorn und ließ sich in seinen Sitz fallen. Er betätigte den Anlasser und mit einem mächtigen Knall, der die Außenstehenden vor Schreck zusammenfahren ließ, sprangen die beiden Cadillacs nacheinander an. Nach ein paar Fehlzündungen lief der reparierte Motor fast wieder gleichmäßig.

»Aufsitzen!«, rief Edwards. Fast im gleichen Moment begannen sich die Kettenräder zu drehen und der Stuart rasselte langsam knirschend zurück in die ursprüngliche Fahrtrichtung. Als alle wieder auf ihren Plätzen saßen, gab Joey Gas und beschleunigte die fünfzehn Tonnen Stahl auf Höchstgeschwindigkeit. Der Schlamm auf dem Feldweg, der von den Ketten verdrängt wurde, spritzte meterweit in den Wald und das ganze Fahrzeug bebte und rüttelte. Der Feldweg hinter ihnen, war von einer dicken blauen Abgaswolke eingehüllt.

Edwards saß in dem geschlossenen Turm, sah durch das um dreihundertsechzig Grad drehbare Periskop nach draußen, grinste über das ganze Gesicht. Von seinem erhöhten Sitzplatz aus, konnte er in einiger Entfernung die zerstörten Wehrmachtsbunker auf dem *Rennbuckel* erkennen. Nach wenigen Minuten fuhren sie an dem neu angelegten Armee-Schießplatz am *Schänzle* vorbei. Einige zur Reinigung abberufene Soldaten gafften ihnen erstaunt hinterher. Edwards gab Vickers den Befehl, am Ende des Wäldchens rechts abzubiegen, da dahinter bereits das Flugfeld begann. Er war sich nicht sicher, ob der Weg dort weiterging oder endete.

Der Weg setzte sich jedoch fort, wurde breiter und schon nach knapp einem Kilometer kamen sie zur Knielinger Allee, auf die sie nach links, Richtung Schloss, einschwenkten. Da diese Straße gepflastert war, kamen sie nun schneller voran. Am Waldring passierten sie einen Reiter, dessen Pferd beim Anblick des grünen Ungetüms, stark aufbäumte und auszubrechen drohte. Der Reiter konnte sich nur mit Mühe im Sattel halten.

Auch der am Ende der Allee liegende Parkring war durchgehend gepflastert, sodass sie nach knapp zehn Minuten Vollgas auf der halbkreisförmig verlaufenden Piste das Durlacher Tor und die gleichnamige Allee erreichten.

Auf dieser lang gezogenen Straße überholten sie sogar einige Straßenbahnen. Die Fahrgäste schienen derart überrascht, dass der ein oder andere fast aus der Tram fiel, als der Panzer vorbeifuhr.

Kurz vor der Tullastraße erschütterte jedoch plötzlich ein lauter Schlag aus dem Getriebe die Motoren, der beide absterben ließ. Die Zahnräder blockierten. Infolgedessen schlugen Flammen aus dem gemeinsamen Vergaser. Heißes Motorenöl spritzte aus einer geborstenen Dichtung auf die dunkelrot glühenden Krümmer und entzündete sich.

Vickers, der gerade noch rechtzeitig das Getriebe auskuppeln konnte, ließ den Stuart am Straßenrand ausrollen.

»Feuer!«, brüllte Veelapinat, der dem Motor am Nächsten saß. »Soford alle raus. Sonds gehen wir hier drin drauf!« Ein Ärmel seiner Jacke hatte bereits Feuer gefangen. Der gesamte Innenraum füllte sich schnell mit Dampf und Rauch. Die Männer husteten und öffneten schnell alle Luken. Beißender Nebel verteilte sich überall. Edwards und Roebuck sprangen nach oben aus dem Turm und zogen gemeinsam den vor Angst schreienden Hawaiianer aus dem stählernen Gefängnis. Vorn schälten sich Vickers und Jonas aus den aufgeklappten Öffnungen. Der Captain half dem jungen Soldaten vom Fahrzeug, sprang hinterher und riss ihm daraufhin die brennende Jacke herunter. Ein paar Passanten kamen zusammengelaufen und brachten die Soldaten in Sicherheit, weg von dem mittlerweile stark qualmenden Fahrzeug.

Die Straßenbahn, die zuletzt von dem Kettenfahrzeug überholt wurde, blieb sicherheitshalber vor dem Unfallort stehen. Das erwies sich als richtig, denn nicht mal eine Minute später gab es eine Detonation und der Stuart stand nun vollends in Flammen. Brennendes Benzin lief auf die Straße, schwarzer Rauch waberte weithin sichtbar über der Durlacher Allee. In den Fenstern und auf den schmiedeeisernen Balkonen der Häuser gegenüber erschienen zahlreiche Schaulustige.

Die verbliebenen Mitglieder des Scout-Squad saßen zehn Meter von dem Wrack entfernt auf der niedrigen Begrenzungsmauer der Schlachthofverwaltung, lehnten sich an den gusseisernen Zaun und husteten den Rauch aus der Lunge, während ein zur Hilfe geeilter Beschäftigter des Betriebes sich um den leicht verletzten Sammy Veelapinat kümmerte. In weiser Voraussicht hatte er sogar einen Sanitätskasten und eine Flasche Wasser mitgebracht.

»Sie haben es geschafft, Joey.« Edwards betrachtete kritisch die Brandblasen auf seiner rechten Handfläche.

»Was denn, Sir?«

»Das zehnte Fahrzeug mit Ihnen am Steuer ist Schrott. Ein einsamer Rekord in neun Monaten.«

»Ich bitte Sie, Captain. Das war nicht immer meine Schuld. Es lag oft an der schlechten Qualität des Materials und den Straßen. Für den Kolbenfresser kann ich nun wirklich nichts.«

Der Offizier senkte den Kopf. »Nein. Sie sind nur ein wenig gerast. Ich hätte nicht gedacht, dass man mit einem Panzer so schnell fahren kann. Und das bei Ihrer Fahrweise. Es war für mich wie ein Wunder, dass Sie nicht direkt durch den Wald geheizt sind. Bei dem Tempo hätten wir es locker mit einigen deutschen Eichen aufnehmen können.«

Vickers zuckte gleichgültig mit den Schultern. »Was machen wir jetzt? Gehen wir zu Fuß weiter?«

Edwards nickte. Er deutete die Straße hinunter. »Wir haben es fast geschafft. Da hinten stehen die Gaskessel. Dort ist auch das Gaswerk, unser Ziel. Codellany bat uns, dort etwas zu überprüfen. Obwohl heute Sonntag ist, wird hier gearbeitet. Über den Betriebsleiter bekamen wir die Information, dass heute auch die Firma Engel auf dem Gelände sein soll. Er holt hier angeblich immer Koks für seine Großkunden. Vielleicht haben wir ja Glück. Dadurch dass heute der große Transportkonvoi von Mannheim hier zum Zwischenlagern der Kohlen ein- und ausfährt, fallen wir vielleicht gar nicht so auf.«

Der fremde Mann von der Großschlachterei trat auf ihn zu. Er hatte zuvor bereits Veelapinat verarztet. »Soll ich Ihnen die Hand verbinden, mein Herr? Sie haben sich verbrannt. Ich habe hier eine gute Salbe für diesen Zweck.« Ohne die Antwort des Offiziers zu abzuwarten, begann er dessen verletzte Handfläche mit einer ölig-weißen Substanz zu betupfen. Schließlich legte er ihm einen stabilen Mullverband an. »Lassen Sie das bitte morgen in einem Krankenhaus kontrollieren.«

Edwards nickte und lächelte den Mann dankbar an. »Sind Sie Arzt?«

»Ja, der Amtsveterinär. Ich habe ihr Unglück von meinem Laborfenster aus gesehen. Wir müssen uns täglich um die Tiere kümmern, die in unseren Ställen stehen. Wir wollen ja kein krankes Vieh schlachten.« Er deutete auf das Haus hinter dem Zaun.

Mit der unverletzten Hand zog Edwards seine Zigaretten aus der Brusttasche, steckte sich eine davon an und hielt dem Tierarzt auch eine hin. Dieser lehnte aber ab. Dann erhob er sich, grüßte kurz und lief zurück in das Gebäude, aus dem er gekommen war.

Es hatte sich mal wieder gezeigt, dass die Scouts nicht für Ermittlungsarbeit der MP geeignet waren, wenn nicht einmal ein Einsatzfahrzeug der MP oder geschultes Personal für das Team zur Verfügung stand. Die Ausbildung der Leute war nicht darauf abgerichtet. Der Offizier sah sich in der Runde der verbliebenen Teammitglieder um. Vickers unterhielt sich angeregt mit Jonas über ihr gemeinsames Hobby, das Motorradfahren. Veelapinat hockte, mit dem Rücken an die Mauer gelehnt, auf dem Boden und starrte trübselig vor sich hin. Sein rechter Oberarm war in einen Verband gehüllt. Direkt daneben saß Roebuck und nestelte an seiner Uniformjacke herum. Edwards gab ihm einen Klaps auf den Oberarm. »Kommen Sie, wir müssen weiter.«

Nach einigen Minuten Fußmarsch hatten die Scouts das Gelände der dahinterliegenden Gaskokerei Karlsruhe und dessen Haupteingang erreicht. Hinter den drei weithin sichtbaren Gasbehältern stand ein langes Sandsteingebäude mit einem hohen Kamin und am Ende der zahlreichen Nebengebäude ein großer Portalkran. Umgeben von hohen Mauern mit Stacheldraht lagerten hier ein paar Tausend Tonnen Kohlen, etwas kleinere Berge mit Koks, Schlacken und einem Haufen mit verrostetem Altmetall. Die eigentlichen Flächen, die für die Ruhrkohle-Vorräte bereit standen, lagen trostlos und verlassen da und waren teilweise mit Unkraut überwuchert. Das ganze Gelände war von in einigen Metern Höhe horizontal verlaufenden Gestellen mit Rohren und Förderbändern durchzogen. Eine Dampflokomotive mit einem Dutzend beladener Waggons stand vor einer Kippeinrichtung. Diese hob jeden Wagen einzeln an und ließ die Kohleladungen direkt in einen unterirdischen Bunker rutschen. Aufgrund fehlender Kohlen konnte das Werk nur mit stark verminderter Leistung Stadtgas liefern. Zudem waren noch immer zahlreiche Arbeiter dabei, die gravierenden Kriegsschäden zu beseitigen.

Die Soldaten betraten das mehrere Hektar große Areal durch das Tor und liefen in Richtung des Pförtnerhäuschens. Nicht weit entfernt stand ein auf Betonstützen stehendes Gebäude mit einer Reihe von Eisenbahnwaggons darunter.

Der Pförtner, ein Mann mittleren Alters mit einem Holzbein, humpelte aus dem Bau heraus und begrüßte die Soldaten, indem er seine Mütze zog.

Ohne sich um Begrüßungsfloskeln zu kümmern, stellte Captain Edwards die für ihn wichtigen Fragen: »War der Kohlenhändler Engel heute schon da?«

Der Mann schüttelte den Kopf. »Nein, Mister. Die Lieferanten kommen durch das Tor III auf der Rückseite. Hier ist nur der Personaleingang. Gehen Sie bitte links herum, etwa zweihundert Meter.« Er deutete hinter die Kohlenhalde.

»Können wir nicht den direkten Weg nehmen?«

Der Mann verneinte. »Zu gefährlich. Außerdem sind

unterwegs ein paar Zäune und Mauern. Gehen Sie bitte schön außen herum.«

Schon von Weitem war der Lieferanteneingang erkennbar. An vielen Stellen entlang der Straße lungerten Menschen an der Außenmauer herum, die teils auf Arbeitssuche waren oder hofften, dass die nur wenigen herausfahrenden Lastwagen Ladung verlieren würden, wenn sie über die unebene Zufahrtsstraße fuhren.

Als die Amerikaner in deren Nähe kamen, wurden sie von einer Gruppe verwahrloster Jugendlicher um Zigaretten und Kaugummis angebettelt. Edwards wünschte sich in diesem Moment nichts sehnlicher als ein Fahrzeug, statt von sieben schmutzigen Menschen umringt und angefasst zu werden. Den anderen erging es ähnlich. Erst als ein Mann aus dem Tor heraustrat und einen Pfiff ausstieß, stoben sie auseinander und rannten davon. Dieser trug eine umgefärbte, ehemals deutsche Uniform und eine Dienstmütze ohne Kokarde. »Kommen Sie hier rein! Müller vom Perso hat mir schon Bescheid gesagt, dass Sie im Anmarsch sind.« Er öffnete eine kleine Tür zu einem Gang, obwohl das Schiebetor fünf Meter weiter offen stand. »Mein Name ist Kleindienst und ich bin hier der Wiegemeister bei den Gaswerken.« Der Mann gab Edwards im Gehen die Hand. Sie stiegen in einer Art Turm einige Stufen nach oben, bis sie eine von Wellblech geschützte Plattform erreichten, von der man das ganze Be- und Entladeareal überschauen konnte. Mittig aus dem Boden ragte hier oben eine runde Messskala auf einem Gestell, die Edwards wie eine Waage für Riesen vorkam.

»Sie suchen nach der Firma Engel, wie er mir berichtete. Da kommen Sie gerade richtig.« Er deutete in eine der abzweigenden Werksstraßen hinein. »Da, hinter dem grauen Bagger steht er und holt zwei Tonnen Kohlenstaub.«

Roebuck, der den Laster des Händlers von seiner Position aus besser sehen konnte, stutzte. »Wozu braucht er die denn?«, fragte er den Lademeister. »Wir gingen davon aus, dass er hier Steinkohle oder Koks holt.«

Kleindienst lachte und schüttelte verschmitzt den Kopf. »Nein, die brauchen wir selber. Wir sind froh über jede Tonne. Sogar das Folgeprodukt, das Koks, verbrauchen wir komplett selbst. Da bleibt für den Verkauf nichts mehr übrig. Ein paar Abfallprodukte, wie zum Beispiel den Staub, können die Verbraucher bei uns erwerben. Alles andere ist unverkäuflich.«

Der Captain kratzte sich nachdenklich am Kopf. »Wozu braucht er so viel Kohlestaub, hat er das mal gesagt?«

»Ja, vor vier Wochen, an Allerheiligen, hat er die gesamte Geschäftsleitung in den Erbprinz nach Ettlingen eingeladen. Das war ein fantastisches Essen. Engel erzählte uns von seiner Geschäftsidee, Glühstäbe zur Herstellung von Glühmaterial für Bügeleisen herzustellen und zu verkaufen. Er habe eine Maschine zum Strangpressen dieser Dinger in seiner Firma. Er zeigte uns auch ein Foto davon«, berichtete Kleindienst. »Es waren zwar keine Stäbchen darauf zu sehen, aber egal. Das Essen war gut.« Er machte eine Pause und schwelgte in Gedanken. »Ich habe den Gastgeber dieses Wildessens kennengelernt, einen gewissen Stadtrat Schüssele. Ein selbstgefälliges Arschloch, wenn Sie mich fragen.«

»Warum?«

»Der benahm sich in dem Hotel, als wäre er der Besitzer. Der Bruder von Herrn Engel, der Direktor, war auch anwesend, hatte bei dieser Einladung jedoch nichts zu melden. Das war schon sehr seltsam.«

»Noch mal zu der Maschine«, forschte Edwards neugierig. »Was sah man auf dem Bild?«

Der Wiegemeister war irritiert. »Ich dachte, Sie wollten diesen Engel hier treffen?«

»Nein, er weiß nicht, dass wir hier sind. Er rechnet auch nicht mit uns.«

»Äh …«, Kleindienst musste nachdenken. »Auf dem Bild war ein Mann, der den Kohlestaub in einen großen Topf schüttete. Es sah aus wie eine dicke schwarze Suppe.«

»Und was kam hinten raus?«

»Engel berichtete euphorisch über die Stäbchen, aber ich sah nirgendwo einen hydraulischen Presszylinder. Den braucht er ja, um zumindest irgendetwas zu pressen. Mitten auf dem meterlangen Förderband saß nur ein riesiges Gebläse.«

»Interessant.« Die Amerikaner hörten dem Bericht des Werkmeisters zu, ohne zu bemerken, dass Engel bereits fertig beladen und mit seinem Lastwagen das Gelände durch ein anderes Tor verlassen hatte.

»Ich bin mir sicher, dass auf dem Foto keine Stäbchen zu sehen waren.«

Edwards nickte mit zusammengepressten Lippen. Seine Theorie bestätigte sich langsam.

»Sir, der Lasdwagen isd eben draußen am Dor vorübergefahren!«, schrie Veelapinat plötzlich und zog heftig an Edwards Ärmel. Schnell wurde er sich auch bewusst, dass er seinen vorgesetzten Offizier unerlaubt angefasst hatte. Als würde die Jacke glühen, ließ er sie abrupt wieder los.

Doch Edwards hatte die Berührung gar nicht richtig bemerkt. Er lehnte sich über die Brüstung und suchte das Gelände ab. »Scheiße!«, zischte er und rannte die Treppe wieder hinunter. Draußen auf der Straße sah er sich um. Ein paar zerlumpte Straßenkinder standen in seiner Nähe und sahen ihn überrascht an. Da hatte er eine Idee. Er nahm die Zigarettenpackung aus seiner Brusttasche, holte die vorletzte *Lucky Strike* hervor und hielt sie dem am nächsten stehenden Mädchen hin.

»Zigarette?«, flüsterte er und lächelte. Sie mochte etwa fünfzehn oder sechzehn Jahre alt sein, hatte lange, zu einem Zopf verknotete, dunkelblonde Haare und trug viel zu große Männerkleidung. Die Jugendliche strahlte und griff zu, doch Edwards Hand zuckte zurück. »Wenn du die Zigarette willst, musst du mir das bringen, was der Lastwagen mit dem Engelchen auf den Türen soeben auf der Straße verloren hat. Verstanden? Ihr sammelt doch sicherlich das auf, was die Lastwagen hier inmitten der Schlaglöcher verlieren?«

Das Mädchen nickte.

»Fragst du bitte auch deine Freunde? Ich habe ganz viele Zigaretten.« Er wollte gerade die Vorabzahlung überreichen, als First Sergeant Vickers hinter ihm aus der Tür trat, das Mädchen bei seinem Vorgesetzten entdeckte und es mit einem Schrei vertrieb: »Verschwinde, du Dieb!«, brüllte er, gab ihr eine Ohrfeige und stellte sich schützend vor Edwards.

»Joey, lassen Sie diesen Bullshit!« Der Captain packte den Sergeant und schubste ihn grob beiseite. »Verdammt noch mal, Sie versauen mir meine Geschäfte!«, schrie er verärgert. »Ich will nie wieder sehen, dass Sie eine Frau schlagen, verstanden? Hauen Sie ab, geben Sie mir aber vorher Ihre Zigaretten.«

»Alle?«

»Ja, los her damit!«

Vickers übergab seine Rauchwaren, die ihm Edwards geradezu entriss.

Edwards sah sich um. Das Mädchen war verschwunden. Er lief ein paar Schritte den Gehweg entlang und bemerkte jetzt erst die gemauerten Nischen, die alle paar Meter in die Mauer eingelassen waren. In der Dritten entdeckte er sie. Sie saß heulend und zusammengekauert auf dem Boden auf den Resten einer Zeitung. Er ging vor ihr auf die Knie und betrachtete sie. Sie zitterte am ganzen Körper.

»He, du«, flüsterte er. »Entschuldigung. Mein Freund hat es nicht so gemeint. Er wusste nicht, dass wir beide Geschäfte machen.« Er streckte ihr wieder die Zigarette hin. »Anzahlung.«

Die Heranwachsende lächelte matt. Doch statt den Glimmstängel einzustecken, steckte sie ihn sich den Mund.

Edwards hatte in den zerstörten Industriestädten Köln und Leverkusen schon jüngere Kinder rauchen sehen.

Ohne sich weiter Gedanken über ein Für und Wider zu machen, nahm er sich die Letzte aus der Packung und ließ sein Zippo aufflammen.

»Wie heißt du?«

»Zuzanna.«

»Bist du eine Deutsche?«

»Nein, ich bin aus Danzig. Meine Eltern waren polnische Zwangsarbeiter.«

»Wo wohnst du jetzt?«

»In einem Waisenhaus hier in der Nähe.«

»Sind deine Eltern im Krieg umgekommen?«, wollte er wissen.

Zuzanna senkte traurig den Kopf. »Meine Mama, mein Papa und zwei meiner drei Brüder sind 1942 in Dresden von den Deutschen erschossen worden. Ich bin vor vier Monaten aus dem Kinderghetto in Litzmannstadt hierhergekommen. Meine Eltern waren angeblich Partisanen, deswegen sind mein Bruder und ich in dieses schreckliche Lager gekommen.«

»Wo ist das?«

»Die Stadt hieß früher Lodz. In Polen. Als wir vorletztes Jahr an Weihnachten dorthin gebracht wurden, waren wir noch über einhundert Jugendliche. Als die Russen zwölf Monate später das Ghetto räumten, waren nur noch mein Freund Marek und ich übrig geblieben. Die anderen sind entweder verhungert oder kamen bei der Zwangsarbeit ums Leben. Mein kleiner Bruder Karol musste einen Tag vor unserer Befreiung noch als lebende Zielscheibe sterben.«

»Wirklich?«

»Mmh.« Das Mädchen begann erneut zu heulen. »Er und vier andere Jungs in seinem Alter, kamen als Geburtstagsgeschenk zu dem Sohn eines SS-Offiziers. Der Junge wollte mit seiner neuen Pistole mal ein paar echte Ziele haben. Sie mussten Holzpistolen halten und ›Peng peng‹ rufen.«

Edwards starrte das völlig zerlumpte Mädchen mit seinen stoffumwickelten Schuhen entsetzt an.

»Haben die Pflegemütter im Waisenhaus nichts dagegen, wenn ihr hierher geht?«, flüsterte er.

»Doch. Ich und meine neuen Freunde leben im Keller von dieser Schlossruine hier um die Ecke. Marek ist unser Anführer«, sie deutete zu einem Jungen auf der anderen Seite der Straße, der nicht viel älter wirkte, aber ein Holzbein hatte. »Wir dürfen in dem Waisenhaus in der Sybelstraße übernachten, wenn es nachts zu kalt ist. Dort bekommen wir kein Essen, dafür jedoch Prügel. Manchmal sperren sie uns auch tagelang ohne Licht in einen Kellerraum. Der Hausmeister schüttet vorher kaltes Wasser über uns. Es ist ein Wahnsinn.«

»Sie geben euch keine warmen Mahlzeiten und sperren euch ein?«

»Na ja, ab und zu. Die Heimleiterin sagt, für uns Polacken sei kein Platz mehr in Karlsruhe. Sie sagte, wir sollen für das Heim Kohlen sammeln, um etwas zu Essen zu kriegen. Sie drohen jedes Mal damit, uns als DPs an die Amerikaner zu melden, die uns zurück nach Polen schaffen würden. Das wäre unser Tod. Ich flehe Sie an, bringen Sie mich nicht zurück!« Das Mädchen zitterte am ganzen Körper. In ihren Augen spiegelte sich nackte Angst wider. »Die Russen bringen mich um.«

Also doch eine DP. Den Begriff ›Polacken‹ hatte Edwards schon mehrfach gehört, allerdings meist im negativen Zusammenhang.

»Hör mal, wenn du das tun kannst, worum ich dich gebeten habe, bekommen du und deine Freunde von uns etwas zu Essen und alle Zigaretten. Einverstanden?«

Das ließ sich Zuzanna nicht zweimal sagen. Wie eine Sprungfeder sauste sie aus der Nische heraus, lief über die Straße zu Marek, besprach sich mit ihm, und kurze Zeit später suchten die Jugendlichen die Straße nach verlorener Ladung von Engels Laster ab.

Edwards stand mit zufriedenem Gesicht und in die Hüften gestemmten Händen da und betrachtete das Treiben.

»Was soll ich jetzt rauchen, Sir?«, meckerte Vickers hinter ihm.

»Borgen Sie sich eine bei Roebuck.«

Vickers grummelte. »Die sind im Panzer verbrannt.«

»Das ist Pech«, grinste Edwards. »Ich habe auch keine mehr. Sehen Sie, die Kinder sind schon fertig.« Er lief zu den Halbwüchsigen und betrachtete die Fundstücke, die sie auf dem Gehweg zu einem kleinen Häufchen zusammengelegt hatten. Doch statt Kohlen waren es lauter eckige Steine.

»Seid ihr sicher, dass das wirklich vom Laster gefallen ist?« Der Captain deutete enttäuscht auf den Boden.

»Ja. Hundertprozentig.«

»Steine?«

»Ja. Davon gibt es drüben bei dem Rangierbahnhof ganz viele.« Marek nahm einen Stein in die Hand, drehte ihn ein paarmal hin und her und hielt ihn schließlich dem Captain vor die Nase. »Das ist Eisenbahnschotter, Mister. Mein Vater war früher mit mir öfters Dampfloks anschauen.« Er sah Edwards erwartungsvoll an.

Wie versprochen, übergab der Offizier alle Zigaretten, die er hatte, an die Jugendlichen. Dann verabschiedeten sich die Scouts von Zuzanna und Marek. Sie vereinbarten am Nikolaustag eine Kiste Nahrungsmittel in der Mauernische zu deponieren. Diese bedankten sich nur kurz bei den Amerikanern, denn vom Güterbahnhof näherte sich ein weiterer Lastwagenkonvoi. Sie transportierten einen Teil der per Schiff in Mannheim eingetroffenen Braunkohlebriketts zu dem Lagerort im Gaswerk. Als die Kolonne vor dem Tor kurz stockte und stehen blieb, sprangen die Jugendlichen von allen Seiten auf das letzte Fahrzeug, erklommen dessen Heck und begannen, die Briketts von dort herunterzuwerfen. Als der Laster wieder anfuhr, brachten sie sich schnell in Sicherheit und bargen die kostbare Beute.

Die fünf Amerikaner machten sich zu Fuß auf den Weg zum Waisenhaus in der Sybelstraße. Edwards hatte eigentlich damit gerechnet, in der US-Kolonne mitfahren zu dürfen, doch der befehlshabende Major hatte ihm die Bitte verweigert. »Wir sind doch kein Taxi-Unternehmen! Fahren Sie mit der Tram oder gehen Sie zu Fuß. Wir haben keinen Platz mehr in unseren Fahrzeugen.«

Obwohl es ihm schwer fiel, verkniff sich der Captain das Betteln nach Zigaretten.

Während sie auf der Stuttgarter Straße Richtung Südstadt unterwegs waren, bestaunte der überwiegend schweigsame Veelapinat die verlassenen Kleingärten, die zu ihrer Linken entlang des Bahndamms angelegt waren.

»Welches Obsd wächsd hier um diese Dseid?«

»Keins, Sammy. Nur diese verdammten Brombeeren haben noch ihre Blätter, alles andere ist vollkommen kahl. Mit etwas Glück bekommst du noch diese kleinen grünen Kugeln namens Rosenkohl oder Champignons frisch auf den Teller. Die habe ich beide schon als Kind gehasst.« Vickers war nervös und zittrig, seit er keine Zigaretten mehr hatte.

»Schau, jeder Fleck ist mit etwas anderem bepflanzt«, mischte sich Roebuck ein. »Ohne diese kleinen Gärten wären einige Karlsruher Familien im Krieg verhungert. Du isst doch auch eher einen Apfel als eine Scheibe Brot?«

»Ich würde jetzt lieber eine Ananas essen oder den Saft einer frischen Kokosnuss trinken.« Veelapinat seufzte und schwieg.

Ein älterer Mann in einem langen Mantel kam ihnen entgegen und grüßte freundlich.

»Haben Sie eine Zigarette für mich, Alter?«, schrie Vickers.

»Nein, nein«, antwortete dieser schnell und suchte das Weite.

»Lassen Sie die Leute in Ruhe, Joey! Die können nichts dafür, dass Sie nikotinsüchtig sind.«

»Tut mir leid, Sir. Ich glaube, ich drehe noch durch.«

Der First Sergeant rieb seine zitternden Hände aneinander und blies hinein. »Ich hasse es, hier den Sheriff spielen zu müssen!«

SONNTAG, 2. DEZEMBER 1945, 12.05 UHR

Als sie in die Nähe des Waisenhauses kamen, hörten sie ein Klavier spielen und Kindergesang. In dem großen Garten des Heims, zwischen zwei Wellblechbaracken, sägte ein alter Mann herunterhängende Äste von einem riesigen Nussbaum ab und zerteilte sie in handliche Stücke. Auf einem Handkarren hatte er bereits einen großen Teil der Äste fein säuberlich aufgestapelt. Er grüßte höflich, als er die Amerikaner auf der anderen Seite des Zaunes bemerkte. Diese umrundeten die Ecke des mehrstöckigen Hauses und betraten das von zwei Säulen eingerahmte Portal mit der vergitterten Eingangstür. Nachdem sie einen großen Flur mit dem dahinterliegenden Treppenhaus und seitlich abgehenden Fluren betreten hatten, hörten sie den Kindergesang noch wesentlich deutlicher. Mit dem abrupten Ende des Liedes, ertönte ein lautes »Guten Appetit!« durch das Gebäude und ein Besteckgeklapper war zu vernehmen.

Es dauerte einige Minuten, bis sich die Augen der Scouts an das schwache Tageslicht in dem nussbaumvertäfelten Foyer gewöhnt hatten. In einem Raum seitlich des Eingangs ertönte plötzlich eine Glocke und kurz darauf kam eine Schwester mit einer weißen Haube die Treppe hinunter. Die Frau mittleren Alters blieb auf der untersten Stufe stehen und sah die Soldaten erwartungsvoll an.

»Guten Tag, meine Herren. Was kann ich für Sie tun?«

Captain Edwards grüßte kurz, indem er zwei Finger an seine Offiziersmütze legte. »Wir möchten wissen, warum die polnischen Waisen aus dem Ghetto Litzmannstadt hier zwar ein Bett, aber nichts zu essen bekommen.«

»Ach, haben Sie sie getroffen?«, antwortete die Schwester schnippisch. »Diese frechen Gören halten sich nicht an unsere Regeln. Und solange das so ist, bekommen sie zur Strafe kein Essen. Wegen dieser verdammten Polacken hatten wir hier Läuse und die Ruhr.«

»Deswegen müssen Sie sie aber nicht hungern und einsperren lassen. Diese Jugendlichen sind aus einem Ghetto und haben in ihrem Leben schon so einiges durchgemacht«, konterte Edwards. »Eine gewisse Sensibilität könnte nicht schaden.«

»Wir züchtigen alle unsere Zöglinge, wenn nichts anderes mehr hilft.« Die Frau wurde sauer. »Wer erzählt denn etwas von Wegsperren?«

»Zuzanna.« Hatte die Jugendliche ihn etwa angelogen?

»Das Mädchen lügt wie gedruckt. Sie dürfen ihr nichts glauben.«

»Es hörte sich aber sehr aufrichtig an, meine Dame. Die Kinder haben Angst, hierher zu kommen. Sie verbringen ihre Tage auf der Straße mit dem Sammeln von Kohlen oder sie verstecken sich in Ruinen. Lassen Sie sich bitte etwas einfallen, was in unserer beider Interesse ist.«

»Wir lassen sie von hier wegbringen. Das Mädchen ist ein Querulant, seit sie hier ist. War's das?« Die Frau wandte sich zum Gehen.

»Können Sie uns noch schnell sagen, wie es Hanni geht? Wir haben sie vor ein paar Tagen zusammen mit ihrer leider verstorbenen Schwester aus Ettlingen hergebracht.«

»Sie hat sich gut erholt.« Die Schwester massierte ihre Hände und wirkte sichtlich nervös. »Sie ist noch traumatisiert. Das wird auch noch ein paar Wochen dauern.«

»Das kann ich mir vorstellen. Sie hat mit ansehen müssen, wie ihre Eltern von den herabstürzenden Trümmern zerquetscht wurden. Beide Kinder wurden erst nach mehreren Tagen aus der Ruine geborgen.«

Der Schwester stand das Entsetzen ins Gesicht geschrieben.

»Fünfdsig Prodent, Capdain! Erinnern Sie sich?« Veelapinat fuchtelte mit seinen Händen herum. »Wir müssen es unbedingd überprüfen.«

Edwards stimmte ihm zu. »Sie haben recht, Sammy. Das machen wir auch gleich.« Er wandte sich an die Frau, welche inzwischen eine Kollegin geholt hatte. Die beiden unterhielten sich im Flüsterton.

»Schwester, wir müssen Ihre Heizkohlen überprüfen!« Der Captain stemmte die Fäuste in die Hüften, um die Dringlichkeit der Sache zu verdeutlichen. Die jetzt vor ihm stehende zweite Frau im mittleren Alter gefiel ihm nicht. Die streng nach hinten zu einem Knoten zusammengebundenen Haare und die nach unten gezogenen Mundwinkel ließen sie bedrohlich erscheinen. Das Lächeln, das sie für die Soldaten aufsetzte, wirkte gekünstelt.

»Ich bin Frau Kirkegaard, die Leiterin der Anstalt. Schwester Helga hat mich informiert. Warum wollen Sie ausgerechnet unsere Kohlen anschauen? Sollen die etwa beschlagnahmt werden?«

Edwards schüttelte den Kopf. »Nein. Wir überprüfen nur einen Hinweis aus unseren Ermittlungen.«

»Kommen Sie mit!«, rief sie den Männern unfreundlich zu.

Nachdem sie durch mehrere Kellertüren gegangen waren, standen die Soldaten nach kurzer Zeit in einem langen Raum, der bis zur Decke mit Steinkohlen angefüllt war. Angesichts der hier eingelagerten Menge an Heizmaterial konnte er die Forderung an die Jugendlichen, Kohlen zu beschaffen, nicht verstehen. Es sah alles nach reiner Schikane aus. An der Seite des Kellers fiel durch eine Reihe von Kellerfenstern trübes Tageslicht in das Gewölbe. Die Leiterin knipste eine Deckenbeleuchtung an, wodurch die riesige Menge an Brennmaterial nun erst richtig sichtbar wurde. In mehreren voneinander abgetrennten Gattern lagen mannshohe Kohlenhaufen, in dem Vordersten steckte eine große Schaufel. An der Wand direkt neben der Tür lagerten mehrere Festmeter Kaminholz. »Zufrieden?«, stieß sie hervor.

Bevor Vickers, Roebuck und der Captain jedoch etwas untersuchen konnten, stürmte der alte Mann in den

Raum, der kurz zuvor draußen noch die Bäume geschnitten hatte. »Was mache die Leit' in unserem Keller, Frau Kirkegaard?«

»Die Amerikaner möchten unsere Kohle kontrollieren, Ernst.«

Der Hausmeister winkte verächtlich ab. »Pah, kontrolliere! Jede Woch kommt alleweil jemand zum Kontrolliere. Habbe die g'sagt, warum se do na wolle?«

Die Heimleiterin schüttelte den Kopf. »Sie haben Zuzanna und ihre Bande getroffen. Nun wollten sie nach dem Rechten sehen. Das Mädel hat wieder Märchen erzählt.«

»Sie kann's ned lasse.« Ernst lachte heiser. »War ihr der letschte B'such bei uns noch koi Lehr?«

Edwards musterte den alten Mann mit einem schiefen Blick. Dessen untersetzte Statur, die muskulösen Arme, die gedrungene Stirn und die platte Nase ließen ihn wie einen gealterten Boxer aussehen. Der Hausmeister blickte über seine Brille hinweg den Offizier ungehalten an. Gleichzeitig warf er aber auch Seitenblicke zu der Leiterin, die die Lippen zusammenpresste und die Augen verdrehte.

»Wieso soll dem Mädchen der Besuch eine Lehre sein?«

Die Frage war der Frau sichtlich unangenehm. »Das ist Ihnen nur so rausgerutscht, nicht wahr, Ernst?«

Dieser kapierte die Anspielung jedoch nicht. »Wenn die ältere Kinner ned mitmache, werde se dazu g'zwunge, indem mer se en paar Dag oisperre. 's kommt scho emol vor, dass mer den Schlüssel net glei wiederfinne, gell?« Der Hausmeister lachte. »Des wollte Se doch sage, oder?«

Die Heimleiterin seufzte und starrte resigniert zu Boden.

»Schwester Helga hat vorhin behauptet, dass Sie die Kinder nur züchtigen. Jetzt erfahren wir, dass Sie sie auch einsperren?« Edwards hasste es, belogen zu werden.

»Nur in absoluten Notfällen«, presste sie schnell heraus und wurde rot. »Sozusagen als einmalige erzieherische Maßnahme.«

Ernst lächelte selig und man sah ihm dadurch seine Naivität erst recht an. »Die Bande hat voll ihr Fett wegg'kriegt. Danach habbe mer se alle mitenander zwoi Daag ohne Licht hier unne in die Latrin g'schperrt. Des hatt dann Wirkung g'zeigt, gell?«

»Halten Sie die Schnauze, Sie Idiot!« Die Frau kochte vor Wut über die Dummheit ihres Hausmeisters. Ihr wurde gerade klar, dass ihre Tage als Leiterin des Waisenhauses soeben ein Ende gefunden hatten. Waisenkinder zur Strafe in ein Gefängnis zu sperren, konnte nicht ewig gut gehen.

»Tony, begleiten Sie die beiden mit nach oben und nehmen Sie die Personalien auf. Wir werden den Fall der Stadtverwaltung übergeben.«

Während Sergeant Roebuck tat, was ihm der Captain aufgetragen hatte, ließ sich Edwards von Vickers ein paar Kohlestücke in die Hand drücken. Er verglich sie im Licht der Lampen miteinander, konnte jedoch keinen Unterschied feststellen.

»Ich weiß immer noch nicht, was diese Prozentangabe bedeutet. Diese Dinger sind definitiv mit etwas vermischt worden.« Der Captain betrachtete die schwarz glitzernden Klumpen. »Verschiedene Stellen berichteten uns, dass die Kohlen schlecht brennen. Woran könnte das liegen?« Er zuckte unschlüssig mit den Schultern. »Veelapinat, was sagte Kris über Engels Steinkohle im städtischen Fuhrpark?«

»Er sagde, dass sie nichds daugd.«

»Wie viel Prozent hatten die Polen?«

»Dswandsig. Wie die anderen auch. Aber hier sind es fünfdsig.«

Edwards hielt die zwei Brocken ein weiteres Mal gegen das Licht, besah sie sich aus der Nähe, drehte sie, rieb sie aneinander, prüfte ihr Gewicht. Doch er fand keine Lösung.

Enttäuscht warf er sie gegen die Kellerwand und drehte sich um. »Scheiße. Hier muss doch die MP ran. Lassen Sie uns nach Hause fahren. Es ist zwecklos.«

»Ist es nicht, Sir.« Joey bückte sich und hob die beiden Kohlestücke wieder auf. »Schauen Sie mal. Da ist etwas abgeplatzt.« Mit dem Fingernagel des Zeigefingers kratzte er an der Kohle herum, bis sich ein weiteres Stück löste. Eine graue Schicht kam darunter zum Vorschein. »Verdammt, Sir! Wir hatten es die ganze Zeit vor Augen.« Vickers starrte den Captain an. »Sir, das sind keine Kohlen, sondern Steine, schwarz gefärbte Steine!« Er lachte und hielt seinem Vorgesetzten die Brocken vor die Nase. »Wow, der Junge hatte recht, Sir. Es ist Eisenbahnschotter. Geklaut von der Reichsbahn! Nun macht der weiße Staub auf Engels Lastwagen auch Sinn. Erinnern Sie sich, Sir? Engel hat Steine damit transportiert.«

Der Captain war sprachlos. Joey hatte die Lösung gefunden! Er packte die beiden Steine in seine Uniformjacke und ging hinaus. Seine Männer folgten ihm.

»Sind Sie fertig, Roebuck? Nehmen Sie noch ein paar Handschellen und fesseln Sie die beiden. Joey, besorgen Sie uns ein Auto. Wir fahren zurück in die Kaserne!«

Kurze Zeit später fuhr Vickers vor und die restlichen Scouts und die beiden Gefangenen quetschten sich in einen schwarz glänzenden Mercedes-Benz 170V. Die noble Karosse hatte Vickers in einem der Blechschuppen hinter dem Kinderheim entdeckt. Trotz verbaler und körperlicher Gegenwehr des Hausmeisters – »Da setz ich mich ned nei!« – schob Roebuck die beiden Angestellten des Sybelheims in den Fond.

»Halten Sie die Schnauze! Los, rein da!«, hatte Roebuck ihn angebrüllt und ihm einen Tritt versetzt. Vickers musste auf der Westendstraße dem aus der Bismarckstraße herausfahrenden Trümmerzug Vorfahrt gewähren. Eine kleine Dampflok zerrte achtundzwanzig, mit Trümmerschutt beladene Loren hinter sich her und schaukelte auf dem unebenen Gleisbett hin und her, Richtung Hildapromenade.

Nach knapp zehn Minuten durften sie endlich weiterfahren. Eine weitere halbe Stunde später übergaben die Scouts die beiden Gefangenen an Codellany von der Militärpolizei.

Doch statt im Kasino einen Kaffee trinken zu gehen und sich kurz zu entspannen wurde Edwards von dem Kommandeur in sein Büro bestellt.

SONNTAG, 2. DEZEMBER 1945, 14.10 UHR

»Was fällt Ihnen ein, den französischen Offizier an das Flugzeug heranzulassen?« Lieutenant Colonel Armsteads Gesicht war dunkelrot angelaufen, als er den zum Rapport angetretenen Edwards in seinem Amtszimmer tadelte. Die Adern auf seiner Stirn pulsierten, das große Feuermal an seinem Hals trat deutlicher als üblich hervor. »Wir verbieten es ihm offiziell und Sie umgehen sämtliche Vorschriften der Militärregierung, nur um mit diesem Goldfasan eine nächtliche Spritztour durch Karlsruhe zu machen?«

»Sir, er hat mir nicht erzählt, dass er bereits im Sub-Headquarter war. Er hat im Flugzeug nur nachgeschaut, ob irgendwelche Papiere zurückblieben.«

»Bullshit! Er wollte das Flugzeug klauen! Ein von der US-Army beschlagnahmtes Beweisstück.« Armstead schlug mit der Faust auf den Schreibtisch.

»Der Doppeldecker ist nicht mehr flugfähig!«, argumentierte der Captain. »Irgendjemand hat bereits den Propeller abmontiert. Außerdem wurde das Flugzeug bei der Bergung schwer beschädigt.«

»Woher wollen Sie das wissen? Sind Sie von der Luftwaffe? Der Frenchy wollte den Diebstahl der Maschine vorbereiten und Sie haben das unterstützt, basta! Und noch eins«, der Kommandeur deutete mit dem Finger auf den Captain, »hatte ich Ihnen in Ettlingen nicht den Mordfall entzogen, Edwards?«

»Ja, Sir.«

»Was haben Sie stattdessen gemacht?«

»Ich habe weiter ermittelt und bewiesen, dass der Hoteldirektor nicht der Mörder ist.«

»Sind Sie sich im Klaren, dass Sie meinen direkten Befehl missachtet haben?«

»Jawohl, Sir. Es hat dem Hoteldirektor jedoch das Leben gerettet. Und ich bin mir sicher, dass Sie uns dafür dankbar sind. Das Hotel würde sonst geschlossen werden und wir hätten keine Möglichkeit mehr, einen schottischen Whisky im Sibylla-Saloon zu trinken.« Edwards hatte soeben sein letztes Ass ausgespielt.

Der Lieutenant Colonel dachte einen kurzen Moment nach. »Sie haben recht, Edwards.« Seine Stimme wurde etwas sanfter, ein Lächeln umspielte seine Lippen. »Das würden wir wirklich vermissen. Das nächste Mal lassen Sie Ihren Lakaien draußen warten und kommen zu uns hinein. Ich führe Sie dann persönlich in den Club ein.«

»Das würde mich sehr freuen, Sir«, heuchelte der Captain. »Haben Sie eigentlich schon mal, gehört, dass das Hotel fast täglich eine Armenspeisung macht?«

»Etwa mit unseren Lebensmitteln?«

»Ich nehme es an. Die Frau des Hoteldirektors kocht aus allen Resten eine Suppe und verteilt sie am Hinterausgang an die hungernde Bevölkerung, hauptsächlich aber an Kinder.«

»Wir hatten mit dem Hotel ausgemacht, dass alle Reste vernichtet werden.«

»Aber Sir, die Leute verhungern.«

»Bullshit! Darum soll sich die UNRRA kümmern, das

ist nicht unser Problem.« Der Kommandeur sah Edwards streng an. »Sie halten sich da gefälligst raus. Ich habe erfahren, dass Sie sich in der Vergangenheit in zu viele Sachen eingemischt haben, die Sie nichts angehen.«

»Tut mir leid, Sir. Aber wir wollten diesen Schweinehund nicht laufen lassen. Das ganze Hotelpersonal hat uns versichert, dass der Direktor an dem Tag des Mordes im Erbprinz war. Alle Ermittlungen weisen in Richtung des Kohlenhändlers, dem jüngeren Bruder des Hoteliers. Dieser hat auch ein ganz großes Betrugsding am Laufen. Wir haben herausgefunden, dass er Steinkohle mit gefärbten Steinen vermischt und gewinnbringend an die Stadtverwaltung und die Jäger verkauft, die Schüssele ihm vermittelt hat.«

Armstead sah den Captain an und brach in schadenfrohes Gelächter aus. »Wollen Sie mich verarschen, Edwards? Das merkt doch jedes Kind, dass die Kohlen falsch sind! Darauf fallen Sie natürlich auch herein.«

»Nein, Sir. Der Kohlenhändler hat eine Methode gefunden, dass die gefälschten Kohlen von echter Kohle praktisch nicht zu unterscheiden sind. Ich habe hier zwei dabei.« Er positionierte die beiden Beweisstücke auf dem Tisch. Das Kohlestück mit den abgeplatzten Stellen legte er so hin, dass diese für Armstead nicht zu sehen waren. »Nun, Sir? Ohne es zu untersuchen: Welches ist das Nachgemachte?«

Der Kommandeur setzte sich seine Brille auf, beugte sich vor und musterte die beiden Brocken erst angestrengt, dann verblüfft. »Die sind identisch.«

»Nein. Eins davon hat einen Kern aus Stein.« Edwards

lächelte überlegen. »Eine gute Fälschung, nicht wahr?« Er deutete auf das rechts liegende Kohlestück. »Das ist die Echte.«

Der Lieutenant Colonel nahm das andere und drehte es hin und her. »Gute Arbeit. Sogar die typischen Glimmerflächen sind vorhanden. Von echter Steinkohle nicht zu unterscheiden.«

»Genau, Sir. Wir haben in Engels Auftragsbuch eine Kundenliste mit Prozentangaben hinter den Namen gefunden. Die meisten Kunden hatten zehn Prozent Zumischung, viele Geschäftsbetriebe zwanzig und das Kinderheim sogar fünfzig Prozent. Engel hat die Menge der Fälschungen kontinuierlich erhöht.« Er gab dem Vorgesetzten den Zettel von Farina.

Armstead las sich die Namen kurz durch und kratzte sich am Kopf. Plötzlich stand er auf, lief zur Tür, öffnete diese und sprach mit dem Corporal in der Schreibstube. Kurz darauf setzte er sich wieder an den Tisch. »Edwards, in sechs von diesen zehn Firmen hat es in den letzten Tagen unerklärlicherweise gebrannt. Wussten Sie das?«

»Nein, nur von der Schnapsbrennerei. Den Bericht habe ich zufällig gelesen. Kann es sein, dass dahinter Methode steckt? Will da jemand seine Spuren verwischen?« Edwards runzelte die Stirn. »Das wäre doch möglich.«

»Ja, Edwards, Sie haben sicherlich recht«, gestand der Lieutenant Colonel. »Also gut. Machen wir es kurz. Schnappen Sie sich diesen Kohlenhändler. Die Anklage gegen den Hotelier lassen wir endgültig fallen. Eine Frage hätte ich aber trotzdem noch.« Er deutete zum Fenster hinaus. »Wo zum Teufel haben Sie den Mercedes-Benz her?«

»Das ist der Geschäftswagen des Direktors vom Kinderheim.«

»Hatte der nichts dagegen, dass Sie sich einfach so seine Limousine ausleihen?«

»Er hätte sich wahrscheinlich geweigert, den Mercedes an die US-Army zu übergeben. Er war aber nicht da.«

»Das hätte ich auch. First Sergeant Moss von den Blackhawks möchte übrigens gerne wissen, warum Sie seinen Panzer angezündet haben?« Und nach einer Pause fügte er noch hinzu: »Moss will auch sein Werkstatttor ersetzt haben. Was haben Sie da gemacht?«

Edwards strich sich nervös durch die Haare. Sein Unterbewusstsein ließ ihn nach den Zigaretten in der Brusttasche greifen, die ihm Codellany kurz vor dem Gespräch geschenkt hatte. »Der Stuart blieb mit einem Motorschaden auf der Durlacher Allee liegen, als wir zum Gaswerk gefahren sind. Wir hofften, dort unseren Kohlenhändler zu finden. Vickers fuhr ein wenig zu schnell.« Er zog die noch ungeöffnete Packung hervor.

»Zu schnell. Soso.« Armstead musterte den Captain über seine Brille hinweg. »Gerast sind Sie! Wie immer. Ein Major aus Ettlingen berichtete mir, dass Sie neulich wie ein Irrer durch die Straßen gebraust sind. Ihr Lastwagen steht übrigens in der Rheinland-Kaserne. Ich frage mich, wie er dort hinkommt.«

»Ach, der ist schon fertig?«, rutschte es Edwards daraufhin versehentlich heraus.

»Was soll das heißen: ›schon fertig‹? Haben Sie die ehemaligen Zwangsarbeiter etwa Ihren Laster reparieren lassen? Sind Sie wahnsinnig, Edwards?« Armstead erhob sich wütend. »Sie kosten mich noch meinen Job, wenn Sie so weitermachen. Ich hätte Sie gestern mit in die Kohlenaktion in Mannheim integrieren sollen. Okay, die Bevölkerung wird Ihnen dankbar sein, dass Sie den Proviant vom Headquarter organisiert haben. Trotzdem, Sie können sich nicht über die Vorschriften hinwegsetzen. Was haben Sie sich bloß dabei gedacht?« Er riss Edwards die Zigarette aus dem Mund und warf sie in eine Ecke. »In meinem Büro wird nicht geraucht!«

Der Captain, der sich die Lucky Strike gerade anzünden wollte, fuhr zusammen. »Entschuldigung«, murmelte er und steckte das Feuerzeug wieder ein. »Ich wusste nicht …«

Der Kommandeur musterte erst den Leiter der Scouts, dann warf er einen kurzen Blick auf seine Armbanduhr. »Wissen Sie, eigentlich will ich es gar nicht wissen und mich mit Ihren Sorgen belasten. Fahren Sie die Limousine raus aus der Kaserne und geben Sie sie dem rechtmäßigen Eigentümer zurück, okay? Und jetzt gehen Sie, bevor ich es mir anders überlege!«

*

Praktisch zeitgleich mit Edwards Unterredung mit dem Lieutenant Colonel verschaffte sich Private Farina mit einem bei der MP geklauten Dietrich unerlaubt Zutritt zu der Unterkunft seines Teamkameraden Veelapinat, um sich das Hawaii-Buch zurückzuholen. Er war der felsenfesten Überzeugung, dass die endgültige Vernichtung des *Mo'olelo*, der Sache vielleicht doch noch eine positive Wendung geben könne. Trotz intensiver Suche konnte er es jedoch nicht finden. Schließlich gab er auf. Inmitten von Kleidungsstücken, Bettwäsche und Uniformteilen sah er sich unschlüssig nach etwas Brauchbarem und einem Versteck um. Enttäuscht ließ er nach wenigen Minuten das Chaos hinter sich und machte sich auf den Weg zu First Sergeant Vickers Büro, welches nur ein paar Gebäude entfernt, direkt neben der großen Fahrzeugwerkstatt lag. Auch dort war überraschenderweise niemand anwesend. Er durchwühlte alle Schreibtische und Schränke, doch auch hier fand er das Buch nicht, dafür aber bei Vickers eine blau verzierte Pappschachtel mit einem Orden darin. Wow, der Sergeant First Class hatte einen *Silver Star*! Da er nicht mit leeren Händen gehen wollte, entschied er sich, die Ordensschatulle samt dem beeindruckenden Inhalt mitzunehmen. Er beschloss, diesen später seinen Eltern in Philadelphia als eigenen Verdienst zu präsentieren.

Farina steckte sich einen neuen Kaugummi in den Mund, blieb vor der Tür der Werkstatt stehen und überlegte. Wenn das Buch aus der Mülltonne schon wieder an Peanut zurückgegeben wurde, musste es doch irgendwo in dessen Unterkunft sein. An welcher Stelle hatte er es versäumt, nachzusehen? Im Geiste durchsuchte er den kleinen Raum ein weiteres Mal. Bett, Tisch, Truhe, im Schrank. Auf dem Schrank!

Zu Hause hatte er einmal einen Bildband mit nackten Pin-up-Girls vor seiner Mutter verstecken müssen. Da er wusste, dass sie zu klein war, um zu sehen, ob und was darauf lag, deponierte er das Buch auf dem Schrank. Trotzdem bekam er von seinem Vater am Abend eine Tracht Prügel. Warum er damals, einen Tag danach, Schmutz auf seinem Stuhl vorfand, leuchtete ihm soeben, zehn Jahre später, ein. Veelapinat war genauso klein wie seine Mutter. Beide mussten sich auf die Sitzfläche stellen, um an das Buch zu kommen. Logisch.

Mit den Händen in den Hosentaschen machte er sich ein zweites Mal auf den Weg zu Veelapinats Stube. Erfolgssicher ließ er wieder ein paar Kaugummiblasen platzen.

Dass er bereits erwartet wurde, merkte er auf dem Weg dorthin nicht. Die Leute hielten sich versteckt, beobachteten ihn. Als er kurz zuvor Veelapinats Zimmer durchsucht hatte, hatten ihn zufällig zwei Soldaten bemerkt. Die beiden hatten jedoch nicht schnell genug Verstärkung rufen können, weshalb sie den Italiener wieder hatten ziehen lassen. Doch als er jetzt zurückkam, waren sie vorbereitet. Rings um das Zimmer des Hawaiianers hatten sie sich versammelt, um Farina zu fünft in Empfang zu nehmen.

Der Italiener schlenderte arglos den langen Gang im ersten Stock hinunter und blieb vor dem Raum des Hawaiianers stehen. Durch den Spalt der angelehnten Tür sah er das heillose Durcheinander, welches er dreißig Minuten zuvor hinterlassen hatte. Er sah sich um. Der Flur lag einsam und verlassen da, irgendwo an dessen anderem Ende spielte Musik. Dann öffnete er die Tür und betrat das Zimmer mit einer riesigen Kaugummiblase vor dem Mund. Sein Blick fiel gleich auf den Kleiderschrank. Ein kurzer Griff nach oben und er fand sofort den Rucksack mit dem gewünschten Inhalt. Bevor er sich jedoch umdrehen konnte, stürmten fünf Soldaten in das Zimmer und verschlossen die Tür. Trotz heftiger Gegenwehr wurde Farina in kürzester Zeit überwältigt, auf den Boden geworfen und mit Gürteln an Händen und Füßen gefesselt. Daraufhin schleiften sie ihn durch den Hausflur die Treppe hinunter, bis vor das Büro der Gebäudewache. Da diese gerade nicht anwesend war, wurde Farina nach kurzer Beratschlagung in die kleine Toilette daneben gesperrt.

Mit ein paar mühsamen Verrenkungen schaffte es der Italiener, wieder auf die Beine zu kommen und sich auf den Rand der stinkenden Kloschüssel zu setzen. Nach wenigen Sekunden konnte er seine Handfesseln lösen und abstreifen. Während er sich die schmerzenden Handgelenke massierte, ärgerte er sich, erneut gefangen genommen worden zu sein. Vermutlich würde die Army nun sein Schicksal endgültig besiegeln, ihn unehrenhaft entlassen und seine Gelder streichen. Verdammt! Farina sah sich in dem engen Gefängnis um. Schmutzige schwarze Steinfliesen, eine brillenlose WC-Schüssel mit einem Spülkasten unter der Decke, daneben ein kleines Fenster. Zeitungspapier hing in kleine Rechtecke gerissen als Klopapier an einem Nagel. Kein Platz zum längeren Verweilen. Erst mal einen neuen Kaugummi.

Jemand schlug von außen heftig gegen die schmale Tür. »He, du da drin! Steh schon mal auf. Die MP ist gleich da.«

Farina schluckte. Sollten das wieder die Zwillinge sein, würde es mächtig Ärger geben. »Mamma mia, könnt ihr mir bitte schnell meine Fesseln lösen? Ich muss mal«, log er.

Die Häscher vor der Tür fingen an zu lachen. »Mach halt in die Hose.« Jemand riss einen Witz und das Gelächter wurde noch lauter. »Wenn du noch duschen willst. Fließend Wasser hat's genug, leider kein Handtuch.« Die Männer amüsierten sich weiter über ihren Gefangenen.

»Habt ihr wenigstens eine Zigarette für mich?«

»Na klar. Kommt schon. Wir sind doch nett.« Tatsächlich wurde unter der Tür eine Zigarette zu Farina hindurchgeschoben.

»Madonna, wo sind die Streichhölzer?«

»Davon hast du nichts gesagt. Am Ende machst du ein Feuer in deiner Zelle und wir werden dann für deinen Tod verantwortlich gemacht. Gesuch abgelehnt, Angeklagter.« Die fünf lachten wieder.

Der Gefangene trat von innen gegen die Tür und rüttelte an der Klinke. »Stupido! Wenn ich hier rauskomme, könnt ihr euch auf ein blaues Wunder gefasst machen!«, schrie er. Gleichzeitig stieg er auf die Schüssel, öffnete vorsichtig das kleine Fenster an der Wand und streckte seinen Kopf hinaus. Er befand sich auf der Rückseite des Gebäudes im Erdgeschoss. Als Erstes fiel ihm auf, dass es nicht mehr regnete und nur wenige Meter von ihm entfernt, ein immergrünes Gebüsch wuchs, welches ihm eine ideale Versteckmöglichkeit bot. Wenn er seine Arme zuerst durch die Öffnung stecken würde, könnte er ohne große Probleme ins Freie kriechen.

»Was ist los mit dir, du Arsch? Bist du eingeschlafen? Wir warten auf das braune Wunder!« Eine Stimme rief nach ihm und es wurde wieder gegen die Tür getreten. »Bereust du es schon, bei uns eingebrochen zu sein?« Die Männer lachten.

»Ich spüle mich gerade runter. Bitte jetzt nicht stören, ich muss mich konzentrieren.« Farina wurde sich sofort bewusst, dass das keine gute Antwort war, denn sie wurden jetzt wieder auf ihn aufmerksam.

»Bist du ohnmächtig, weil dir beim Trinken der Deckel auf den Kopf gefallen ist?«, rief ein anderer.

Demonstrativ zog der Italiener an der Spülschnur und verstummte. Als das gurgelnde Rauschen abebbte, fragte eine leise Stimme von der anderen Seite: »Hat er sich jetzt wirklich runter gespült, Ernest?«

»Bullshit. Du bist so ein Idiot, Carl. Natürlich nicht. Der spielt Theater.« Eine Pause trat ein. »Wo bleibt die verdammte MP?«

Plötzlich passierte etwas, das Farina den Schreck in die Glieder fahren ließ.

»Was machd ihr denn hier? Müssd ihr auf die Doiledde? Sind die anderen alle defekd?«, ertönte eine ihm bekannte Stimme von der anderen Seite.

»Sammy, schön, dass du zu uns kommst. Wir haben einen Typen erwischt, der deine Stube oben durchwühlt hat. Wir haben ihn hier vorsichtshalber im Klo eingeschlossen. Die MP müsste gleich da sein.«

Jetzt oder nie! Farina erhob sich, kletterte wieder auf die Kloschüssel und steckte seine Arme durch das Fenster. Als er mit dem Oberkörper fast hindurch war, konnte er sich draußen an der Hauswand festhalten und abstützen. Er wand sich wie ein Aal durch die Öffnung, doch als er mit der Hüfte hindurch wollte, blieb er mit dem Gürtel hängen. Er steckte fest. Selbst heftiges Strampeln mit den Beinen brachte nicht den gewünschten Effekt. Statt freizukommen, traf er den mit Wasser gefüllten Spülkasten und brach ihn aus der Wand. Sein Inhalt ergoss sich über den Boden. In diesem Moment wurde innen die WC-Tür geöffnet und zwei dunkelhäutige Soldaten drängten sich in die Toilette, wo sie nach Farinas Beinen griffen, um ihn an der Flucht zu hindern.

»Hey, Private, wohin des Weges? Steckste fest, eh?« Der Corporal versuchte, Farina wieder in die Toilette zurückzuzerren. »Hilf mir mal, Ernest.«

»Wer isd denn das?«, mischte Veelapinat sich ein und warf einen Blick in die Toilette.

»Der Typ, der in deinem Zimmer war. Lauf mal ums Gebäude herum, dann siehst du den Rest von ihm. Er hat sich hoffnungslos im Fenster verkeilt.«

Als der Hawaiianer das Gebäude verließ, hörte er den Corporal im Treppenhaus noch schreien, dass jemand endlich das Wasser im Keller abstellen möge.

Während die zwei Soldaten an Farinas Beinen zogen, stemmte sich dieser draußen gegen die Mauer und versuchte verzweifelt, seine Hüfte endlich freizubekommen. Das hatte lediglich den Effekt, dass die Schachtel mit dem Orden aus seiner Jacke fiel. Der Italiener sah nach unten, fluchte und schimpfte, doch es war zwecklos. Hier musste wohl die Feuerwehr mit einer Säge nachhelfen. Als er schließlich Veelapinat um die Ecke biegen sah, sandte er ein Stoßgebet nach oben, dass es nun nicht so schlimm werden möge.

»Hallo, Peanut«, presste er heraus, als der junge Mann bei ihm ankam und ihn fassungslos anstarrte. »Wie geht's denn so?«

»Warsd du in meinem Dsimmer, Piedro? Edwa wegen dem Buch?«

»Che te ne frega!«

»Du hasd mein Mo'olelo dsersdörd.« Veelapinats Gesicht verfärbte sich dunkelrot vor Zorn, die Adern an seinem Hals traten hervor. »Das war alles, was mir meine Vorfahren hinderlassen haben«, schrie er. »Dsweihunderd Jahre wurde an diesem Buch gearbeided, alle Dseichnungen waren handgemald. Alles von Hand geschrieben. In einer dunklen Sdunde hasd du das dsersdörd!« Er schlug dem Italiener mit der flachen Hand dermaßen fest gegen den Schädel, dass diesem der Kaugummi aus dem Mund fiel. Schließlich packte er ihn an den Nackenhaaren und zerrte den Kopf nach oben. »Diesen Dag wirsd du nie mehr vergessen, Piedro Farina. Ich hole dich hier raus und überlasse dich der MP. Vorher sollsd du meine Drauer spüren. Weinen wirsd du. Bidder weinen.«

»Stronzo! Alles, was du mir antust, wird man später sehen und nachweisen können, idiota.« Der Italiener griff nach Veelapinats Armen, die ihn bereits fest umschlungen hatten und versuchte sich erfolglos zu befreien. Er spürte nur dessen Muskeln, die ihn wie in einem Schraubstock festhielten. Und der Hawaiianer war bereits einen Schritt weiter. Er packte sich den Kopf des Diebes und presste unterhalb des Jochbeins und der beiden Kiefermuskeln seine Daumen fest in die weichen Hautstellen. Der stechende Schmerz, den dieser Griff bereitete, ließ Farina erst kurz aufschreien und dann in ein Wimmern übergehen. Je mehr er sich wehrte, desto fester bohrten sich die Finger in das Gewebe. Doch schlagartig ließ Veelapinat los und Farinas Kopf sackte nach unten. In seinem Kopf hämmerte der Schmerz und trieb ihm das Wasser in die Augen. Veelapinat packte den herabhängenden Kopf erneut, fasste ein Büschel Härchen an dessen Nacken zwischen zwei Finger und riss sie mit einem Ruck aus. Der Schrei und das japsende Luftholen gingen im erneuten Schwitzkasten unter.

Der Hawaiianer legte nun seine Arme unter die Schultern seines Opfers, setzte einen Fuß gegen die Gebäudewand und verharrte so für wenige Sekunden. Sein Körper spannte sich an. Urplötzlich und mit brutaler Gewalt katapultierte er den Italiener mitsamt dem hölzernen Fensterrahmen aus der Maueröffnung heraus. Farina fiel mit einem dumpfen Schlag zu Boden. Den Mund voller Erde, krümmte er sich. Erneut griff ihm der Insulaner unter den Schädelknochen und bohrte seinen Daumen hinein, was Farina mit heftigem Tränenfluss und Schluchzen quittierte.

»Was ist denn da draußen los?« Das Gesicht des überraschten Corporals erschien in der Fensteröffnung. »Sammy, wie hast du ihn so schnell da rausbekommen und warum weint er?«

»Ich habe nur an seinen Armen gedsogen. Leider had er sich an dem Fendsderrahmen edwas weh gedan. Er kann es jedoch noch immer nichd fassen, dass er wieder frei isd.«

»Halte ihn fest, die MP ist gerade eingetroffen. Ich schicke sie zu dir.«

Veelapinat hockte bequem auf dem Italiener und lachte. »Ich brauche ihn nicht fesdhalden. Er bleibd freiwillig liegen. Nichd wahr, Piedro?« Sein Daumen verschwand noch einige Millimeter tiefer in dessen Wange und Farina weinte wie ein Schlosshund. Auf einmal entdeckte der Hawaiianer die kleine blaue Pappschachtel neben der Hauswand, griff nach ihr und klappte sie auf. Ein Orden! Auf der Rückseite des etwas oxidierten *Silver Star* las er

Michael D. Jonas
Scout-Squad, 132nd Infantry,
Schwetzingen, Germany, 3. Juni 1945

Einige Minuten später übernahm die sowohl erstaunte, als auch amüsierte Militärpolizei ihren ehemaligen und in Tränen aufgelösten Kollegen. Sie richteten ihn auf, befreiten ihn von dem Holzrahmen und führten ihn in Handschellen ab. Den Orden gab Veelapinat ihnen als Beweisstück mit. Auf dem Rückweg zum MP-Jeep spuckte und hustete der Italiener die Erde aus, die er bis zu diesem Moment noch nicht geschluckt hatte. Ihm war hundeelend zumute und sein ganzes Gesicht brannte wie Feuer.

Der Hawaiianer hasste Gewalt. Doch dieses Mal war sie seines Erachtens sinn- und wirkungsvoll eingesetzt worden. Diesen Griff unters Jochbein hatte ihm ein Fallschirmjäger beigebracht, der mit ihm vor einigen Monaten im Flugzeug gesessen hatte. »Damit bekommst du jeden zum Weinen«, hatte dieser damals behauptet. Und sie hatten es gleich im Frachtraum an einem Infanteristen ausprobiert, der sich dazu bereit erklärte. Was manche Leute sich antaten, bloß um ein paar Zigaretten zu bekommen, überraschte Veelapinat immer wieder.

SONNTAG, 2. DEZEMBER 1945, 15.35 UHR

First Sergeant Joey Vickers liebte Post von Zuhause. Mit zitternden Fingern riss er den Brief auf, den ihm der Postmeister Minuten zuvor in die Hand gedrückt hatte. Es waren wie immer Fotos dabei, die sein Vater gemacht hatte. Doch diesmal fand er nur Bilder einer großen Gruppe schwarz Gekleideter, die um einen blumengeschmückten Sarg standen. Er erkannte darauf seinen Dad, Onkel Phil und Tante Maggy, deren Kinder, ein paar Nachbarn, den alten Doc Huffman, Dads Mitarbeiter aus dem Autohaus und den Trainer der Florida Gaitors daneben. Was zum Teufel war in Fort Lauderdale passiert? Er überflog den mehrseitigen Brief und erschrak. Seine geliebte Mama war bereits vor einigen Wochen beim Blumenschneiden plötzlich umgefallen und nach ein paar Tagen im Krankenhaus friedlich im Beisein der Familie eingeschlafen. Er ließ die Blätter sinken und sah in den Himmel, der gerade etwas aufklarte. Sein Herz pochte. Mama ist gestorben. Scheiße.

In diesem Moment sprach ihn Captain Edwards an, der gerade von seinem Gespräch mit dem Kommandeur zurückkam. »Alles klar, Joey?«

»Nein. Meine Mutter ist gestorben.«

»Das tut mir leid.« Edwards klopfte seinem Fahrer mitfühlend auf die Schulter. »Kommen Sie, ich begleite Sie noch schnell zum Motor Pool. Danach bringen wir den Mercedes zurück.«

Joey wischte sich über die Augen und steckte sich danach eine Zigarette an. »Ich hasse diese Nachrichten.«

Die beiden liefen langsam und schweigend zum Motor Pool. Als Joey in sein Büro kam, fand er dort ein totales Durcheinander vor. Schubladen waren herausgerissen, Schranktüren standen offen, Akten und Papiere waren auf dem Boden verstreut. »Mein Gott, was ist denn hier passiert?«

Edwards sah sich kurz um. »Hier wurde eingebrochen«, erwiderte er trocken und hob einen Füllfederhalter auf.

»Sehen Sie, nicht mal in der Kaserne ist man sicher. Sagen Sie Ihren Leuten Bescheid, die sollen hier aufräumen. Wir haben dafür leider keine Zeit.«

»Ja, Sir.« Er öffnete die Tür zur Schreibstube nebenan. Dort hatte der Einbrecher auch gewütet. Allerdings war bereits sein Werkstattteam dabei, Ordnung zu schaffen. Er gab seinen Leuten entsprechende Anweisungen. »Es fehlt nichts, Sergeant.« Ein junger Private ordnete gerade einen Stapel Papiere. »Derjenige, der hier drin war, hat etwas gesucht, aber vielleicht gar nicht gefunden. Bargeld gab's zumindest nicht. Auch nichts Wertvolles.«

Joey fiel plötzlich ein, dass er vor einigen Tagen von Jonas den Silver Star bekommen hatte, um ihn ein wenig aufzupolieren. Er spurtete zurück in sein Büro und durchwühlte den Schreibtisch nach dem Orden. Er war verschwunden. »Captain Edwards!«, rief er. »Der Einbrecher hat Jonas' Silver Star mitgenommen. Den hatte ich hier drin. Die Pappschachtel ist weg!«

»Wie wollen Sie das Jonas beibringen?«

Der Sergeant verzog das Gesicht zu einer Grimasse. »Wäre ich doch heute Morgen im Bett geblieben.« Dann trottete er zum Materiallager, wo er noch einige Sachen vorbereiten musste.

Eigentlich wollte der Captain den Sergeant begleiten, doch nach wenigen Metern, hielt ein dicker olivgrüner Buick neben ihnen und Lieutenant Mendoza, der Adjutant von Armstead, stieg aus.

»Warten Sie, Edwards. Ich soll Ihnen noch etwas von meinem Vorgesetzten mitgeben.« Er öffnete die Autotür des Fonds und holte eine Rolle mit Plakaten hervor, die er Edwards in die Hand drückte.

»Ich komme gleich nach, Joey. Gehen Sie schon mal.«

»Ja, Sir. Bis später.«

Mendoza wartete ungeduldig, bis sich Vickers weit genug entfernt hatte.

»Würden Sie das hier bitte mitnehmen und zwei davon in dem Waisenhaus aufhängen?«

Edwards öffnete das Bündel und musterte kritisch einen der bunt bedruckten Bögen: Ein gütig lachender Weihnachtsmann mit rosa Pausbäckchen, weißem Rauschebart, Sack und Rute, schenkte einem kleinen Kind einen roten Apfel.

»Bringen Sie den Rest bei der Stadtverwaltung in der Mathystraße vorbei, die sind schon informiert.«

Der Captain nickte beiläufig und las laut: »›1. Amerikanisches Kinderfest mit Santa Claus am 8. Dezember um 14 Uhr in der Turnhalle der Gartenschule.‹ Ist das nicht ein bisschen kurzfristig?«

»Machen Sie sich darüber keine Gedanken, Edwards«, blaffte Mendoza unfreundlich zurück. »Das wurde schon seit einigen Wochen in den Kindergärten und Waisenhäusern kommuniziert. Unsere Küchen und die Logistik sind entsprechend vorbereitet. Verteilen Sie die Blätter und gut.«

Edwards konnte den überheblichen Adjutanten nicht leiden. Glücklicherweise hatten die beiden selten Berührungspunkte.

Mendoza berichtete sehr ausführlich, dass die leitende Erzieherin und der Hausmeister des Sybelheims unter persönlichem Einsatz seines Lebens an die Strafermittlungsbehörde der zivilen Polizei überstellt wurden. Auf Edwards Frage, wie Farina aus der Haft entfliehen konnte, räumte der Adjutant einen leichtsinnigen

Fehler der Wachen ein. Das wäre jedoch ein grundsätzliches Problem der MP, dass zu viele Fälle an die Militärpolizei herangetragen würden und diese vielfach überfordert seien.

Statt das peinliche Gespräch mit dem Captain jedoch weiter fortzuführen, brach Mendoza ab und stieg in sein Auto. Nach dem Start des Motors kurbelte er die Seitenscheibe des Buick herunter. »Bringen Sie den Mercedes-Benz bitte dem rechtmäßigen Eigentümer zurück, so wie es Ihnen befohlen wurde.«

»Ich denke dran. Wir werden das gleich Morgen erledigen. Versprochen.«

»Machen Sie das bitte. Sonst muss ich eine Meldung an Armstead machen«, sagte Mendoza und fuhr davon.

Edwards winkte dem Adjutanten freundlich hinterher und murmelte dabei: »Arschkriecher!«

Mit den Plakaten unter dem Arm machte sich der Captain auf den Weg zum Motor Pool. Auf dem von Fahrzeughallen umgebenen Areal standen dicht gedrängt, zahlreiche Lastwagen in zwei Gruppen unterteilt. Der Sauberen und der Schmutzigen, die nacheinander die provisorische Waschstraße passierten. Sie waren kurz zuvor von dem Einsatz in Mannheim und Langenbrücken zurückgekehrt. Die Lastwagen die Kohle transportiert hatten, waren rußig, die, die Lebensmittel geholt hatten, von oben bis unten verschlammt. Als ein junger Lieutenant Captain Edwards bemerkte, grüßte er ihn freundlich. »Hallo, John, hast du dein Gespräch mit dem nervigen Mendoza beendet?«, fragte er.

»Ja. Jetzt müssen wir für den Stab auch noch Plakate verteilen«, stöhnte dieser. »Eigentlich sollten wir heute noch unseren Mörder finden.«

»Hat Armstead euch den Fall nicht entzogen?«

»Doch, hat er. Vorhin musste ich zu einem Gespräch mit ihm antanzen. Ich dachte erst, er reißt mir den Kopf ab. Wir haben uns aber einigen können. Wir dürfen den Fall noch abschließen.«

»Verdammt.« Der Lieutenant verzog das Gesicht. »Dass es so ausgehen könnte, war mir nicht in den Sinn gekommen.«

Edwards sah sich erstaunt in der Runde um. »Wie meinst du das? Läuft hier etwas, was ich noch nicht weiß?«

»Corporal Rutherford aus der Kommandeursschreibstube hat mit mir gewettet, dass du strafversetzt wirst.«

»Ihr Schweinehunde habt Wetten auf mich abgeschlossen?«

Der Lieutenant ließ den Kopf hängen, die anderen beiden grinsten. »Nur ich. Zehn Dollar habe ich verloren.«

»Worauf hast du denn gewettet?«

»Dass du den Fall entzogen bekommst und die MP den Mörder innerhalb von einem Tage dingfest macht. So wie immer. Ob schuldig oder nicht, verhaftet und erschossen wurden bisher fast alle.«

»Tut mir leid, dass du Geld verloren hast. Darauf musst du mir bei nächster Gelegenheit einen Whisky ausgeben.« Edwards drohte dem Lieutenant mit der Faust und lachte gekränkt. »Ihr enttäuscht mich, Jungs. Aber Themawechsel. Was machen die Männer hier eigentlich? Lustige Wasserspiele?«

Während ein Soldat seinen Kameraden mit dem Schlauch von hinten nass spritzte, schüttete ein Dritter dem Ersten einen Eimer Seifenlauge über den Kopf. Der wartende Fahrer des Lkws hatte dafür jedoch kein Verständnis. Missmutig hupte er und gestikulierte hinter seinem Steuer. Er wollte endlich Feierabend machen. Erst Minuten später, als Vickers auf die schaumige Wasserschlacht aufmerksam wurde, hatte der Spaß ein abruptes Ende. Nach einer kurzen Belehrung setzten die Soldaten die Reinigung beleidigt fort.

Als der First Sergeant auf seinem Kontrollgang in die Nähe der Offiziere kam, erkannte er Edwards und lief zu ihnen. Er zog seinen gummierten Regenschutz ab, klemmte ihn unter den Arm und zündete sich eine Zigarette an. »Ist manchmal wie im Kindergarten, nicht wahr, Captain Edwards?« Er grinste den Offizier breit an. »Ihre Worte!«

»Wie lange dauert das Schaumbad da noch, Joey?«

Vickers überlegte kurz. »Mindestens zwei Stunden. Sehen Sie, die Beleuchtung wurde bereits aufgebaut. Ich kann hier nicht weg. Es wird doch gleich dunkel.«

»Haben Sie keinen Vertreter?«

»Nein. Staff Sergeant Hunter ist leider verletzt ausgefallen. Die anderen kennen sich nicht aus.«

Edwards nickte. »Verdammt! Es ist zu spät, um noch zum Bahnhof zu fahren. Wer weiß, was dieser Engel noch so alles ausheckt. Wir müssen morgen früh los. Veelapinat sitzt übrigens in meinem Büro und schreibt meine Berichte. Sagen Sie ihm, dass wir uns um 7.30 Uhr hier treffen.«

»Okay, Sir«, bestätigte Vickers. »Da ich später ja noch etwas Zeit habe, fahre ich zu meiner Freundin.«

»Ach ja, ins Krankenhaus.« Edwards trat seine Zigarette auf dem Boden aus. »Steht es sehr schlimm um sie?«

»Sie kann ihre Füße nicht mehr fühlen. Dieser Drecksack hat sie sehr verletzt.«

Der Offizier nickte. »Geht es ihr bald besser?«

»Sie wird sicherlich noch einige Monate brauchen, bis sie das Erlebte verarbeitet hat. Sie hat es trotz des Schmerzes geschafft, sich ihrem Peiniger zu widersetzen und ihn mit einem Nagel tödlich zu verletzen. Sie rammte ihm das Ding in den Hals, als er erneut versucht hat, sie zu quälen.«

»Hat sie Ihnen das erzählt?«

»Mmh. Es hilft ihr, darüber hinwegzukommen.«

»Joey, sagen Sie ihr einen Gruß von uns und speziell von mir. Wenn Sie beide etwas brauchen, ich helfe Ihnen, wo ich kann.« Edwards legte Vickers die Hand auf die Schulter und nickte ihm ermunternd zu. »Ehrenwort.«

»Vielen Dank, Sir. Ich werde darauf zurückkommen.« Er zögerte kurz. »Ich habe noch Informationen für Sie bekommen, Sir. Wussten Sie, dass dieser Wolle ... äh Nachbar namens Wolfram, früher bei den Gaswerken arbeitete und Engels Kohlen im Keller hatte?«

»Nein! Woher denn?«

»Hat mir Corporal Rutherford erzählt. Er bekam den Brennstoff zum Sonderpreis und mit null Prozent. Der Name und die Adresse waren in dem Geschäftsbuch dick unterstrichen, deshalb fiel ihm das auf. Die alte Essig hat uns das bestätigen können.« Bevor der Sergeant weitere

Neuigkeiten erzählen konnte, gab es unter den Soldaten erneut Streit. Vickers fluchte, verabschiedete sich schnell und spurtete zu den Lkws.

»Und bleiben Sie bitte von diesem Franzosen fern, Joey! Der hat nur einen negativen Einfluss auf Sie. Verstanden?«

Edwards wandte sich wieder den anderen Offizieren zu. »Ich bin hier von einem Kindergarten umgeben. Das könnt ihr mir glauben.«

»Ja, John. Wissen wir. Das erzählst du uns schon seit Monaten!«

MONTAG, 3. DEZEMBER 1945, 7.45 UHR

Private Veelapinat stand an der Fahrertür des Diamond T 969A Wreckers und wartete auf den Captain. Der Abschleppwagen mit dem Kranausleger am Heck war ein seltener Exot in der Kaserne und kurzerhand von der Panzereinheit ausgeliehen worden.

Edwards beendete gerade das Gespräch mit seinem Freund und Vorgesetzten Captain Codellany. Die beiden lachten und verabschiedeten sich mit einem kurzen Handschlag voneinander. Bevor Codellany jedoch zurück in den MP-Jeep kletterte, übergab er ihm noch eine kleine blaue Schachtel. Während Edwards sich kopfschüttelnd und lächelnd dem Diamond näherte, brauste der Geländewagen davon.

»Lassen Sie mal, Sammy. Ich fahre bei Vickers in dem Mercedes mit. Sind Sie fertig?«

Er warf einen Blick in die Fahrerkabine, wo sich Tony Roebuck und Mike Jonas bereits hineingezwängt hatten und von dort oben ihren Vorgesetzten begrüßten. »Hallo, Sir. Wir werden immer weniger, statt mehr.«

»Wo ist Sergeant Piece? Kommt er später?«

»Er hat heute seine Abschlussuntersuchung in Y-79 in Sandhofen. Er ist bereits um 4 Uhr aufgestanden.«

»Stimmt, Jonas, er hatte mir etwas darüber erzählt. Das ist ausgerechnet heute?«

Der Corporal nickte.

»Okay, gut. Dann muss es ohne ihn gehen. Hoffentlich geraten wir nicht in eine Schießerei.« Edwards zog die Schachtel mit dem Silver Star hervor und übergab sie dem jungen Mann. »Bitte schön. Das hat Farina bei seiner Flucht aus der Latrine verloren.«

Jonas öffnete den Pappbehälter und betrachtete den frisch polierten Orden. »Hat er den bei Vickers mitgehen lassen?«

»Ja. Farina hat erst die Büros im Motor Pool durchsucht, dann die Stube von Veelapinat verwüstet. Nur um das Buch des Hawaiianers zurückzubekommen. Dort haben sie ihn erwischt.«

»Aber es wussten doch schon alle Bescheid, dass er das Heiligtum zerstört hatte. Was wollte er noch damit?«

»Keine Ahnung. Er sitzt in seiner Zelle und schweigt wie ein Fisch. Keinen Ton hat er bisher gesagt. Ich weiß ehrlich gesagt nicht, was in ihm vorgeht. Der Soldat ist mir ein Rätsel. Er wird unehrenhaft entlassen, bekommt danach noch eine zivile Anklage und muss mit einer empfindlichen Geldstrafe, wenn nicht sogar Gefängnis, rechnen. Das Entlassungsgeld in Höhe von tausendeinhundert Dollar haben sie ihm gestrichen. Degradieren können sie ihn aber nicht mehr. Das hatten sie vor vier Wochen schon gemacht. Ich frage mich, ob es das wirklich wert war.«

Roebuck konnte es auch nicht fassen. »So ein Spinner. Schon am ersten Tag hat er sich wie ein arrogantes Arschloch aufgeführt. Er erzählte mir, dass man im Leben nur weiterkäme, wenn man cool sei.«

»Stimmt, jetzt hat er es cool in der Zelle«, bestätigte Jonas und kicherte.

Edwards deutete auf die Kiste, die mitten auf der Ladefläche stand. »Haben Sie alles dabei, was ich Ihnen aufgelistet hatte, Tony? Haben Sie sich die Funktion des Krans erklären lassen?«

»Ja, Sir. Handschellen, Blendgranaten, Handfeuerwaffen, ausreichend Munition und zwei Brecheisen. Außerdem fünf Combat Rations, Trinkwasser, Zigaretten und Kaugummi. Und zwei Thermoskannen mit heißem Kaffee aus der Kantine.«

Der Offizier lächelte erfreut. »Sergeant Roebuck, Sie wissen noch immer, was der Boss zum Leben braucht. Gut gemacht. Und jetzt fahren wir endlich los.« In diesem Moment fuhr auch Vickers mit dem frisch geputzten Mercedes-Benz vor. Edwards lief zurück zu dem Hawaiianer und befahl: »Aufsitzen und Abfahrt, Sammy! Machen Sie kein so trauriges Gesicht wegen des Buches. Es tut uns allen schrecklich leid, das wissen Sie. Farina wird seine gerechte Strafe erhalten.« Er winkte den anderen zu. »Wir sehen uns am verabredeten Punkt in der Nähe des Kohlenhändlers.«

MONTAG, 3. DEZEMBER 1945, 8.40 UHR

Während Veelapinat mit dem Diamond im Schneckentempo aus der Kaserne herausschlich, meldete sich Edwards bei der MP ab. Der diensthabende Staff Sergeant nahm den geplanten Einsatz zu Protokoll. »Sind Sie sicher, dass Sie keine Eskorte benötigen, Captain? Wenn Sie Hilfe brauchen, funken Sie uns bitte an.«

»Nein, das ist schon okay. Wir machen das allein. In dem Diamond befindet sich ein Funkgerät. Im Notfall melden wir uns.«

»Wie Sie wünschen.« Der Sergeant zuckte resigniert mit den Schultern und machte eine Notiz in seinem Wachbuch. »Wenn etwas passiert, sind Sie selbst dafür verantwortlich, Sir.«

»Ich bin mir der Risiken bewusst«, gab der Offizier zurück. »Im Krieg waren wir tagelang auf uns allein gestellt. Sagen Sie Codellany einen Gruß von mir.« Dann verließ er das Büro.

Kaum saß er in dem Mercedes, schlug er die nach vorn öffnende Beifahrertür zu. »Fahren Sie, Joey. Diese Leute von der MP sind immer so überheblich.«

»Haben sie wieder nervige Fragen gestellt?«

»Ja, aber nicht nur das. ›Wenn Sie Hilfe brauchen, funken Sie uns an‹«, äffte er den Wachhabenden nach. »›Dann bekommen Sie eine Eskorte.‹ Hoffentlich wird sich hier bald etwas ändern, sonst laufe ich Amok.« Der Offizier beugte sich in dem Sitz nach vorn und betrachtete in der Mittelkonsole die Senderskala des eingebauten Telefunken-Autoradios. »Haben Sie das schon einmal angemacht, Joey?«

Der Fahrer grinste. »Ja. Ich habe schon öfters Radio Stuttgart gehört. Es gibt auch noch einige Franzosensender. Nach AFN habe ich noch nicht gesucht.«

»Wozu sind die beiden Knöpfe?«

»Links schalten Sie es ein und aus und regeln die Lautstärke, rechts ist die Sendersuche.« Vickers drehte an dem linken Regler. Es klickte und ein kleines Licht begann in der Skala aufzuleuchten. »Es dauert ein paar Minuten, bis die Röhren warm sind«, erklärte er.

Das Auto setzte sich in Bewegung und der First Sergeant lenkte es aus der Kaserne. Wieder drehte er an dem Radio herum, als plötzlich Musik erschallte. Ein fröhliches Orchester spielte und eine Frau sang mit einem Mann im Duett auf Deutsch. Die beiden Soldaten wiegten zum Takt ihre Köpfe hin und her und das schwere Auto rumpelte dabei durch die Trümmerschluchten der zerstörten Karlsruher Weststadt.

Nach einigen Kilometern auf der Kaiserallee und der Kaiserstraße bogen sie beim *Moningerhaus* und *Loret-todenkmal* auf die Karlstraße ab. Sie umrundeten auch hier zahlreiche Trümmerberge, welche abtransportiert werden sollten. Die Räumkommandos auf den Straßen hatten den Schutt bereits nach Materialien getrennt und aufgeschichtet.

»Sir? Glauben Sie, wir brauchen den Kran wirklich?«

»Na klar, Joey. Ich bin mir hundertprozentig sicher, dass Engel in seiner Firma eine Maschine hat, die die Steine mit Kohlenstaub beschichtet. Wenn dem so ist, kommt der Wrecker zum Einsatz. Wir reißen das Ding aus der Verankerung und setzen dem faulen Zauber ein Ende.« Er verstummte und hörte dem Radio zu. »Sind das nicht Nachrichten? Habe ich schon ewig nicht mehr gehört.«

Vickers drehte lauter.

›… erfolgt heute die Anhörung der russischen Delegierten beim Prozess gegen die Hauptkriegsverbrecher vor dem Internationalen Gerichtshof in Nürnberg. Bitte hören Sie unseren Sonderbericht ab 12.30 Uhr und 19.10 Uhr auf dieser Frequenz. Frankfurt. Die US-amerikanische Militärregierung in Frankfurt am Main beschließt für ihre Zone eine Weihnachtssonderzuteilung von einem Kilogramm Mehl und vierhundert Gramm Zucker pro Kopf. Die infolge der Verteilung auftretenden Verzögerungen bei der …‹

»Das ist doch schon sehr viel Information«, kommentierte Edwards den Nachrichtensprecher. »Vor sechs Monaten war das noch unvorstellbar.«

»Da hat mir der Job jedoch noch Spaß gemacht. Polizei spielen macht gar keine Laune«, meckerte der Sergeant und bremste den schweren Wagen ab, weil ein mit Laternenmasten beladenes Ochsenfuhrwerk vor ihnen die Straße querte. In diesem Moment lief eine Frau vors Auto, hielt sich an dem Mercedesstern auf der Haube fest und schimpfte mit erhobenem Zeigefinger lautstark auf die Amerikaner. Der Fahrer hupte ein paar Mal und versuchte, die Frau mit Handbewegungen zu verscheuchen. Nachdem das nicht half, nahm er kurzerhand ein paar Zigaretten und warf sie auf die Straße. Sofort stürzte sich die Frau zusammen mit anderen Passanten darauf, sodass sie ihre Fahrt ungehindert bis zur Kreuzung der Reichsstraße fortsetzen konnten.

An dessen gegenüberliegender Ecke stand bereits der Diamond neben dem Gehweg. Private Veelapinat hatte die Ankunft des schwarzen Mercedes gesehen und winkte Edwards und Vickers herüber. Roebuck und Jonas lehnten seitlich an dem Truck und tranken etwas Dampfendes aus kleinen Bechern.

»Joey, schauen Sie sich das an!«, rief Edwards und zeigte mit dem Finger auf seine Leute. »Die saufen meinen schönen Kaffee weg, diese Bastarde.«

Dieser nickte jedoch nur, überholte den Diamond und parkte davor. Dann stieg er aus, lief zur Ladefläche des Abschleppwagens und durchsuchte einige der dort befestigten Werkzeugkisten. Schließlich förderte er einen riesigen Engländer zutage und tippte damit dem Sergeant von hinten auf die Schulter.

»Tony? Hast du daran gedacht, die metrischen Schraubenschlüssel mitzunehmen?«

Dieser drehte sich erschrocken um und schlug wütend mit der Faust auf einen Kanister. »Scheiße. Tut mir leid, Joey, ich hab's vergessen. Ist das schlimm?«

»Dann nimmst du eben diesen hier«, antwortete er genervt und händigte ihm den verstellbaren Maulschlüssel aus. »Ist das die Kiste mit der Munition und den Waffen?«

Doch der Captain war bereits schneller. Er öffnete den Holzdeckel und verglich die mitgebrachte Munition mit einem Colt M1911A1. Er ließ das Magazin aus dem Handgriff der ungeladenen Waffe rutschen und versuchte, ein paar der Patronen in dieses hineinzustecken. Doch es klappte nicht. Sie fielen direkt wieder heraus. Er wühlte noch ein weiteres Mal in der Kiste, förderte zwei Rauchsätze hervor, las den Text darauf und schmiss schließlich alles in die Box zurück.

»Roebuck! Kommen Sie zu mir«, flüsterte er mit zusammengekniffenen Zähnen.

»Sir?«

»Was, um alles in der Welt, haben Sie sich dabei gedacht, als Sie sich diesen Müll hier andrehen ließen? Haben Sie schon einmal in die Kiste geschaut, was da alles drin ist?«

»Ich … äh, ich habe eine Liste unterschrieben mit meiner Anforderung an die Waffenkammer.«

»Seit wann sind Sie dabei, Roebuck?«

»Seit November 43, Sir«, antwortet dieser kleinlaut.

»Die vier Pistolen haben Sie persönlich übernommen?«

»Ja, die hatte ich in der Hand.«

»Das ist erfreulich. Welches Kaliber hat ein Colt?

»Fünfundvierzig.«

»Gut.« Edwards lächelte. »Und die Munition?«

»Die auch.«

»Aha. Und wie erklären Sie sich, dass die Patronen in der Kiste Kaliber achtunddreißig haben? Sind die unterwegs geschrumpft, vom Fahrtwind vielleicht?«

»Ich kann es mir nicht erklären.«

»Können Sie nicht?« Der Captain entnahm erneut einen Colt und eine Handvoll Patronen. Er zerlegte die Waffe mit einem geübten Handgriff und hielt dem verblüfften Roebuck das Rohr mit dem Verschluss unter die Nase. Dann steckte er ein Geschoss hinein. Dieses rutschte durch den Lauf und fiel dem Offizier in die Hand. »Die sind ein wenig klein, nicht wahr?«

Der Sergeant nickte.

»Warum haben Sie das nicht vorher kontrolliert, Tony?«, zischte Edwards.

Der Angesprochene schwieg und zuckte mit den Schultern.

»Was machen wir jetzt ohne Waffen, Sie Idiot?«, brüllte der Captain und warf die Waffenteile auf die Ladefläche des Diamond. »Wie sollen wir uns wehren, wenn dieser Penner auf uns schießt? Wir könnten ihn ja ebenso gut einnebeln. Haben Sie gesehen, was auf den sogenannten Blendgranaten steht? Rauchmarkierung, rot, fünf Minuten Brenndauer. Wo sind die Handschellen, die Brecheisen?« Der Captain geriet in Rage. »Haben Sie nur ans Fressen, Rauchen und den blöden Kaffee gedacht? Was sollen wir bitte schön mit einhundert Streifen Kaugummi?«, schrie er. »Wenn der Kohlenmann das Feuer eröffnet, sagen wir einfach: ›Stopp, Herr Engel, wir haben doch heißen Kaffee dabei. Möchten Sie einen Kaugummi oder zwei?‹ Roebuck, Sie bringen mich noch ins Grab.« Der Captain stützte sich beidhändig auf den Rand der Ladefläche, atmete einige Male tief durch und überlegte lange.

»Also gut. Statt einen Überraschungsangriff zu Fuß zu machen, fahren wir mit beiden Fahrzeugen zu der Firma.« Gleichzeitig entnahm er dem Magazin seiner Pistole die sieben Patronen und überreichte Vickers drei davon. Den Rest behielt er selbst. »Joey, machen Sie die in Ihren Colt, Roebuck geht leider leer aus. Er steuert dafür den Mercedes-Benz, Sie den Diamond. Wenn wir angekommen sind, fahren Sie, Joey, mit dem Wrecker rückwärts durch das Tor. Egal, ob dieses auf ist oder nicht, verstanden?«

Vickers nickte und grinste. »Das mache ich doch gerne.« Bevor er jedoch ins Fahrerhaus stieg, lief er zu der Waffenkiste und nahm sich daraus eine Handvoll Kaugummis, die er sich in die Jackentasche stopfte.

»Na dann los!« Edwards griff nach Roebucks Ärmel und flüsterte ihm ins Ohr: »Wenn das noch mal passiert, Tony, schmeiße ich Sie aus dem Team und sorge dafür, dass Sie bis zu Ihrem Dienstende in einer Waffenkammer sitzen werden, kapiert?«

»Ja, Sir, kapiert. Entschuldigung.«

Edwards nickte und stieg schweigend in das Auto ein, während hinter ihnen die anderen zurück in den Diamond kletterten.

Roebuck folgte kurz darauf, setzte sich hinter das große Lenkrad und startete den Motor der schwarzen Limousine. Der Captain schaltete das Radio ein.

»Fahren Sie nur ein Stückchen vorwärts, dann kann Vickers hinter uns rausfahren.«

Am Ende der Karlstraße lichteten sich die Häuserreihen. Rechts stand ein Mehrfamilienhaus neben dem anderen, auf der anderen Seite waren lediglich ein paar einzeln stehende Villen mit parkähnlichen Gärten zu sehen.

Der Abschleppwagen überholte den Mercedes und fuhr langsam in Richtung Breite Straße, die von links in einem spitzen Winkel auf die Karlstraße zuführte.

Das Autoradio erwachte erneut zum Leben. Der junge Sprecher kündigte gerade an: ›… in unserer Reihe der amerikanischen Schlager hören Sie nun zwei weitere Schallplatten. Die Andrew Sisters mit ihrem Hit *Rum and Coca Cola* und gerade neu eingetroffen: Woody Herman & His Orchestra mit *Apple Honey*.‹ Das erste Lied begann und Edwards summte den ihm bestens bekannten Calypso mit. Roebuck klopfte mit seinen Fingern den Takt aufs Lenkrad. Sie sahen den Diamond am Ende der Straße anhalten, direkt davor stand Engels Lastwagen im Rinnstein. Eine große Dampfwolke stieg aus dem Hinterhof neben dem Kohlenhandel auf. Als Roebuck und Edwards das Haus fast erreicht hatten, fuhr der Wrecker eine scharfe Rechtskurve quer über die Straße und wartete kurz.

Vickers schaltete in den Rückwärtsgang, sah sich noch einmal kurz um und drückte das Gaspedal durch. Das Heck des Lasters mit dem daran befestigten Kran krachte in das massive Holztor und warf es aus seinen Angeln. Aus dem benachbarten Baum flüchteten panisch einige Tauben. Der Abschleppwagen holperte währenddessen mit seinen Doppelreifen über die zerborstenen Teile und stieß weiter rückwärts auf das Gelände. Schließlich stoppte ihn die Ecke eines kleinen Ziegelsteingebäudes.

Edwards, Roebuck und die Soldaten aus dem Diamond stürmten auf das Fabrikationsgelände. Jonas und Vickers hielten ihre Dienstpistolen ebenso im Anschlag. Die fünf stürmten in den Schuppen, wo sie die Kohlenproduktion vermuteten. Die drei darin befindlichen Mitarbeiter erschraken und erhoben sofort, angesichts der Übermacht, ihre Hände.

Vor den Scouts stand eine laut rasselnde Maschine, an deren einem Ende Eisenbahnschotter auf ein Förderband fiel und acht Meter weiter hinten, täuschend echt aussehende, dampfende Steinkohlebrocken herauskamen. In dem Färbebereich der Mechanik zischten Düsen und sprühten die vorher angemischte, schwarze Kohlenstaubbrühe in mehreren Schichten auf, dahinter trocknete ein Gebläse das Produkt. Am Ende sorgten rotierende Schleifräder und -bänder für das typische Glänzen der falschen Steinkohle. Einige Meter weiter, in einer Ecke der schmalen Halle, stand ein gewaltiger, schallisolierter Stromerzeuger, der gleichzeitig die erzeugte Wärme zur Kohlentrocknung abgab.

»Ausmachen!«, brüllten Vickers und Edwards fast

gleichzeitig die Arbeiter an, was diese auch sofort befolgten. Die Waffen der Soldaten flößten Respekt ein. Nach nicht einmal dreißig Sekunden trat eine gespenstische Ruhe ein.

»Wo ist Ihr Chef?« Edwards sah sich suchend um. »Im Haus?«

»Herr Engel ist nicht da, Amerikanski.« Der russische Akzent war nicht zu überhören.

»Wo finde ich ihn?«

»Ist mit Fahrrad in Kinderheim gefahren. Abrechnung machen«, antwortete ein anderer. »Kommen nicht vor zwei Uhr zurück.«

»Der Betrug mit den falschen Kohlen ist hiermit beendet«, bestimmte Edwards. »Auf Befehl der Militärregierung ist diese Maschine beschlagnahmt und wir werden sie nun an Ort und Stelle zerstören.«

Einer der Männer, welcher vermutlich der Vorarbeiter war, stellte sich ihnen in den Weg und ruderte energisch mit den Armen. »Sie zerstören unsere Existenz, unseren Job! Unsere Familien werden verhungern.«

»Damit müssen Sie in solch einem Fall rechnen. Roebuck, Jonas, holen Sie die Kette und den Engländer.« Er wandte sich wieder an die drei Arbeiter: »Sie können die Strafe mildern, wenn Sie uns bei der Demontage helfen. Holen Sie Werkzeug und lösen Sie die Befestigung am Boden.« Doch die Russen zögerten.

»Na los doch!«, brüllte Vickers und fuchtelte mit seiner Pistole herum. »Machen Sie, was der Offizier Ihnen befohlen hat!«

Das half. Die Männer besorgten einige große Ring-

und Maulschlüssel und einen Vorschlaghammer und lösten die ersten festsitzenden Schrauben am Boden.

Vickers lief derweil zu dem Stromaggregat hin und schaltete es ab. Mit ein paar geübten Handgriffen öffnete er die Schalttafel neben dem Motor und entfernte die dicken Stromkabel, die mit der Steinfärbemaschine verbunden waren. Dann machte er sich daran, Jonas und Roebuck beim Befestigen der Ketten an dem Getriebeblock und dem Förderband zu helfen. Nach wenigen Minuten schweißtreibender Arbeit lief er zurück zum Abschleppwagen, verband das Ende der Kette mit dem Haken an dem abgerollten Drahtseil, prüfte kurz dessen Halt und kletterte in den Lastwagen. Er ließ den Motor an, startete die Hydraulik für die Seiltrommel. Die begann nun langsam und quietschend, das über den Schlepparm geführte Drahtseil aufzuwickeln. Die Kette spannte sich, während Rostteile von ihr herabfielen.

Teile der Mechanik und der Unterkonstruktion gaben knackende Geräusche von sich, rührten sich jedoch keinen Millimeter. Edwards und Veelapinat zogen sich in das hinterste Ende der Halle zurück, auch die drei Arbeiter rückten mehr und mehr von der Maschine ab.

Plötzlich gab es einen Knall, als eine der Ketten etwas verrutschte, sich dann aber wieder verkeilte.

Veelapinat sah das ganze eher kritisch. Er hatte lediglich einen Blick für das Drahtseil, der Rest interessierte ihn nicht. Mit einem Mal rief er »Sdopp, sdopp, Joey, das Seil reißd.« Doch dieser hörte ihn nicht. »Misder Edwards, kommen Sie soford da raus! Wenn das Seil reisd, schlägd es sie dod! Los, raus da hinden!« Seine Stimme überschlug sich und er schrie, so laut er konnte. Kaum waren die Vorgesetzten und die drei Arbeiter seiner Aufforderung gefolgt und geduckt aus dem Gebäude gestürzt, da riss das Seil unvermittelt von dem Haken ab und die unter Spannung stehende Kette schlug mit irrer Gewalt dort ein, wo Sekunden zuvor noch die Leute gestanden hatten. Das Drahtseil flog gleichzeitig zurück zu dem Diamond und verwüstete dessen Ladefläche. Die Rauchsätze, die Munition und Werkzeugteile verstreuten sich im ganzen Hof. Die Maschine jedoch stand immer noch an Ort und Stelle.

Der sprachlose Vickers hatte inzwischen den Motor abgewürgt, seine Fahrertür geöffnet und starrte den Hawaiianer entsetzt an.

»Ich habe dich nicht gehört, Sammy«, stammelte er.

Edwards, der sich von dem Schreck wieder erholt hatte, klopfte Veelapinat auf die Schulter. »Danke.«

Vickers wollte es nun erneut wissen. Er kletterte aus dem Führerhaus, holte die Kettenenden aus der Werkhalle heraus und knotete sie, verlängert mit einem weiteren Kettenstück von der Ladefläche, an der Anhängerkupplung fest.

Dann sprang er wieder hinters Steuer, startete erneut und fuhr langsam und mit schleifender Kupplung im Kriechgang vorwärts, bis sich die Ketten spannten. Gleichzeitig scheuchte Veelapinat alle anderen, Arbeiter wie Vorgesetzte, in den hinteren Teil des Geländes, um aus dem Gefahrenbereich der eventuell brechenden Kette zu kommen.

Wieder begannen Teile der Maschine zu knacken und zu quietschen. Wieder tat es einen lauten Knall. Doch jetzt bäumte sich das lange Förderband zusammen mit dem mächtigen Heizgebläse der Maschine nach oben auf, verharrte kurz und riss daraufhin von dem Rest der Anlage ab, Teile des gesprengten Transportbandes flogen sogar bis zum Nachbargebäude. Einige inzwischen herbeigelaufene Schaulustige aus der Straße sprangen erschrocken beiseite, als die Fragmente angeflogen kamen. Es dauerte nur noch ein paar Minuten, den Rest der Maschine aus den Verankerungen zu reißen, dann lag sie schließlich als großer und rabenschwarzer Schrotthaufen auf dem Hof. Mitten in einem Brei aus Kohlenstaub und Getriebeöl. Um die Arbeiter daran zu hindern, den Schrott vielleicht wiederaufzubauen, goss Edwards ein paar Liter Treibstoff über die Teile und zündete sie an. Die Kohlenmaschine verglühte dabei zu einem bizarren Gerippe. Die inzwischen zahlreichen Passanten würden sich sicherlich noch einige Stunden an dem Feuer aufwärmen können.

»Roebuck, Sie bleiben so lange hier, bis das Feuer ausgegangen ist. Danach kommen Sie mit dem Abschleppwagen zu dem Kinderheim und holen uns ab.«

Der Sergeant murrte.

»Das ist ein Befehl. Sie haben doch eine Pistole. Sie müssen denen eben weiter Theater vorspielen und so tun, als wäre sie geladen«, feixte er. »Bis später.«

Zufrieden und ohne die drei, nun arbeitslosen, Arbeiter der Firma Engel weiter zu beachten, stiegen die vier Amerikaner in den Mercedes-Benz. Doch zuvor ließ Vickers bei dem Kohlenlaster noch die Luft aus den Reifen und stach mit einem Messer hinein.

Bei Zarah Leanders *Lily Marleen* machten sich Edwards und seine Leute bereit, Engel bei seiner Abrechnung im Sybelheim zu stören.

MONTAG, 3. DEZEMBER 1945, 12.32 UHR

Lautlos öffnete Edwards die Tür zum Kohlenkeller und erblickte den mit dem Rücken zu ihm stehenden Besitzer des Kohlenhandels. Dieser war gerade dabei, den Inhalt eines Benzinkanisters auf den vor ihm liegenden Kohlenhaufen zu schütten. Nachdem er sein Werk beendet hatte, hockte er sich nieder und verschloss den Blechbehälter. Dabei bemerkte er den US-Offizier, der im Türrahmen stand und ihn beobachtete.

»Oh, ein Zeuge«, knurrte Engel.

»Vernichten Sie schon wieder Beweise?«

»Die Idee ist genial. Das müssen Sie doch zugeben?«

»Aus ihrer Sicht, ja. Aus Sicht der Betrogenen jedoch nicht.« Edwards zog seine Offizierspistole hervor, entsicherte sie und zielte auf den Mann.

»Sie werden mich nicht erschießen.« Engels Gesicht verzog sich zu einer Grimasse. Gleichzeitig steckte er seine rechte Hand in die Hosentasche, zog ein goldenes

Feuerzeug hervor und entzündete es. »Wenn Sie jetzt abdrücken, lasse ich meinen kleinen Freund fallen und wir beide kommen in der Gluthitze um. Bedenken Sie all die kleinen unschuldigen Kinder über uns im Spielzimmer, die ihr Leben lassen werden. Nur weil Sie hier den Cowboy spielen.«

Edwards starrte abwechselnd auf die Pistole und den Brandstifter. »Die vier Brände in der Fabrik, den beiden Kinos und der Autowerkstatt gehen also auch auf Ihr Konto?«

»Sie dürfen die Schnapsbrennerei nicht vergessen, Amerikaner. Da musste ich nicht einmal in den Keller. Das Labor war unvorsichtigerweise nicht verschlossen.« Er zuckte unschuldig mit den Schultern. »Sie und Ihre Scouts hatten die Beweise vor Augen und haben nichts bemerkt.« Engel hatte sich Edwards derweil auf Armlänge genähert und schlug dem überraschten Offizier plötzlich die Pistole aus der Hand. Schnell bückte er sich, hob sie auf und richtete sie gegen ihn. »Hoppla. Wie unaufmerksam. Ich habe sofort gemerkt, dass Sie kein Polizist sind. Los, umdrehen!«

Edwards stöhnte innerlich. Er hatte gerade einen dummen Fehler gemacht und sich die Waffe abnehmen lassen. Der Versuch, schnell das Licht auszuschalten, scheiterte daraufhin kläglich. Kaum hatte er die Hand an den Drehschalter gelegt, schlug ihm Engel mit der Faust eins über.

»Kommen Sie, Edwards. Lassen Sie uns eine kleine Fahrt durch das schöne Karlsruhe machen.« Er umgriff von hinten dessen Hals mit dem Unterarm, zerrte den Kopf des Offiziers nach hinten und presste ihm die

Mündung der Pistole gegen den linken Wangenknochen. Dann schob er ihn die Kellertreppe hinauf, vorbei an ein paar verängstigten Pflegerinnen und Private Veelapinat.

Engel zwang den Captain durch die Tür nach draußen auf die Straße zu gehen, direkt zum Auto des Direktors. Vickers, der gelangweilt hinter dem Steuer saß, erkannte die Situation sofort, sprang heraus und stellte sich in sicherem Abstand zu dem Geiselnehmer. Dieser befahl Edwards, sich hinter das Lenkrad zu setzen, während er sich selbst auf den Beifahrersitz zwängte. Noch immer hielt er dem Offizier die Pistole an den Kopf.

»Fahren Sie!«, brüllte er.

*

Während der Mercedes-Benz des Direktors sich rasch entfernte, zwang Vickers den gerade am Sybelheim angekommenen Amtsarzt aus seinem leuchtend roten, holzgasbefeuerten Opel auszusteigen und diesen der US-Army zu überlassen. Er und Veelapinat nahmen die Verfolgung der schwarzen Limousine auf.

Sie entdeckten sie bereits nach kurzer Zeit auf der Rüppurrer Straße in Richtung Innenstadt. Im Bereich der Kreuzung Kriegsstraße bog das Fahrzeug zum Güterbahnhof hin ab, Vickers folgte ihm mit einigem Abstand.

Corporal Jonas musste derweil im Waisenhaus bleiben und auf Roebuck warten.

*

»Wo fahren wir hin?«, fragte Edwards, während er so tat, als würde er mit dem Schalthebel verzweifelt den vierten Gang suchen.

»Lassen Sie sich überraschen.« Engel hätte sich am liebsten selbst hinter das Steuer gesetzt. Der Amerikaner hatte einen ungewöhnlichen Fahrstil. Er holperte mit den Rädern im Rinnstein entlang und der rechte Außenspiegel des Mercedes hatte schon einige Male fast Kontakt mit Bäumen am Straßenrand gehabt. »Fahren Sie doch etwas mehr in der Mitte!«, schrie er ihn an und fuchtelte mit der Waffe herum. »Herrgott, wer hat Ihnen denn Autofahren beigebracht?«

»Sorry. Mir fehlt die Übung. Ich habe einen Unteroffizier, der mich normalerweise fährt. Und dieser Mercedes ist mir viel zu groß.«

»Dann fahren Sie eben etwas langsamer. Schalten Sie doch mal endlich in den Vierten.«

»Ich finde ihn nicht«, meckerte Edwards, während das Getriebe laut knirschte und der Motor aufheulte. Bei einem kurzen Seitenblick in den Rückspiegel sah er wieder das kleine rote Auto, welches ihnen mit einer langen Rauchfahne folgte. Hoffentlich waren das seine Kameraden!

Leider bemerkte Engel den Blick des Offiziers und sah über seine Schulter nach hinten. »Wir werden verfolgt! Sind das die beiden Idioten, die mit Ihnen zusammen in das Waisenhaus gekommen sind?« Er kurbelte die Scheibe hinunter und verbog den Außenspiegel mit seiner Rechten. »Fahren Sie rechts ran und lassen Sie den Wagen überholen!«

Edwards nickte stumm und fuhr an die Seite.

Kurz darauf fuhr das rote Auto mit zwei Männern darin an ihnen vorbei. Beide Insassen trugen einen Hut und nahmen keinerlei Notiz von Edwards und seinem Entführer. Engel atmete auf. »Noch mal Glück gehabt«, zischte er. »Fahren Sie weiter.«

Sie kamen an eine Kreuzung, an der sie nach links auf die Wolfartsweierer Straße abbogen.

»Kennen Sie sich hier aus, Amerikaner?«

»Nein«, log Edwards und blickte den Kohlenhändler kurz an. »Wir sind in Knielingen stationiert und kommen nur selten hierher. Wie gesagt, ich habe einen Fahrer …«

»Fahren Sie dahinten an der Kirche rechts auf die Durlacher Allee und dann immer geradeaus.« Engel war die Waffe mittlerweile zu schwer geworden, weshalb er sie nun von seinem Schoß aus auf Edwards gerichtet hielt. An einer Kreuzung, hundertfünfzig Meter vor ihnen, stand das rote Auto, das sie eben erst passiert hatte, und wurde von einem Polizisten kontrolliert. Engel erkannte, dass ein Ausweichen unmöglich war, deshalb steckte er die Schusswaffe ein. »Machen Sie keinen Unsinn oder Sie erleben den Abend nicht mehr, Mister.«

Doch der Polizist war an einer erneuten Personenkontrolle nicht interessiert. Er besah sich kurz die große Limousine mit dem US-Offizier am Steuer und winkte sie durch. Gleichzeitig grüßte er militärisch. Der Captain gab hinter der Ecke wieder zu viel Gas, legte absichtlich den falschen Gang ein und ließ die Kupplung schlagartig kommen. Doch statt den Motor abzuwürgen, machte der Mercedes einen heftigen Satz nach vorn, wodurch

Edwards Kopf erst nach hinten und dann auf das Lenkrad geworfen wurde. Dabei platzte seine linke Augenbraue auf und Blut lief ihm ins Auge. Engel, dem Edwards Fahrstil keinen körperlichen Schaden zugefügt hatte, brach in schallendes Gelächter aus. »Sie sind wirklich zu doof zum Autofahren, Amerikaner!«, japste er und schlug sich amüsiert auf die Schenkel. Schlagartig wurde er wieder ernst. »Wegen Ihnen hat sich meine Frau im Gefängnis umgebracht! Sie hatte wahnsinnige Angst vor den Verhören der Polizei.«

»Sie hatte aber keine Angst, das Ehepaar Brandt kaltblütig zu ermorden«, erwiderte der Captain und wischte sich mit dem Ärmel über die schmerzende linke Gesichtshälfte. »Die Tatwaffe haben wir ja bei Ihnen im Haus gefunden.« Der Kohlenhändler schwieg. Edwards sah ihm an, dass er krampfhaft nach einer Antwort suchte.

»Gegen mich wurde ein Komplott geschmiedet und meine Frau wurde das Opfer!«, schrie er plötzlich.

»Kohlen mit gefärbten Steinen zu mischen, halte ich für keine Verschwörung, eher für Betrug«, konterte der Captain.

Das wollte Engel jedoch nicht hören, stattdessen boxte er Edwards kräftig in die Seite. Durch den Schlag in die Nähe der Leber zuckte dieser heftig zusammen und verdrehte dabei das Lenkrad. Das Auto begann daraufhin zu schlingern und da es in diesem Moment gerade über die Behelfsbrücke der Autobahn fuhr, krachte es mit seinem rechten Heck in das Holzgeländer. Glücklicherweise rutschte es wieder zurück auf die Fahrbahn und Edwards bekam es wieder unter Kontrolle.

»Passen Sie auf, wohin Sie fahren, Mann!« Engel nahm die Pistole und bohrte sie Edwards erneut in die Wange. Dabei drückte er das Gesicht des Offiziers gegen die Seitenscheibe, sodass das Blut an ihr hinunterlief. »Sie sind ein Lügner.«

»Wenn es ein Komplott gab, dann ging das von dem Stadtrat Schüssele aus«, sagte der Captain. Das Argument hatte gesessen! Engel fiel schockiert zurück in seinen Sitz.

»Glauben denn alle, dass … dass ich das war?«, stotterte er. »Schüssele war mein Kompagnon und wir waren beste Freunde.«

»Warum hatte er dann zum Zeitpunkt seines Auffindens in der Molkerei Ihren Pass dabei?«

»Ich sage es Ihnen, weil Ihnen das Wissen nichts mehr nützt.« Engel lächelte verschlagen. »Jürgen Schüssele hat mich erpresst. Die gegerbten Felle der geschossenen Tiere, die eigentlich Brandt erhalten sollte, habe ich den Franzosen verkauft. Das Geld blieb somit bei mir. Eines Tages fand mein Kompagnon das heraus und drohte damit, mich anzuzeigen. Außerdem nahm er meinen Pass an sich, um zu verhindern, dass ich meine Geschäfte weiter in Frankreich abwickeln konnte.«

»So ein Aufwand wegen ein paar Fellen?« Edwards bremste den Mercedes fast bis zum Stillstand ab, um einer Straßenbahn den Vorrang zu lassen. Verstohlen lugte er dabei in den Rückspiegel. Das rote Automobil, welches sie überholt hatten, war nicht mehr in Sicht. Er war sich jedoch sicher, dass darin Vickers und Veelapinat saßen. Edwards meinte sich zu erinnern, dass sich bei ihrer Flucht ein rotes Auto dem Waisenhaus genähert hatte. Der Offizier wollte die Hoffnung nicht aufgeben, dass seine Scouts ihm zur Rettung eilen würden. Als er mit Engel jedoch Durlach erreichte, schwanden seine Erwartungen im Angesicht der zahllosen Hausdächer vor seinen Augen.

»Fahren Sie weiter!«, brüllte Engel und boxte ihn erneut in die Seite. »Sie sollen hier nicht schlafen. Wenn Sie auf Ihre Leute warten, dann ist es bald zu spät dafür. Geradeaus, der Straßenbahn hinterher! Los, Mann!« Er fuchtelte wieder mit der Waffe herum, denn in dem Rückspiegel erkannte er einen Lastwagen, der sich langsam näherte.

*

Als die beiden Amerikaner mit dem roten Opel des Arztes die Limousine hatten überholen müssen, schmiedete Vickers bereits einen neuen Plan. Er wusste, dass vor ihnen in der ehemaligen Infanteriekaserne an der Wolfartsweierer Straße ein paar Fahrzeuge der US-Armee standen, die für den geplanten Panzertransport im Dezember vorgesehen waren. Da in der Knielinger Kaserne nicht ausreichend Platz dafür war, hatte die mit dem Transport beauftragte Logistik-Kompanie die Fahrzeuge hier, in der Nähe der Autobahn, abgestellt. Am Gottesauer Platz wurden sie glücklicherweise von einer Polizeikontrolle aufgehalten, sodass die Limousine von hinten wieder aufschloss. Dem Polizisten, der in dem zivilen Fahrzeug nicht mit Soldaten rechnete, verschlug es die Sprache. Kleine rote Autos fuhren in diesen Zeiten eigentlich nur reiche Ehefrauen. Vickers erzählte ihm schnell, dass im nachfolgenden Wagen ein britischer Diplomat säße, der auf keinen Fall kontrolliert werden dürfe. Dann gab er Gas, rollte rechts um die Ecke auf die Durlacher Straße, um nach hundert Metern erneut in einen Versorgungsweg abzubiegen, der sie wieder in die Nähe der Kaserne brachte. Dort ließen sie das qualmende Auto stehen, um den Rest des Weges zu Fuß zu laufen. Glücklicherweise war das hintere Kasernentor mit einer Wache besetzt, die sie hineinließ. Jetzt standen sie vor einer Reihe von Schwertransportern. Einige davon waren bereits mit einem Sherman-Panzer beladen, andere waren noch leer. Aufgrund fehlender Tür- und Zündschlösser der US-Laster konnte sich Joey das größte und schwerste Ungetüm, eine Corbitt Sattelzugmaschine, aussuchen und mitnehmen. Damit würden sie bei Engel sicher keinen Verdacht wecken. Dem anwesenden Wachtposten versprach er, den Laster schnellstmöglich zurückzubringen.

»Fahr edwas langsamer, Dsoey. Ich bin mir nichd sicher, aber da vorne an der Kreudsung sdehd ein schwarzes Audo. Das könnde er sein.« Veelapinat hatte im Handschuhfach des Lkw ein verstaubtes Fernglas entdeckt und starrte nun angestrengt hindurch. »Er isd allerdings rechds hinden kapudd. War der Merdsedes beschädigd?«

»Nein, nicht dass ich wüsste. Wenn wir jetzt anhalten, schöpfen sie Verdacht. Also weiter.« Der nach oben geführte Auspuff des Corbitt spie eine dunkelblaue Wolke Abgase aus.

Nachdem sie am Geländer der Autobahnbrücke vorbeigefahren waren, bemerkten sie die Spuren, die auf einen Unfall schließen ließen. Die beiden waren sich jetzt sicher, den richtigen schwarzen Wagen vor sich gesehen zu haben. Der Mercedes verlor seitdem Öl und hinterließ eine schwarze Spur auf der Straße. Als sie nun langsam in die Nähe des Durlacher Bahnhofs kamen und über den breiten Bahnübergang fuhren, sah der Hawaiianer die Limousine einige hundert Meter vor sich. Aufgehalten durch eine Straßenbahn, fuhr sie direkt dahinter in den Ortskern hinein.

»Wenn wir da auch durch müssen, Sammy, fallen den Anwohnern die Gläser aus den Schränken«, kicherte Vickers und klopfte sich, angesichts der schmalen Straße mit dem einspurigen Gleis darin, vergnügt auf den Schenkel. Gleichzeitig schaltete er einen Gang runter und rumpelte mit brüllendem Motor auf dem Kopfsteinpflaster der Pfinztalstraße entlang, der Ölspur hinterher. An einer besonders engen Stelle blieb die ihnen entgegenkommende Tram, angesichts des grünen Giganten, stehen und ließ ihn freiwillig passieren.

Der Mercedes war bereits aus ihrem Sichtbereich verschwunden, als sie am Ende der Straße an einer Kreuzung anhielten.

*

»Fahren Sie dahinauf!«

»Wo wollen Sie mit mir hin?«, fragte Edwards.

»Sie müssen Ihren Blick schweifen lassen.«

»Ich verstehe nicht. Was hat das mit mir zu tun? Was wollen Sie?«

Engel gab ein Grunzen von sich. »Wenn wir oben sind, verstehen Sie mich.«

»Das bezweifle ich.« Edwards konzentrierte sich auf die Straße, die steil nach oben anstieg. Ein kleines rotes Licht im Bereich des Tachometers flackerte schon seit einiger Zeit immer wieder auf. Mittlerweile leuchtete es durchgehend. Daneben war das Symbol eines Ölkännchens. Der Offizier sah Engel von der Seite an. »Warum haben Sie den Stadtrat ermordet?«

»Wir gerieten in Streit. Dabei habe ich ihn erstochen.«

»Das Messer hat Sie verraten«, erwiderte Edwards trocken. »Ich habe mit verschiedenen Leuten gesprochen. Diese waren alle der Meinung, dass nur ein Idiot solch ein Messer für einen Mord benutzt.«

»Wer hat das gesagt?«, schrie Engel, zog den Hahn der Pistole nach hinten und hielt sie dem Captain an die Stirn. »Wenn Sie mich anlügen, drücke ich ab.«

»Das Hotelpersonal im Erbprinz.«

»Dieser arrogante Rezeptionist?«

»Ja.« Edwards empfand die Körperstellung, in der er sich gerade befand, als äußerst ungünstig, um zu lenken. Denn der Deutsche presste ihm den Revolver gegen die Schläfe und gleichzeitig den Kopf gegen die Seitenscheibe. »Und der Chefkoch.«

»Jetzt wird es kein Essen mehr dort geben. Die Wildquelle ist versiegt. Ich gebe dem Hotel kein Jahr mehr. Die sind am Ende.«

Statt zu antworten, lenkte Edwards den Wagen durch die enge Haarnadelkurve, die plötzlich direkt vor ihm auftauchte. Wie ein Irrer drehte er das schwergängige Lenkrad und kratzte mit dem rechten Kotflügel trotzdem lautstark an der Begrenzungsmauer entlang.

»Ich wusste, dass ich durch das Messer in Verdacht gerate«, gab Engel zu, ließ die Waffe sinken und sah zu Boden. »Das verdammte Messer. Ich wollte es später rausziehen, nachdem ich Schüssele in die Molkerei gebracht hatte. Es ging nicht.« Er wirkte fast traurig. »Ich habe es ums Verrecken nicht rausbekommen. Und meinen Pass hatte ich auch damit durchbohrt. Dann kam mir dieser verfluchte Kohlendieb in die Quere.« Er drehte sich wieder zu dem Amerikaner. »Scheiße.«

*

Die Ölspur war auf dem unebenen Pflaster nicht mehr erkennbar. Entweder war alles Öl ausgelaufen oder sie hatten eine andere Strecke genommen. Vickers kurbelte das Seitenfenster des Corbitt herunter, hängte einen Arm hinaus und brüllte einen Passanten von oben herab an: »Hallo, Sie!« Er schlug von außen gegen die Fahrertür, um Aufmerksamkeit zu bekommen. »Haben Sie einen schwarzen Mercedes gesehen, der hier eben vorbeifuhr?«

Der verdutzte Alte schüttelte den Kopf und verzog das Gesicht.

Wie aus dem Nichts erschienen zwei Zigaretten in Joeys Fingern. »Sie haben nichts gesehen?«

Der Mann starrte erst Vickers, dann die beiden Glimmstängel an. »Er ist dahinten abgebogen. Links herum. Grötzinger Straße.«

»Geht doch.« Er warf die beiden Zigaretten auf den Fußweg, von wo sie der Alte eilig aufhob. Bevor er den Hut ziehen konnte, gab Vickers schon wieder Gas und fuhr an der Endhaltestelle der Straßenbahn vorbei.

»Es isd kein Öl mehr auf der Sdraße«, bemerkte Veelapinat enttäuscht und suchte mit dem Feldstecher nach dem Berg mit der trutzigen Burgruine. Am Rande des Okularbereiches sah er plötzlich ein kleines Auto die Bergstraße hinauffahren. Instinktiv richtete er das Fernglas darauf, stieß dann einen kurzen Schrei aus und deutete auf den Berg. »Da oben fährd der Merdsedes!«, schrie er Vickers an. Erneut fragten sie einen Passanten. »Do vorn, geht's rechts in die Reichardt-Stroß, do isch son Schild ›Zum Turmberg‹. Immer de Buggel nuff. Den Rest finde Se da drobe.«

MONTAG, 3. DEZEMBER 1945, 14.12 UHR

»Vor uns liegt Durlach und dahinten im Dunst Karlsruhe.«

Der Mercedes 170V war vor einer Aussichtsplattform, direkt am Fuße des Turmbergs, zum Halten gekommen. Diese war an der vorderen Kante von einem Metallgeländer umsäumt, der Boden mit Sandsteinplatten bedeckt. Gleich zu Beginn des Krieges hatte eine Fliegerbombe das an dieser Stelle einst existierende Hotel Friedrichsruhe getroffen. Der noch bestehende, untere Teil des Gebäudes wurde danach zu einer großen Besucherfläche mit Panoramablick umgebaut. Viele Leute fuhren nun, meist am Wochenende, mit der Turmbergbahn hier hinauf, um einen kurzen Augenblick der Ruhe genießen zu können.

»Ich verstehe nicht, was wir hier oben wollen.«

Engel hantierte an dem Revolver. »Von hier oben, vom Turmberg, sehen Sie kein Elend, keinen Hunger, keinen Notstand. Sie haben mein Leben versaut, Ami. Meine Frau ist tot und Sie haben mich und mein Unternehmen mit Ihrer verdammten Neugier ruiniert. Starten Sie den Motor.« Seine Stimme klang bittersüß.

Edwards reagierte nicht sofort.

»Starten Sie den Motor, Sie Bastard!«

Er tat wie ihm geheißen.

»Rückwärtsgang, bis an die Treppe … danke.« Die Stoßstange des Wagens krachte hinten gegen die unterste

Stufe, die zu dem Aussichtsturm hinaufführte. Das danebenstehende Werbeschild für das Turmrestaurant fiel infolgedessen um.

»Und jetzt?« Edwards betastete das halb getrocknete Blut an seiner Stirn und strich vorsichtig über die Wunde. »Warten wir gemeinsam auf den Sonnenuntergang?«, fragte er sarkastisch, schaltete den Scheibenwischer ein und betrachtete seine rot verschmierten Fingerkuppen.

»Ich nehme die Treppe, um wieder hinunter nach Durlach zu kommen, Sie fahren mit dem Wagen. Mit etwas Glück werden Sie sogar vor mir unten ankommen. Sie sind es gewohnt, zu gewinnen. Aber heute haben Sie verloren. Motor aus.« Engel holte mit der Pistole aus und schlug sie Edwards gegen die Schläfe, dass dieser bewusstlos zusammensackte. Dann stieg er aus, lief um das Auto herum, öffnete die Fahrertür, fesselte und knebelte den Amerikaner, zog ihn vom Steuer weg und setzte ihn nach hinten auf die Rückbank. Aus dem nahen Unterholz holte er sich zwei verschieden lange Stöcke und einen kleinen Felsbrocken. Den Stein legte er aufs Gaspedal, den Stock verklemmte er zwischen dem Sitz und der gedrückten Kupplung. Schließlich legte er noch einen Gang ein. Als er damit fertig war, kurbelte er die Seitenscheibe hinunter. Dabei vernahm er das dumpfe Röhren eines Lastwagens, der langsam die Bergstraße hinaufkam. Zuerst sah er nur die Abgaswolken, dann das Fahrerhaus und schließlich den Rest der riesigen amerikanischen Zugmaschine, welche direkt auf ihn zuhielt.

Ohne lange abzuwarten, startete er den Motor der Limousine, welcher sofort aufheulte. Er warf die Fahrertür zu und schlug mit seinem Stock den Ast von der Kupplung. Das Auto machte einen heftigen Satz nach vorn, die Räder drehten durch und dann schoss der Mercedes auf den Rand der Terrasse zu, wo er zwar das Geländer durchbrach, doch statt hinunterzustürzen, auf halber Höhe darin hängen blieb.

Engel starrte auf das Auto, gewahrte aber auch den Lkw, der auf ihn zukam und nur wenige Meter von dem Mercedes entfernt, mit quietschenden Bremsen stehen blieb. Der Kohlenhändler schoss mit Edwards Offizierspistole abwechselnd auf den Mercedes und den Corbitt, glücklicherweise traf er aber niemanden. Dann begann er, gegen den auf dem Absatz schaukelnden Mercedes zu treten, in der Hoffnung, ihn so vom Podest zu kippen.

Gleichzeitig kletterten die beiden Soldaten aus dem Fahrerhaus und näherten sich langsam von zwei Seiten und mit ausgebreiteten Armen Engel.

»Bleiben Sie stehen! Noch einen Schritt weiter und ich erschieße Ihren Vorgesetzten!«, brüllte Engel und richtete die Pistole auf den Fond des Autos. Der Offizier war inzwischen zur Seite gekippt, sein blutüberströmter Kopf lehnte gegen die linke Seitenscheibe.

»Erschießen Sie mich zuerst«, forderte Vickers und machte weitere Schritte auf Engel zu. Im Geiste hatte er vier Schuss mitgezählt. Vier Schuss! »Wenn ich Sie zu packen bekomme, dann Gnade Ihnen Gott.«

»Shoot me, Bastard!« Sammy Veelapinat hatte anscheinend auch mitgezählt, denn er riss sein Uniformhemd auf, schob das Unterhemd nach oben und entblößte seine muskulöse und kunstvoll tätowierte Brust. »Erschießen

Sie mich!« Er war bereits bis auf wenige Meter an Engel herangekommen.

Dieser schwenkte die Pistole unsicher zwischen den beiden hin und her. Die Opferungsbereitschaft der Amerikaner für ihren Vorgesetzten überraschte ihn.

Ohne mit der Wimper zu zucken, warf Vickers plötzlich die silbern glitzernden Kaugummistreifen, die er die ganze Zeit in seiner rechten Faust verborgen hatte, vor die Füße von Engel. Dieser ließ sich damit für den Bruchteil einer Sekunde ablenken und starrte irritiert auf den Boden.

Diesen Moment nutzte Veelapinat aus und stürzte sich auf den Deutschen. Die Fäuste flogen und der kleine Hawaiianer bekam einige schwere Treffer versetzt. Doch schließlich gewann er wieder die Oberhand, sodass nach ein paar gezielten Handkantenschlägen an den Hals Engel rückwärts gegen das halb abgerissene Geländer der Terrasse taumelte.

Während die beiden Männer miteinander rangen, öffnete Vickers schnell die hintere Tür des Mercedes-Benz. Der bewusstlose Edwards kippte ihm entgegen. Der Unteroffizier riss und zerrte an der Uniform des Captains, um ihn aus dem Fond zu befreien. Doch irgendetwas hatte sich verhakt.

Infolge einer kurzen Unaufmerksamkeit bekam Veelapinat ein Knie des Entführers in die Magengrube gerammt. Japsend sank er zu Boden. Engel sah nun seine Chance, zielte mit der Pistole auf den Hinterkopf des jungen Soldaten, schrie »Sag goodbye!« und drückte ab.

Der Insulaner, der stöhnend und vornübergebeugt auf dem Boden kniete, erwartete mit zusammengekniffenen

Augen die Kugel. Er spürte das Pochen seines Herzens, einen stechenden Schmerz im Bauch, sah das Gesicht seiner Frau und eine riesige Meereswelle, die tosend auf ihn einstürzte.

Die Waffe klickte.

Und noch einmal.

Sammy öffnete die Augen. Er blickte auf zwei Schuhspitzen direkt vor seiner Nase. Intuitiv griff er nach den vor ihm aufragenden Hosenbeinen von Engel, klammerte sich an sie, richtete sich mit einer letzten, kräftezehrenden Bewegung wieder halb auf und gab dem überraschten Mann einen Stoß. Engel strauchelte, ruderte kurz mit den Armen und stürzte dann mit einem Schrei über das Geländer und auf der anderen Seite hinab. Engel verschwand in dem Dickicht aus Ästen und trockenem Schlinggewächs, welches den Hang unterhalb der Plattform bedeckte. Dann hörten sie dessen dumpfen Aufprall. Veelapinat konnte sich nur mühsam aufrechthalten, sah aber trotzdem hinunter.

»He, ihr zwei Trottel. Ich bin heil unten angekommen!«, schrie es auf einmal aus dem undurchsichtigen Gebüsch herauf. »Ihr beiden da oben seid so blöd! Glaubt ihr denn, dass ich mir hier den Hals breche? Das waren nicht einmal fünf Meter.« Julius Engel lachte aus vollem Hals und beschimpfte die Amerikaner. Doch er hatte nicht damit gerechnet, dass Vickers und Veelapinat den Offizier aus der Limousine befreien konnten. Kaum hatten sie dessen Körper in Sicherheit gebracht, begann das schwere Automobil lautlos und in Zeitlupe nach vorn zu kippen.

»Was ist denn nun?«, brüllte der Kohlenhändler von unterhalb der Aussichtsplattform. »Wenn ihr zwei Penner jetzt nicht langsam zu mir runterkommt, werdet ihr mich nie kriegen! Rechts von euch ist übrigens eine Treppe.« Er lachte hämisch. »Ich gehe dann mal …«

Vickers lehnte sich über die Kante und sah in das Dickicht hinab. »Wir bleiben lieber oben«, rief er und grinste. »Wir schicken aber trotzdem etwas zu Ihnen runter.«

Das letzte, was Engel in seinem Leben sah, war ein großer rechteckiger Schatten, der sich ihm in Windeseile näherte. Eine Zehntelsekunde später wurde er von zwei Tonnen Blech erschlagen.

MITTWOCH, 5. DEZEMBER 1945, 10 UHR

Die Beförderung war feierlicher als üblich. Statt diese selbst vorzunehmen, stand der lädierte Captain Edwards an der Seite seiner Leute, während sein Freund und Vorgesetzter, Captain ›Cody‹ Codellany, eine kurze Ansprache hielt und zum Schluss zwei Soldaten hervorrief:

»Scout-Squad des 172. Infanterie-Bataillon der 7. Armeegruppe, stillgestanden! First Sergeant Vickers und Private Veelapinat vortreten.« Er warf einen prüfenden Blick auf seinen Zettel. Der Name des Hawaianers war ungewöhnlich schwierig auszusprechen. Die Soldaten traten hervor und meldeten sich militärisch. Codellany erwiderte den Gruß.

»Kraft meines Amtes, im Namen des Präsidenten der Vereinigten Staaten von Amerika und stellvertretend für den Leiter des German Theatre, General Vincent D. Emett, verleihe ich Ihnen beiden in Anbetracht Ihres heldenhaften Einsatzes bei der Befreiung Ihres Vorgesetzten die Soldier's Medal. Herzlichen Glückwunsch, meine Herren.« Codellany holte zwei kleine Schachteln hervor, entnahm die leuchtend blauen Auszeichnungen daraus und befestigte jeweils eine am Revers der Soldaten. Danach schüttelte er den Männern anerkennend die Hände. »Wir sind aber noch nicht fertig.« Er zog ein weiteres Papier aus der Tasche, entfaltete es umständlich und setzte seine Lobeshymne fort. »Private Sammy Ka'hale Veelapinat, im Namen des Präsidenten der Vereinigten Staaten von Amerika befördere ich Sie hiermit, aufgrund Ihres außerordentlich vorbildlichen Auftretens in der Truppe, zum Sergeant. First Sergeant Vickers und Sergeant Veelapinat, eintreten.«

Die Genannten machten eine Kehrtwendung und traten zurück in die Aufstellung. Der Insulaner grinste breit. Zu gerne hätte er in diesem Moment Private Farina in seinen arroganten Hintern getreten. Doch es kam anders.

Denn kaum hatte Codellany die Musterung der Scouts vor dem Stabsgebäude beendet, trat überraschend Lieutenant Colonel Armstead aus dem Haupteingang heraus.

»Warten Sie, Codellany«, rief er und winkte kurz. »Ich muss den Leuten auch noch etwas sagen. Lassen Sie wieder stillstehen, ich muss einen Befehl des Hauptquartiers verlesen. Der kam gerade per Kurier.«

Der Captain tat wie ihm geheißen und übergab das Wort mit einem militärischen Gruß an den Kommandeur. Dieser räusperte sich und faltete ein Blatt auseinander. Er sah aus, als wäre er über das, was er jetzt vorlesen musste, wenig erbaut. Er musterte die Soldaten, die vor ihm standen, über den Rand seiner Brille. Sie taten ihm leid, obwohl es nicht nur die Scouts betraf. Aber sie waren damals die Ersten gewesen, die im Juni 1945 nach Karlsruhe gekommen waren und die Vorbereitung zur Übernahme der Stadt von den Franzosen organisiert hatten. Er holte tief Luft und begann zu lesen: »Befehl des US-Hauptquartiers, 5. Dezember 1945. Sonderbefehl Nummer 135, sofort der Truppe mitzuteilen.« Er räusperte sich erneut. »Mit sofortiger Wirkung wird der Standort Blackhawk-Kaserne in Karlsruhe-Knielingen, inklusive sämtlicher dort stationierter Einheiten, aufgelöst. Die dort stationierte Militärpolizei wird in die *Smiley Barracks* am Kanalweg verlegt, die Stabskompanie wird ersatzlos gestrichen, die Panzereinheiten der 172., die Blackhawks, sind bereits auf dem Weg nach *Fort Worth* und das Scout-Squad wird mit sofortiger Wirkung ersatzlos gestrichen. Sämtliche Baumaßnahmen in der Kaserne sind einzustellen. Die Unterkunftsgebäude werden der UNRRA überstellt, die Fahrzeuge bleiben stehen, bis sie eine neue Verwendung gefunden haben.« Armstead sah auf und in die entsetzten Gesichter der vor ihm stehenden Soldaten. »Es tut mir leid. Captain Edwards, aber für Sie haben wir einen neuen Posten in Berlin bekommen, die Sergeants Vickers und Veelapinat gehen mit uns in die *Smiley Barracks*, Sergeant Roebuck zurück nach Heidelberg, Corporal Jonas wird nach *Fort Worth* versetzt, Sergeant Piece scheidet übermorgen mit allen militärischen Ehren aus dem Militärdienst aus und Pietro Farina wurde bereits unehrenhaft entlassen.« Armstead vermied absichtlich den Dienstgrad des Soldaten zu nennen. »Ehe ich es vergesse: Captain Edwards, herzlichen Glückwunsch zur Lösung des Falles *Milkshake*. Gute Arbeit.« Er faltete den Zettel zusammen, grüßte militärisch, drehte sich um und ließ die ehemaligen Scouts auf dem Hof stehen. »Lassen Sie wegtreten, Captain Codellany«, murmelte er, während er die Tür zum Stabsgebäude öffnete. »Das war's.«

GLOSSAR

Vergleich amerikanische / deutsche Dienstgrade zum Buch

Private – Soldat ohne Rangabzeichen
Private First Class – Obergefreiter
Specialist – zwischen Haupt- und Stabsgefreiter
Corporal – zwischen Stabsgefreiter und Unteroffizier
Sergeant – zwischen Unteroffizier und Stabsunteroffizier
Staff Sergeant – Feldwebel
Sergeant First Class – Hauptfeldwebel
Master Sergeant – Stabsfeldwebel
Second Lieutenant – Oberfähnrich, Offiziersanwärter
First Lieutenant – zwischen Leutnant und Oberleutnant
Captain – Hauptmann
Major – Major
Lieutenant Colonel – Oberstleutnant
Colonel – Oberst

Vergleich französische / deutsche Dienstgrade zum Buch

Lieutenant-colonel – Oberstleutnant

Vergleich der im Buch verwendeten Straßennamen damals / heute

Reichsstraße – Ebertstraße
Westendstraße – Reinhold-Frank-Straße
Hindenburgstraße – Erzbergerstraße

DANKSAGUNGEN

meiner Familie für ihre unendliche Geduld mit mir und der Zettelwirtschaft beim Schreiben dieses Buches

Sven Lang, meinem Lektor vom Gmeiner-Verlag für seine tolle Arbeit an meinen Büchern. Danke, Sven!

Alisa-Katarina Essig – Pforzemer Dialekt

Katarzyna Kala-Jezewska – polnische Phrasen und unaussprechliche Namen

Marcella (Cella) Greco – italienische Phrasen

Dres. Bohn + Hettich, Karlsruhe – medizinische Beratung

Dr. Stefan Schwarz – Dentalmedizin

Mr. Robin Heilimann, U.S.-Ausrüstungsteile

Thomas J. Radke, Bryan Wayne Dorrough, Ken Harmon, John K. Wainscott (frühere US-Soldaten in den Knielinger Gerszewski-Barracks) und vielen weiteren Ehemaligen meinen Fans, für die ich nach meinen Lesungen leider nie richtig Zeit finde und bei denen ich mich hiermit herzlichst entschuldigen und vor allem bedanken möchte

vielen, vielen spazieren gehenden Rentnern, die ich mit meinen Fragen nach ihrer Vergangenheit löcherte

dem Bürgerverein von Knielingen für die Überlassung von Archivmaterial

dem Hotel Erbprinz in Ettlingen für die freundliche Bereitstellung von privatem Bildmaterial und Informationen

dem Bürgerverein der Karlsruher Nordweststadt für die kostenlose Werbung

der Volksapotheke Schaffhausen (Schweiz) für ihren Bericht über Eduard Hepp, den Erfinder von Phenacetin (Vorläufer von Paracetamol)

dem Museum für Deutsch-Amerikanische Nachkriegsgeschichte in Rütschenhausen bei Hammelburg und ihrer Seite www.c-ration.com

LITERATUR ZUM BUCH

Veröffentlichungen des Karlsruher Stadtarchivs, Band 18: Erich Lacker/ Zielort Karlsruhe – Die Luftangriffe im 2. Weltkrieg

Kurt Kranich/ Karlsruhe – Schicksalstage einer Stadt

Veröffentlichungen des Karlsruher Stadtarchivs, Band 4: Katja Förster/ Heimerziehung in Karlsruhe

Veröffentlichungen des Karlsruher Stadtarchivs, Band 7 – Straßennamen der Stadt Karlsruhe

Veröffentlichungen des Karlsruher Stadtarchivs, Band 3 – Zwangsarbeit in Karlsruhe 1939 – 1945

Willy Peeters/ Warmachines (US-Army Trucks)

Festschrift zum Karlsruher Garnisonstag der 35. Infanterie-Division und des Leibgrenadier-Regiments im September 1956

Sven Felix Kellerhoff/ Nachdruck des *Pocket Guide To Germany*, eine Art ›Gebrauchsanweisung‹ der GIs für das Nachkriegsdeutschland

James Stern / Die unsichtbaren Trümmer

HARALD PFLUG
Versteckerles

978-3-8392-1405-3 (Paperback)
978-3-8392-4131-8 (pdf)
978-3-8392-4130-1 (epub)

»Die Scoutpatrouille geht wieder auf Mörderjagd!«

Karlsruhe im August1945. Eine Mordserie beunruhigt die Bevölkerung. Die Leichen weisen Spuren von Blausäure auf. Da die Polizei keine Ergebnisse liefert, beauftragt Major Arlington seinen Freund Captain John Edwards mit dem Fall. Edwards ruft kurzerhand seine Scoutpatrouille zusammen und macht sich auf die Suche nach dem Täter. Die Spur führt zu Schwarzhändlern und schließlich bis in die eigenen Reihen …

Das Neueste aus der Gmeiner-Bibliothek

Unsere Lesermagazine

Bestellen Sie das kostenlose KrimiJournal in Ihrer Buchhandlung oder unter www.gmeiner-verlag.de

Informieren Sie sich …

www … auf unserer Homepage:
www.gmeiner-verlag.de

@ … über unseren Newsletter:
Melden Sie sich für unseren Newsletter an unter www.gmeiner-verlag.de/newsletter

f … werden Sie Fan auf Facebook:
www.facebook.com/gmeiner.verlag

Mitmachen und gewinnen!

Schicken Sie uns Ihre Meinung zu unseren Büchern per Mail an gewinnspiel@gmeiner-verlag.de und nehmen Sie automatisch an unserem Jahresgewinnspiel mit »mörderisch guten« Preisen teil!